CB124992

EVIDENCE
E.L.A.S
TO BE OPENED BY AUTHORIZED PERSONNEL ONLY
ESPECIALISTAS LITERÁRIAS NA ANATOMIA DO SUSPENSE
CRIME SCENE FICTION
DARKSIDE BOOKS

JENEVA
ROSE

E.L.A.S® ESPECIALISTAS LITERÁRIAS NA ANATOMIA DO SUSPENSE

ESPECIALISTAS LITERÁRIAS NA ANATOMIA DO SUSPENSE

CRIME SCENE® FICTION

THE PERFECT DIVORCE
Copyright © 2025 by Jeneva Rose

Os personagens e eventos deste livro são fictícios. Qualquer semelhança com pessoas reais, vivas ou mortas, é mera coincidência e não foi intencional por parte da autora.

Tradução para a língua portuguesa
© Fernanda Lizardo, 2025

Diretor Editorial
Christiano Menezes

Diretor de Novos Negócios
Chico de Assis

Diretor de Planejamento
Marcel Souto Maior

Diretor Comercial
Gilberto Capelo

Diretora de Estratégia Editorial
Raquel Moritz

Gerente de Marca
Arthur Moraes

Gerente Editorial
Bruno Dorigatti

Editor
Paulo Raviere

Editor Assistente
Lucio Medeiros

Capa e Projeto Gráfico
Retina 78

Coordenador de Diagramação
Sergio Chaves

Designer Assistente
Jefferson Cortinove

Preparação
Marta Almeida de Sá

Revisão
Gabriela Mekhitarian
Natália Agra

Finalização
Sandro Tagliamento

Marketing Estratégico
Ag. Mandíbula

Impressão e Acabamento
Braspor

DADOS INTERNACIONAIS DE CATALOGAÇÃO NA PUBLICAÇÃO (CIP)
Jéssica de Oliveira Molinari CRB-8/9852

Rose, Jeneva
Divórcio perfeito / Jeneva Rose; tradução de Fernanda Lizardo.
—Rio de Janeiro : DarkSide Books, 2025.
304 p.

ISBN: 978-65-5598-563-4
Título original: The Perfect Divorce

1. Ficção norte-americana 2. Suspense
I. Título II. Lizardo, Fernanda

25-3460 CDD 813

Índice para catálogo sistemático:
1. Ficção norte-americana

[2025]
Todos os direitos desta edição reservados à
DarkSide® *Entretenimento LTDA.*
Rua General Roca, 935/504 – Tijuca
20521-071 – Rio de Janeiro – RJ – Brasil
www.darksidebooks.com

JENEVA ROSE

DIVÓRCIO PERFEITO

TRADUÇÃO FERNANDA LIZARDO

E.L.A.S

DARKSIDE

Para o meu bando de gansos.
Que vocês voem alto e continuem sendo bobos.

DID HE KILL HER?

TRANSCRIÇÃO DO DOCUMENTÁRIO

TRECHO DIVULGADO PELO CANAL 5

O gabinete do xerife do condado Prince William está investigando o assassinato de uma mulher. Hoje mais cedo, os agentes foram chamados para averiguar uma residência no lago Manassas, onde foi encontrado o corpo de Kelly Summers após ser esfaqueado com brutalidade. Fontes afirmam que o romancista Adam Morgan, dono da casa supracitada, foi levado para interrogatório logo a seguir. O pessoal do gabinete do xerife recusou-se a fornecer detalhes, pois a investigação ainda está em andamento.

ENTREVISTADOR

Em 15 de outubro, o assassinato de Kelly Summers e de seu filho nascituro completará oito anos. O corpo dela foi descoberto na manhã seguinte ao homicídio, em sua casa no lago. Na suíte principal, para ser mais preciso. Adam, pode nos contar o que aconteceu na noite em que Kelly foi assassinada?

ADAM MORGAN

Não. Eu posso contar o que aconteceu antes de ela ser assassinada e o que aconteceu depois, mas não sei nada sobre a morte dela.

ENTREVISTADOR

Então, conte-nos o que aconteceu antes.

ADAM MORGAN

Kelly chegou do trabalho, e fizemos o que costumávamos fazer sempre que ela vinha me ver. Tomamos uns drinques e fizemos sexo… várias vezes.

ENTREVISTADOR

E o que aconteceu depois?

ADAM MORGAN

Acordei ainda de madrugada. Estava escuro feito breu. Kelly ainda estava dormindo, ou pelo menos eu achei que estivesse. Eu precisava dirigir de volta para Washington e não queria acordá-la, então deixei as luzes apagadas enquanto me arrumava e, depois, saí.

ENTREVISTADOR

Mas, antes, escreveu um bilhete para Kelly. É isso mesmo?

ADAM MORGAN

Sim, é isso mesmo. Deixei no balcão da cozinha, sem saber que ela jamais teria a oportunidade de ler.

ENTREVISTADOR

O que estava escrito no bilhete que você deixou para Kelly?

ADAM MORGAN

Não faz diferença mais… Kelly está morta.

ENTREVISTADOR

Quando você soube da morte dela?

ADAM MORGAN

No dia seguinte. Policiais de Washington e do departamento do xerife do condado Prince William apareceram na minha casa em Washington, e até aquele momento eu não estava sabendo de nada. Só quando fui interrogado é que me informaram.

ENTREVISTADOR

Quem era Kelly Summers para você?

ADAM MORGAN

Usando termos simples… minha amante.

ENTREVISTADOR

Algumas pessoas especulam que, se você é capaz de dizer uma mentira sobre determinada coisa… sobre seu caso extraconjugal, por exemplo… então, você é capaz de mentir a respeito de qualquer coisa.

ADAM MORGAN

Há uma distância enorme entre uma coisa e outra. Muitas pessoas traem, pouquíssimas matam.

ENTREVISTADOR

Você é uma dessas poucas pessoas?

ADAM MORGAN

Já disse que não sou.

ENTREVISTADOR

Um júri considerou implausível que você fosse capaz de dormir um sono profundo ao lado de Kelly enquanto ela era esfaqueada 37 vezes. Eles também consideraram bastante improvável que você fosse incapaz de notar o cadáver mutilado ao sair da cama no meio da madrugada. O que você tem a dizer sobre isso?

ADAM MORGAN

Um paciente submetido a uma cirurgia em um hospital percebe quando sua barriga foi cortada? Não, não percebe, porque está sob efeito de anestesia. Kelly e eu fomos dopados naquela noite. Não sei por quem, mas alguém nos drogou. E, como eu disse, quando acordei, ainda estava escuro feito breu; não dava para ver nada.

ENTREVISTADOR

O relatório toxicológico apontou que Kelly tinha ácido gama-hidroxibutírico no organismo, mas o seu exame não apontou nenhum tipo de droga.

ADAM MORGAN

Estou ciente disso.

ENTREVISTADOR
Como você explica isso?

ADAM MORGAN
O gabinete do xerife deveria ser o responsável por responder a essa pergunta, pois eles, de forma muito conveniente, aguardaram que a janela de detecção expirasse antes de me levar para fazer os exames.

ENTREVISTADOR
Você quer dizer que foi intencional?

ADAM MORGAN
Talvez. Ou talvez tenha sido apenas um trabalho investigativo desleixado.

ENTREVISTADOR
Você acredita que armaram isso para te incriminar?

ADAM MORGAN
Sim.

ENTREVISTADOR
Quem armou?

ADAM MORGAN
Há algumas possibilidades. Scott, o marido de Kelly, por exemplo. Pode ser o sujeito do terceiro DNA, não identificado, encontrado na região íntima de Kelly. Tem também Bob Miller, o irmão do primeiro marido dela. Qualquer um deles pode ter feito isso.

ENTREVISTADOR

Mas você não?

ADAM MORGAN

Não, eu não.

ENTREVISTADOR

Você pode nos dizer o que passou pela sua cabeça quando o veredicto foi lido?

ADAM MORGAN

Eu sabia que minha vida tinha acabado, e eu… eu não acreditei. A gente sempre vê na tevê essas notícias de pessoas inocentes que foram condenadas, mas nunca espera ser uma delas. Eu não assassinei Kelly Summers, e continuarei lutando contra essa mentira até meu último suspiro.

ENTREVISTADOR

O Projeto Inocência recusou-se a pegar o seu caso. Por que você acha que aconteceu isso?

ADAM MORGAN

Não sei. Você teria de perguntar a eles.

ENTREVISTADOR

Então, Adam, qual é o seu plano B?

ADAM MORGAN

Não tenho plano B. Eu só tenho que continuar lutando, continuar apelando, e manter a esperança de que, um dia, minha condenação seja anulada.

ENTREVISTADOR
Você ainda tem esperança?

ADAM MORGAN
Tenho. É a única coisa que não podem tirar de mim.

ENTREVISTADOR
Você foi defendido pela sua ex-esposa, Sarah Morgan. Ela ainda tem esperança?

ADAM MORGAN
Sarah é minha esposa, não minha ex-esposa.

ENTREVISTADOR
Ah, engano meu. Sim, sua esposa, Sarah. Você está no corredor da morte há sete anos, mas ela continua casada com você… Por que você acha que ela não se separou?

ADAM MORGAN
Porque Sarah me ama, e ela sabe que sou inocente.

E.L.A.S® JENEVA ROSE DIVÓRCIO PERFEITO

1
SARAH MORGAN

Quando me casei com Bob, eu já sabia que, um dia, me divorciaria dele, porque os homens são como advogados. Não são confiáveis. E eu sei bem disso porque sou advogada... e ele também é. Neste momento, meu marido está sentado à minha frente, a uma mesa de reunião que acomoda vinte pessoas; no entanto, hoje somos apenas quatro — eu, Bob e nossos respectivos advogados. Estou tentando não olhar para o homem com quem passei os últimos doze anos. Contudo, sinto seus olhos sombrios em mim, então, encontro seu olhar apenas para obrigá-lo a desviar para o outro lado. Os dois primeiros botões de sua camisa branca engomada estão desabotoados, e sua gravata está frouxa. Apesar da temperatura baixa da sala, gotas de suor salpicam a linha de seu couro cabeludo.

"Meu cliente tem interesse em uma reconciliação." Brad arregaça a manga de seu paletó, exibindo um Rolex Day-Date de ouro maciço. É como se ele estivesse tentando dizer "*Olha como sou um advogado dos bons!*". Ele ostenta cabelos loiros e lisos, um rosto bem barbeado, o completo oposto do meu marido, que tem cabelos escuros e está com a barba por fazer. Brad é advogado de Bob, amigo de longa data e canalha em período integral. Ele é conhecido por pegar atalhos para chegar aonde deseja, o que não chega a ser um problema, porque eu faço a mesma coisa.

"Isso está fora de cogitação", diz Jess com firmeza. Ela inclina a cabeça e fica um pouco mais ereta na cadeira. Jess é minha advogada, e ela segue as regras direitinho. O *yin* para o meu *yang*.

"Sarah, foi uma vez só." Bob cerra o maxilar e esfrega a testa com força, como se estivesse tentando acordar de um pesadelo. Entretanto, eis a nossa vida, a nossa realidade, e foi ele quem nos colocou aqui. "Eu juro", ele acrescenta. "Foi uma vez só."

Não é isso que todos dizem? Foi uma vez só. Foi um acidente, um lapso de julgamento, algo totalmente fora da curva, algo que nunca mais vai se repetir. Não foi importante. *Ela* não significa nada para mim. Sim, é o que todos dizem, mas só quando são flagrados. Eles não lamentam o que fizeram. Eles lamentam o fato de você ter descoberto. E Bob não é diferente. É igualzinho aos outros.

Brad lhe lança um olhar astuto e balança a cabeça de leve, sinalizando para que ele se cale. É nítido que está sendo difícil para Bob ficar na posição de cliente, e não de advogado, mas ele aquiesce — soltando um suspiro profundo enquanto se recosta na cadeira e cruza os braços.

"Gostaria de reiterar que meu cliente assume total responsabilidade por seu enorme lapso de julgamento e que concordou em comparecer a seis sessões de terapia de casal a fim de prosseguir com a reconciliação", anuncia Brad, juntando as mãos na frente do rosto. A luz do sol atravessa a persiana entreaberta, refletindo em seu Rolex e criando um caleidoscópio de luz bruxuleante pela parede toda vez que ele inclina o pulso.

"Seu cliente deveria ter participado dessas sessões de terapia de casal antes de cometer a infidelidade." Jess franze os lábios e devagarinho desliza um pedaço de papel sobre a mesa. "Eis as exigências da sra. Morgan."

Bob descruza os braços e se inclina para a frente, pegando o papel antes de seu advogado. Enquanto examina a página, aperta os olhos e franze a testa. É visível que ele não está gostando do que está lendo, e é bem esse o meu objetivo.

"De jeito nenhum", zomba Bob, atirando o papel com força. Brad o recupera enquanto ele ainda está no ar e alisa a folha sobre a mesa.

"Nós achamos que é uma oferta justa", diz Jess.

Brad levanta a cabeça e olha para ela.

"Meu cliente não vai abrir mão da guarda de sua filha. E também não vai abandonar seu cargo no conselho da Fundação Morgan, e nem sua participação na instituição de caridade."

"Não vou desistir da gente... ponto final", implora Bob. Então, ele estende a mão para mim, esperando que eu a encontre no meio do caminho, mas eu não me aproximo. Em vez disso, retiro minhas mãos da mesa e as pouso sobre meu colo.

"Sarah, por favor", ele acrescenta.

Mordo a língua para evitar responder porque sei que o silêncio o machuca mais do que qualquer comentário mordaz que eu possa fazer. E quero magoá-lo tanto quanto ele me magoou.

"Minha cliente não tem interesse em reconciliar o casamento", esclarece Jess.

Brad se inclina para Bob e fala em sussurros abafados. A expressão de Bob vai se tornando mais derrotada a cada palavra. Ele enrubesce, e seu maxilar anguloso fica ainda mais proeminente enquanto ele range os dentes.

Quando eles terminam sua breve conversa, Brad pigarreia e se endireita na cadeira.

"Já que ao que tudo indica não estamos progredindo aqui, acho que deveríamos nos reunir mais uma vez daqui a um tempo."

"Estes encontros não visam recuperar o casamento, e isso não vai acontecer, Brad. O único progresso almejado aqui é chegar a um acordo sobre a divisão de bens e a guarda de Summer. Gostaria de reiterar que a sra. Morgan solicitou um divórcio claro, rápido e discreto. Não queremos que isso se prolongue, nem que seja contestado na Justiça, mas faremos isso se for preciso", diz Jess, com a boca formando uma linha reta.

E com isso, levanto-me da cadeira, alisando minha saia e abotoando meu blazer.

"Registrado", diz Brad, arrumando sua pasta, uma Hermès laranja ostentosa e chamativa. "Vou pedir para minha assistente marcar outra reunião."

Bob fica em pé e encontra meu olhar. Ele é quinze centímetros mais alto que eu, dono de ombros largos e um físico tonificado. O visual grisalho cai bem nele, e o mesmo pode ser dito sobre as suaves ruguinhas de estresse entalhadas em sua testa. Ele parece sábio e distinto, embora não aja como se fosse.

"Ligo para você mais tarde, Sarah", diz Jess enquanto sigo em direção à porta.

Eu paro e me despeço dela antes de sair da sala.

"Sarah, espere", Bob grita, vindo atrás de mim.

Continuo andando e o ignoro por completo... mas, então, de repente, sinto a mão dele em meu ombro, me detendo no meio do caminho. Meu coração martela contra minha caixa torácica.

"Por favor", ele implora.

Solto um suspiro pesado e viro para encarar meu marido. Mal consigo reconhecê-lo, parado ali, porque ele já é parte do meu passado. Ele só não percebeu ainda, e eu não sei como deixar isso mais claro.

"O que é?", pergunto.

Minha voz é desprovida de emoção porque tudo o que eu sentia por ele desapareceu no instante em que descobri sua traição.

"Por favor, não faça isso", diz Bob em um sussurro tenso.

Seus olhos procuram os meus com ansiedade, como se estivessem tentando nos travar no piso. Mas não há mais lugar no mundo para nós porque eu não posso ficar casada com alguém em quem não confio. Para mim, confiança é como vidro. Uma vez quebrado, nunca mais volta a ser como antes — e, mesmo que tente consertá-lo, você sempre acaba se cortando. Então, no fim das contas, é melhor jogá-lo fora.

"Você tem sorte que a pior coisa que estou fazendo com você é me divorciar." Minhas palavras saem tranquilas, quase pacíficas.

"Isto é uma ameaça?", ele pergunta. Sua expressão é de incredulidade.

"Você sabe que eu não faço ameaças, Bob."

Ele franze a testa e começa a estufar o peito, me desafiando, mas já vi o suficiente. Balanço a cabeça, dou meia-volta e sigo para o elevador. Ele chama meu nome várias vezes, sua voz vai ficando mais baixa conforme me distancio — ou talvez ela só esteja perdendo a convicção. *Ótimo. Espero que seja este o caso.*

Bob está testando de verdade minha paciência. De minha parte, só queria um divórcio rápido e tranquilo — meio que igual ao casinho extraconjugal dele, acho. Mas não, ele tem que brigar a cada passo que damos porque acha que vamos conseguir resolver as coisas. Não vamos e, no fundo, Bob sabe disso. Tentei manter a civilidade; tentei mesmo

— pelo bem da nossa filha, que para nossa sorte ainda não tem consciência do nosso divórcio iminente. Ando adiando o momento de lhe contar, esperando até firmarmos um acordo e amenizarmos as emoções, para que possamos nos concentrar nela e somente nela. Pelo visto, eu sou a única que se importa com os sentimentos e o bem-estar da nossa menina.

Já diante do elevador, aperto o botão para descer e desejo que ele chegue logo. Ainda consigo sentir a presença de Bob, mas não olho para trás. Eu de fato adoraria que as coisas fossem diferentes. Elas deveriam ser diferentes. A paternidade deveria fazer você desejar ser uma pessoa melhor, ou, pelo menos, fazer você *achar* que é uma pessoa melhor. A maternidade me mudou, do modo como eu já esperava que acontecesse. Mas, ao menos na aparência, a paternidade não fez nada por Bob. Ele não traiu apenas a mim. Ele traiu nossa família. E fingiu ser algo que é incapaz de ser — decente.

O elevador apita e a porta se abre. Entro, aperto o botão do átrio e empino o queixo, olhando para Bob. Ele está parado no final do corredor. Seus olhos estão grudados nos meus como se estivéssemos no meio de um confronto. A expressão dele é uma mistura de ressentimento e tristeza, mas há um vislumbre de algo a mais, algo que já vi. Contudo, eu não sou capaz de me lembrar do que é. Nenhum de nós quebra o contato visual até sermos forçados a isso, quando as portas do elevador se fecham.

O elevador emite um zumbido quando começa a descer, nos distanciando ainda mais. Estamos juntos há mais de uma década, mas casados há pouco mais de um ano. Bob tem sorte por eu não ser a mesma mulher que eu era quando estava casada com Adam, meu primeiro marido. Se eu tivesse filhos com Adam, talvez ele ainda estivesse aqui. Porque, como eu disse, virei outra pessoa depois que me tornei mãe, e eu sei que dizem que as pessoas não podem mudar. Podem, sim. No fundo, somos o que somos — mas isso não significa que partes de nós não possam amolecer ou endurecer com o tempo.

2

PESSOA DESCONHECIDA

O quarto está tão escuro que nem as sombras aparecem aqui. Este é o meu primeiro pensamento quando meu corpo é atravessado por um calafrio e, de repente, abro os olhos. Pisco várias vezes, esperando que minha visão se adapte e detecte algo familiar... no entanto, sem iluminação, não tem como. Boto a mão na frente do rosto, a poucos centímetros do meu nariz, e não consigo vê-la. É só um borrão cinzento que minha mente mal reconhece. O ar está denso e úmido, cheirando a mofo e meias molhadas. Eu me sento e pressiono minhas mãos para baixo, sentindo a leve elasticidade de um colchão de molas. As molas afundam sob a pressão antes de voltarem ao lugar.

Minha cabeça lateja, e uma forte onda de tontura me invade. Também sinto uma náusea, como se fosse vomitar a qualquer momento. Esfrego as têmporas com os dedos, desejando que as memórias voltem. Mas não voltam. Elas se foram... talvez por ora, talvez para sempre. *O que aconteceu ontem à noite? Bebi demais? Andei me metendo com LSD ou ecstasy de novo?*

"Olá?", grito para o vazio enquanto fico em pé, tremendo.

As solas dos meus pés abandonam o colchão fino e se acomodam em uma superfície fria e dura. Dou um passo cauteloso para a frente e, então, ouço... o som de metal se arrastando no concreto. Tento avançar na escuridão, mas minha perna é puxada para trás de uma forma abrupta. Uma dor aguda no tornozelo, a algema de metal cravando na minha pele.

"Que porra é essa?" Eu me abaixo e sinto a tornozeleira fria. A percepção de que ela está presa em volta da minha canela, me travando no lugar, provoca um ataque de pânico repentino. Minha pulsação acelera e minha respiração sai em arquejos. Estremeço, mesmo com o suor escorrendo dos meus poros.

"Não, não, não... SOCORRO! Alguém me ajude! Por favor!"

As lágrimas escorrem depressa e eu grito até minha garganta ficar dolorida e meu fôlego se esgotar.

Desmoronando sobre o colchão, agarro a corrente e puxo, puxo o mais forte que consigo, rasgando a pele das mãos.

"Anda, seu merda, me solte!", berro, na expectativa de que haja um elo fraco ou que a corrente se solte de onde está presa.

Começo a me arrastar, seguindo a corrente até sua fonte — um poste de metal grosso cimentado no piso de concreto. Em pé, corro minhas mãos pelo poste até onde dá. Deve ser uma pilastra que vai até o teto, porque não consigo alcançar o topo. Volto minha atenção para a corrente, tateando, para tentar descobrir qual é seu comprimento. Sou como um satélite em órbita, tenho uns dois metros de raio, no máximo, para me deslocar.

Estendo as mãos e começo a explorar meus arredores. Sinto uma parede e, então, a toco, seguindo o concreto áspero, até que a corrente em volta do meu tornozelo se estica toda.

"Merda!", resmungo quando minha canela topa em algo duro. Eu me abaixo e tateio, sentindo uma borda circular lisa. É um balde, de plástico resistente, daqueles de lojas de ferragens. Continuo minha exploração. Toco uma superfície áspera e granulada — de madeira, eu acho. Algo corta a palma da minha mão e então me encolho de susto. Com a mão latejando, levo o ferimento à boca e chupo o sangue até a dor diminuir. Fica um gosto metálico em minha boca.

Volto ao colchão e dobro os joelhos junto ao peito. Choro, balançando para a frente e para trás enquanto lamento. Minha mão roça um cobertor... não, é um saco de dormir. Eu o agarro e o enrolo em volta do corpo, me protegendo deste inferno escuro em que acordei.

3
SARAH MORGAN

Meus saltos estalam no piso de ladrilhos, emanando ecos por todo o prédio antigo, que se perpetuam mesmo depois que eu saio. Pego uns óculos escuros na minha bolsa e os coloco, para proteger os olhos do sol escaldante. Meu escritório fica a uma curta caminhada do antigo distrito de Manassas. Muitas coisas mudaram na minha vida, não fui só eu que mudei. Não sou mais sócia na Williamson & Morgan, em Washington. Foi minha escolha, apenas minha. Eu estava cansada de ter o nome de um homem na frente do meu, e também cansada de defender depravados cheios da grana. É triste, mas possível, sim, se safar de qualquer coisa quando você tem recursos. Eu sou a prova disso, e meus antigos clientes também.

Mas não desisti de exercer a advocacia. Só desisti do tipo de cliente que eu atendia. Meu trabalho hoje é todo *pro bono* — o que eu até prefiro, porque é mais desafiador. Sou a fundadora e diretora executiva de uma instituição de caridade chamada Fundação Morgan. As palavras *caridade* e *Morgan* na mesma frase parecem soar um tanto estranhas, quase um paradoxo, mas não deveriam. Há muitas vantagens no trabalho filantrópico — benefícios fiscais, uma imagem pública impecável, influência política e muito mais. Tudo isso envolto em um lindo lacinho disfarçado de boa vontade. E o nome Morgan? Tenho certeza de que você está questionando isso. Por que mantê-lo? Por que botar este nome na minha instituição de caridade? Bem, primeiro, Morgan é meu nome de solteira. Nunca usei o nome de Adam, e ele nunca se importou. A mãe dele se importou, mas ele não. E, quando Adam conseguiu seu primeiro contrato literário, ele decidiu usar Morgan como seu pseudônimo — o nome *Rumple* não tinha o mesmo ar de sofisticação. A mãe dele ficou fula da vida, claro, mas ela ficou mesmo uma arara quando Adam oficializou a coisa toda, trocando seu sobrenome no registro. Então, é por isso que se chama Fundação *Morgan*, porque Morgan é meu, e sempre foi.

Bob ainda trabalha na Williamson & Morgan, só que agora é Williamson, Miller & Associados, depois que ele se tornou sócio, no início deste ano. Foi preciso que eu saísse da empresa para que ele ocupasse o meu cargo e, mesmo assim, ainda ficou sendo Williamson & Associados por um bom tempo. Pelo visto, nunca fomos um par, para início de conversa, já que eu sempre estive acima dele.

Chego a um prédio de tijolos a alguns quarteirões de distância e tomo o elevador para o último andar. Ele se abre para uma sala de espera onde há uma grande mesa em formato de lua crescente, à qual Natalie, a recepcionista da fundação, está sentada. Há uma parede divisória de vidro atrás da mesa, que separa o átrio do restante do escritório. O nome da fundação está gravado no vidro fosco, com as letras maiúsculas e em negrito.

"Bom dia, Sarah", diz Natalie, levantando-se da cadeira e dando um sorriso. Ela é jovem e motivada, tem uma postura otimista e uma ânsia de agradar — características ideais para alguém no cargo dela. Seu cabelo ruivo está preso em um coque baixo, e ela usa uma roupa preta elegante. "Marquei sua reunião para as nove horas na sala de conferências", acrescenta ela rapidamente.

Franzo a testa e olho para meu relógio Cartier, verificando as horas. São 9h20. Natalie não vai comentar que estou atrasada, mas eu sei que estou — e isso não é nada do meu feitio. Respeito o tempo mais que tudo, é nosso recurso mais valioso. O dinheiro vem e vai, mas o tempo só vai. Poucas pessoas percebem isso. Quando você concede seu tempo a alguém, na verdade, está dando um pedaço de si, por isso, é preciso ter cuidado com o tempo.

"Alejandro Perez, nosso quinquagésimo ressocializado", diz Natalie, folheando uma pilha de papéis de uma pasta antes de entregá-la a mim.

Examino as páginas, me familiarizando com o conteúdo.

"Sarah, sei que você anda ocupada." Ela faz uma pausa e me lança um olhar empático. "Então, se você quiser, eu posso..."

"Não, eu resolvo", digo, interrompendo-a.

"Ok... Ah, e aqui está seu café." Ela pega na mesa um copo descartável grande e o entrega a mim.

Agradeço a ela e contorno a quina da divisória de vidro, entrando de fato na Fundação Morgan. A empresa é arejada, tem tetos altos, vigas expostas e grandes janelas em arco. O ambiente é moderno e rústico ao mesmo tempo, e tem um toque de minimalismo. Não há baias, porque nunca gostei delas. Quem é que gosta de trabalhar em uma caixa? As caixas foram feitas para sermos enterrados nelas, e não para passarmos a vida dentro delas.

Sua planta baixa é de conceito aberto — exceto por dois escritórios nos cantos e uma enorme sala de conferências entre eles. O escritório maior é meu, e o outro pertence a Anne. Sim, continuo com Anne. Ela é um grande trunfo, porque faz o que lhe mandam fazer e jamais questiona. Além disso, é difícil encontrar alguém confiável hoje em dia. Todo mundo tem um ponto de vista, algum desejo e algo do qual está disposto a abrir mão para realizá-lo. Mas Anne não é assim. Seu papel aqui é muito maior do que era na Williamson & Morgan. Ela não é mais minha assistente. Agora, é a gerente do escritório e atua no conselho da curadoria.

Vários funcionários notam minha presença e pausam o trabalho, me cumprimentando com sorrisos e saudações. Troco breves gentilezas com cada um. Eles têm orgulho de trabalhar aqui porque fazemos a diferença. Tenho uma equipe de vinte pessoas, metade dela é composta de advogados e assistentes jurídicos. A outra metade é responsável pelas ressocializações da Fundação Morgan, que é o que de fato nos colocou no mapa, e é por isso que temos tantos clientes. Nossos doadores não estão apenas investindo no futuro dos selecionados para o nosso programa de ressocialização, eles estão investindo no próprio futuro — porque cada criminoso que reinserimos na sociedade é um criminoso a menos para drenar nosso sistema e causar prejuízos à comunidade. Até agora, temos um histórico impecável, e espero que Alejandro o mantenha assim. Através do vidro opaco, só consigo ver a parte de trás da cabeça dele. Ele está sentado junto à mesa de reunião, de frente para a janela.

Abro de novo a pasta e vejo a foto do "Caso Cinquenta". Ele não tem expressão, apesar de ostentar um maxilar forte e feições marcantes. Seus olhos são da cor da sálvia recém-colhida, um forte contraste com seu cabelo preto azeviche. Uma tela de tatuagens adorna seu pescoço, descendo sob a gola da camisa. Não consigo deixar de me perguntar até onde elas vão. Em outra vida, Alejandro poderia ter sido modelo. Talvez ainda possa, com a ajuda da minha fundação. Folheio o restante de sua pasta, revisando a ficha criminal, o histórico profissional e a inscrição em nosso programa, completa, com direito a uma redação de próprio punho.

"Ei, como foi a reunião?", grita uma voz.

Desvio o olhar da pasta e me deparo com Anne caminhando em minha direção. Seus cabelos sedosos, na altura do queixo, balançam, e seu vestido trapézio azul-marinho flutua a cada passo.

"Tão bem quanto a última", digo baixinho.

Não gosto muito de compartilhar minha vida pessoal com meus funcionários, mas Anne é mais do que uma funcionária. Ela é uma amiga, então sabe o que anda acontecendo comigo. Acho que Natalie também sabe, mas foi uma informação absorvida via bisbilhotice, pois, com certeza, eu não a confiei a ela.

Anne balança a cabeça, em sinal de decepção, e me acompanha até meu escritório, que é quase uma cópia carbono do que eu tinha na minha antiga empresa. Há uma esteira no canto, uma área de estar luxuosa ao lado e uma imensa estante abarrotada de livros que cobre uma parede inteira. Coloco minhas coisas no chão e abro um conjunto de persianas. Há uma vista do Baldwin Park e do Museu Manassas, em parte bloqueada por um grande estacionamento. Anos atrás, isso teria me incomodado horrores, mas não incomoda mais. Uma vista é só uma vista depois que você para de admirá-la, e, no fim das contas, todos nós paramos.

"Então, o que aconteceu?", pergunta Anne. "Bob ainda está rastejando?"

Puxo com rapidez o cordão do último conjunto de persianas, fazendo-as estalar contra a moldura da janela.

"Sim, e ele ainda acha que vai ter reconciliação", digo, virando-me para encarar Anne. "Não estamos progredindo em nada, porque ele está abordando esses processos de divórcio como se fossem sessões de terapia."

Ela revira os olhos.

"Qual é o problema dele?", ela pergunta.

"Bem, para começar, ele é homem."

"Verdade." Anne inclina a cabeça, me lançando um olhar divertido. "Por que homens?"

Aperto os olhos, esperando que ela conclua.

"É só isso. Esse é o questionamento completo. Por que homens?" Ela ri.

Abro um sorriso e balanço a cabeça. Meu olhar captura a pasta de Alejandro na minha mesa — um lembrete de onde eu deveria estar e do que eu deveria estar fazendo.

"Tenho que ver o Caso Cinquenta."

"Posso resolvê-lo para você."

"Não", eu digo, pegando a pasta. "Você sabe que gosto de botar a mão na massa. Como fundadora, é importante que eu mostre o quanto nos dedicamos a cada caso."

"Você já viu o sujeito?" Anne dá um passo para trás, inclinando a cabeça para fora da minha porta, fingindo espiá-lo de longe. Ela volta a olhar para mim e diz: "Estou dentro!".

"Anne", tento alertá-la, meio brincando, meio sério.

"O quê? Estou zoando... claro. Mas não conte a Jamie que eu disse isso", ela completa, rindo, referindo-se ao namorado.

"Seu segredo está a salvo comigo", respondo enquanto saio do meu escritório e sigo para a sala de reunião.

"Me avise se precisar de ajuda." Anne dá uma piscadinha ao sair, retornando ao próprio escritório.

Paro diante da sala em que o Caso Cinquenta me aguarda. Minha mão repousa na maçaneta por um instante, e eu solto um suspiro pesado antes de entrar. Em um segundo, Alejandro está em pé, com as mãos entrelaçadas diante do corpo.

"Desculpe por fazê-lo esperar", digo, fechando a porta atrás de mim.

"Tudo bem. Estou acostumado a esperar." Ele sorri com suavidade.

Não retribuo. Em vez disso, estendo minha mão para cumprimentá-lo. Espero que a mão dele seja firme e dura, mas a intensidade se equipara à minha. É claro que ele está tentando demonstrar respeito.

"Sou Sarah Morgan, fundadora e diretora-executiva da Fundação Morgan."

"Alejandro Perez, detento número..." Ele para no meio da frase e suas bochechas coram. "Desculpe, força do hábito... Hum, é um prazer conhecê-la."

Sorrio educadamente, para deixá-lo à vontade.

"Bem, estamos aqui para ajudá-lo a largar esse hábito e assegurar que você nunca mais tenha que se referir a si mesmo como um número", digo, contornando a mesa e puxando uma cadeira.

Ele assente, e percebo que só se senta depois de eu me sentar. Abro a pasta dele, bem como uma pilha de folhetos e um grande envelope pardo, e então flagro seu olhar. A luz refletida pela janela atinge seus olhos, deixando-os ainda mais brilhantes do que na foto.

"Primeiro, quero parabenizá-lo, Alejandro, por ter sido selecionado para o nosso programa de ressocialização."

"Obrigado. Sou muito grato por essa oportunidade, e, por favor, me chame de Alex. Os únicos que me chamam de Alejandro são a polícia e a minha mãe."

"Vou manter isso em mente, Alejandro."

Ele inclina a cabeça, cerrando os olhos, por um instante, e então relaxa o rosto e muda para uma expressão neutra. Limites são importantes, sobretudo em casos como este, quando você trabalha junto a pessoas que não estão acostumadas a respeitar limites. A lei é um limite, e Alejandro ultrapassou muitos deles na vida.

"Agora, vamos rever como o programa funciona. Tudo de que você precisa está bem aqui", digo, deslizando o polpudo envelope de papel pardo sobre a mesa. "Vá em frente e abra."

Alejandro desfaz o lacre e enfia a mão no pacote, puxando um molho de chaves.

"Isto é da sua caixa postal, de seu apartamento e do seu veículo, que serão cobertos pela fundação durante os próximos seis meses. O apartamento está todo mobiliado, com lavadora e secadora na unidade, além de uma geladeira abastecida com todas as suas necessidades básicas para começar."

Sua mão desaparece no envelope de novo e ele saca um cartão de débito.

"Tem mil dólares nesta conta para ajudar com quaisquer despesas extras. Deve cobrir até você conseguir um emprego."

Alejandro assente e folheia a pilha de folhetos.

"Estes são todos os recursos disponíveis para você, bem como informações sobre o que é exigido para que você permaneça no programa. Você deve procurar emprego de forma ativa. Em sua ficha, consta que você não é usuário de drogas, mas, mesmo assim, os exames toxicológicos são obrigatórios a cada três semanas. Se for reprovado em qualquer um deles, você será expulso do programa. Se tiver qualquer problema jurídico para além de uma simples infração de trânsito, você será expulso do programa. Também será obrigado a comparecer a uma sessão de terapia semanal. A primeira já foi marcada e está anotada na sua agenda."

Ele tira um *planner* do envelope pardo e o coloca sobre a mesa, examinando-o.

"Alguma dúvida até agora?", pergunto.

Seus olhos percorrem as chaves, a agenda, os folhetos e o cartão de débito, mas sua expressão permanece inalterada, como se ele não soubesse bem o que fazer com todo o material.

"Tem coisas demais aqui", diz Alejandro, apontando para os objetos sobre a mesa. "Como vocês conseguem bancar tudo isso? E eu sou seu caso cinquenta?" Ele inclina a cabeça para trás, como se não conseguisse acreditar em sua boa sorte.

"Não tem coisas demais. Há muitas pessoas neste mundo dispostas a ajudar."

"De quem é o apartamento que vou ficar e de quem é o carro que vou dirigir?"

"A Fundação Morgan possui uma frota de veículos usados e um grande número de propriedades, então, não pertence a uma única pessoa. Como nosso programa tem duração de seis meses, temos uma rotatividade de ressocializados, por isso, sempre tem gente entrando e saindo", explico.

"Ressocializados..." Ele sorri. "Esse termo faz parecer que virei sócio de alguma coisa."

"Bem, esta é uma marca registrada." Minha boca começa a formar um sorriso, mas logo o desfaço. Pigarreando, pouso o olhar no peito e nos bíceps dele. A camiseta branca justa deixa muito pouco para a imaginação, e é óbvio que ele passou seu período encarcerado se exercitando.

"O que acontece depois que os seis meses acabam?", ele pergunta.

"Você torna-se o responsável financeiro por si mesmo, mas os recursos da Fundação Morgan continuam disponíveis para você pelo tempo que precisar."

Alejandro inclina a cabeça para o lado.

"E é assim que você conserta uma pessoa ruim?"

Sua pergunta me pega desprevenida, e eu me flagro encarando os olhos dele mais uma vez, só por um instante — mas, nesse instante, a sensação é de que podemos ver a alma um do outro. Eu me pergunto o que ele estaria vendo na minha.

"Não. É assim que damos uma oportunidade para que pessoas ruins façam coisas boas."

Meu celular vibra na mesa. Vejo *Número desconhecido* no identificador de chamadas, o que não é incomum no meu ramo. Boa parte das chamadas recebidas vem de prisões, cadeias, policiais e celulares descartáveis — todos compartilhando desse mesmo termo de identificação tão acolhedor.

"Preciso atender esta ligação", digo, pegando meu celular e virando minha cadeira um pouco para longe dele. Clico em *Aceitar* na tela e levo o aparelho ao ouvido.

"Sarah Morgan falando."

Uma respiração pesada reverbera ao telefone, e quase sinto a expiração, como se a pessoa do outro lado da linha estivesse ali na sala comigo. Olho para trás, em direção ao Caso Cinquenta, e percebo que ele não tirou os olhos de mim.

Viro-me mais uma vez e digo "alô" ao telefone.

"Sarah", surge uma voz rouca, uma voz que reconheço de cara. Ela perdeu o tom autoritário de outrora. A vida, às vezes, te dá essas lapadas. A maioria de nós costuma desmoronar lentamente ao longo de anos e décadas — mas, para alguns, acontece de uma só vez. Ele se enquadra neste último grupo.

"Preciso da sua ajuda", ele diz.

"Com o quê?"

Ele suspira de maneira ruidosa.

"Não sei ao certo, mas estou com um pressentimento de que vou precisar dos seus serviços jurídicos."

"Onde você está?"

"No gabinete do xerife do condado Prince William... detido."

"Estou indo", respondo, encerrando a ligação.

Deixo escapar um pequeno suspiro enquanto começo a recolher minhas coisas, parando só para falar com Alejandro.

"Desculpe-me a interrupção, mas preciso ir. Um dos meus sócios vai concluir as coisas com você", explico enquanto me levanto.

"Está tudo bem?", ele pergunta.

"Não, mas vai ficar."

4

XERIFE HUDSON

Balanço a cabeça ao vê-lo parado ao telefone disponibilizado para os presos, com o fone do aparelho colado bem firme ao ouvido. Ele se inclina contra a parede de concreto para se aprumar. Um dos agentes penitenciários está posicionado ao lado, com os braços cruzados, esperando que o detento encerre a ligação. Ele foi trazido na terça-feira de manhã, bem cedo. Hoje é quarta-feira, e ele enfim acordou do porre.

Cerro as mãos, mas respiro fundo e flexiono meus dedos rapidamente, estalando os nós. Ele tem sorte por eu estar muito mais contido do ponto de vista emocional nos últimos tempos. Além disso, ele já está imerso num mundo de sofrimento, então, não serei o escroto que vai ficar chutando cachorro morto, não importa o tamanho da minha irritação — não só com ele, mas também comigo. Se eu não tivesse lhe dado tantas chances, isso nunca teria acontecido. O agente penitenciário faz contato visual comigo e fica um pouco mais empertigado, inflando o peito.

"Pode deixar que daqui eu resolvo", digo, liberando-o de seu dever.

"Sim, xerife." Ele acena e sai da sala no momento em que o detento desliga o telefone, com sua cabeça pendendo para a frente.

Coloco a mão no ombro de Ryan, fazendo só um tiquinho de pressão. "Vamos, cara."

O ex-xerife Ryan Stevens solta um suspiro pesado e olha rápido para mim. Seu cabelo está desgrenhado e malcuidado, um desmazelo só. A rosácea tinge suas bochechas, e seus olhos injetados têm um tom amarelado. Ele baixa o olhar, mirando os pés.

Ele costumava dar as ordens por aqui, mas não faz mais isso. As coisas mudam e, ao que tudo indica, as pessoas também — para pior, neste caso. Ryan *já estava* vacilando há um tempinho. Então, cerca de um ano atrás, ele começou a sair do controle, e não demorou muito para a comunidade perceber que seu xerife era alcoólatra. No início, tiveram pena dele, mas nem isso durou. A princípio, fizeram uma petição; depois, um protesto, e, por fim, veio o pedido de exoneração, há cerca de cinco meses. Ele saiu do cargo e, logo depois, fui eleito o novo xerife.

Faço um gesto para que ele comece a andar, e Ryan obedece, mal levantando os pés enquanto caminha pelo corredor. Ele está quieto, exceto pela respiração ofegante e pelos sapatos se arrastando no piso de epóxi.

Quando chegamos à área de detenção, ele pergunta:

"Por quanto tempo eu apaguei?"

Em resumo, ele repete a nossa coreografia de sempre, mas, para seu azar, não tem mais música nenhuma nos embalando.

"Quase trinta horas." Destranco a porta de sua cela; as dobradiças rangem quando a abro. Ryan entra, esfregando a testa.

"Jesus", diz ele desabando sobre o colchão de cinco centímetros de espessura que cobre o beliche de metal. Ele tomba para a frente, apoiando os cotovelos nas pernas.

Amplio minha postura.

"Eles vão te levar para o fichamento em breve."

Ryan contorce os lábios e franze as sobrancelhas.

"Como assim 'fichamento'?"

"Você sabe bem do que estou falando."

"Achei que você fosse livrar minha barra", diz ele, balançando a cabeça para a frente e para trás.

"Desta vez, não, Ryan."

"Por que desta vez *não*?" Seus olhos estão inquietos, examinando o ambiente, como se ele, enfim, estivesse se dando conta de que esta cela de dois por três pode vir a ser seu lar em um futuro próximo.

"Porque você atropelou uma pessoa com a sua caminhonete."

Ele fica meio boquiaberto e demora um pouco para falar.

"Eu... Eu não sei o que aconteceu."

"Eu sei. Você ficou bêbado... *de novo*, aí pegou o carro e atropelou uma mulher que estava fazendo sua corrida matinal." Meus comentários saem num tom mais alto e severo do que eu pretendia.

"Ela está bem?" A voz dele falha, deixando transparecer seu medo.

"Não, Ryan... Ela não resistiu."

Ele fica imóvel enquanto as palavras pairam, girando sobre sua cabeça. Fico na expectativa de que ele perceba a gravidade de suas ações, que compreenda que nada mais será igual. Ele deveria estar morto de vergonha, culpa e desespero por ter matado alguém, independentemente de se lembrar de ter feito isso ou não.

Por fim, seus olhos se arregalam enquanto as palavras se infiltram em seu cérebro.

"Não, isso... Isso não pode ser verdade", ele gagueja.

"Mas é", digo, balançando a cabeça.

Ryan enterra o rosto nas mãos e um grito começa a sair.

"Sinto muito", ele balbucia.

"É, eu também sinto muito."

Se eu não tivesse continuado a lhe dar o benefício da dúvida, liberando-o com meras advertências toda vez que ele era flagrado dirigindo sob efeito de álcool, uma mulher inocente ainda estaria viva. Sou tão culpado quanto ele.

Tap. Tap. Tap. Tap.

Já ouvi esse som antes.

Tap. Tap. Tap. Tap.

São sapatos de salto alto. Claro, muitas mulheres usam saltos que fazem esse estalido. Mas este é diferente. Este é lento e metódico. É uma mulher caminhando com propósito. Ela avança como se tivesse um destino certo, mas esse destino só ganhará a devida importância quando ela chegar a ele.

Eu me viro para flagrar a figura cada vez mais próxima conforme ela avança pelo corredor, escoltada por um policial. Seu queixo está erguido. Sempre está. Seu longo cabelo loiro forma leves ondas nas pontas, balançando a cada passo. Ela usa roupas ajustadas com perfeição, sem um amarrotado à vista.

Sarah Morgan.

"Você ligou para Sarah?", pergunto, incrédulo.

Ryan olha para mim, mas não diz uma palavra. As lágrimas se foram, e sua autopiedade está se transformando bem depressa em desespero.

Já faz um tempo desde que ocupei o mesmo ambiente que Sarah Morgan. Eu a vi de passagem, mas não conversamos de fato. Sei que ela fundou uma instituição de caridade porque li as matérias no jornal. No entanto, não confio nela. Nunca confiei, e é por isso que mantenho distância. Seria sensato da parte de Ryan fazer o mesmo.

"Oficial Hudson", a voz de Sarah ressoa acima do meu ombro. Eu me viro e a encontro parada à porta, com seus olhos verdejantes me observando.

"Agora sou *xerife*", corrijo.

Tenho certeza de que ela já sabia disso, este é só mais um de seus joguinhos de poder. Ela observa o distintivo no meu peito antes de encontrar meu olhar.

"Parece que sim. Parabéns."

Me limito a balançar a cabeça, porque falar com Sarah é como falar com a polícia durante um interrogatório — quanto menos você disser, melhor.

"Mas, como xerife", acrescenta ela, "você já deve saber que falar com meu cliente sem a presença de seu advogado é uma violação de seus direitos constitucionais." Seus lábios pintados em um tom escarlate estão rijos.

Sinto um aperto no peito, e a pele sob a minha gola começa a transpirar. Uma gota de suor escorre pelas minhas costas, causando um arrepio em minha espinha.

"Muito bem. Eu já estava de saída", comento enquanto dou um passo para o lado e sigo em direção à porta.

5
BOB MILLER

"Quais são minhas chances de conseguir a guarda total de Summer?" Eu já sei a resposta, mas, às vezes, a gente só precisa ouvir de outra pessoa, tipo meu advogado, Brad.

Nós nos conhecemos na faculdade de Direito — na qual ambos fizemos todo tipo de coisa para progredir. Talvez seja por isso que ainda somos amigos. Somos unidos por todas as coisas terríveis que fizemos.

Brad está sentado à minha frente, em um café no centro de Manassas. Ele morde um pedaço de torrada seca, revelando algumas partes mais brancas, indicando que não foram bem preparadas. Migalhas caem em seu colo, e ele logo as espana para o chão. Minha comida segue quase intocada; ainda estou com muita raiva, então, nem consigo comer. Não acredito que Sarah teve a coragem de exigir a guarda total, sobretudo considerando nosso histórico. Isso sem contar a carga afetiva nesse ato, um movimento bastante incomum para alguém como ela.

Brad termina de mastigar antes de falar.

"Quase que zero", diz ele, limpando os lábios com um guardanapo. "A menos que você consiga provar que Sarah representa um risco para Summer." Ele faz uma pausa e arqueia uma sobrancelha. "Sarah foi violenta com Summer alguma vez?"

A pergunta rodopia em meu cérebro, trazendo à tona velhas lembranças — bem, só uma, para ser exato. Ela se desenrola na minha frente, tão vívida quanto no dia em que aconteceu, e eu acho que tenho essa sensação porque foi um evento que mudou o curso de toda a minha vida.

Brad e o café desaparecem, e lá estou eu, em pé na frente do escritório de Sarah Morgan, tarde da noite, mais de uma década atrás. Todos tinham ido embora — até Anne, o que era raro, porque aquelas duas pareciam irmãs siamesas. Bato de leve na porta com os nós dos dedos, pois eu não queria parecer muito ansioso. Eu tinha um plano em mente, e o envelope pardo na minha mão colocaria tudo em marcha.

"Entre", Sarah gritou do outro lado da porta de seu escritório.

Não hesitei em entrar, e minha presença de imediato atraiu um olhar de decepção. Não foi surpresa alguma, porque não gostávamos nem um pouco um do outro.

O olhar dela recaiu sobre a papelada espalhada sobre a mesa, sinalizando que ela não me daria nenhuma atenção.

"O que você quer, Bob?"

"Tenho uma coisa para você", eu disse, cruzando a sala e pousando o envelope bem em cima das pastas dela — minha maneira de mostrar a ela que eu, de fato, merecia toda a sua atenção.

Ela fez uma pausa, olhando-o com desconfiança. Àquela altura, *éramos inimigos jurados, porque ambos estávamos tentando subir a mesma escada corporativa. Por enquanto, ela estava vencendo; tinha se tornado sócia do escritório no início daquele ano. Na verdade, aquela promoção não deveria ter ido para nenhum de nós, já que havia dois advogados mais antigos na firma — mas, de forma inexplicável, um foi demitido por má conduta e o outro pediu demissão sem aviso. Sempre achei que houvesse um dedinho dela nesses dois desligamentos.* Sócia aos *33 anos? Ha! Isso só é possível se você eliminar a concorrência, e ela era minha concorrente, então, eu precisava me livrar dela.*

"O que é isto?", perguntou ela, tentando fingir desinteresse.

"Apenas abra."

Ela hesitou, mas, então, a curiosidade venceu, e suas longas unhas vermelhas deslizaram sob o fecho de metal, dobrando com suavidade a presilha. Depois de abrir a aba, ela meteu a mão dentro do envelope e tirou a pilha de fotos. Observei seu rosto, analisando-o, esperando que sua expressão mudasse conforme ela folheava cada fotografia. Um lábio trêmulo. Uma lágrima brotando no cantinho do olho. Uma testa franzida. Mas nada mudou. Ela estava rígida, era como se estivesse revisando um caso, e não vendo fotos íntimas de seu marido com outra mulher.

"Onde você conseguiu isto?", ela perguntou, ainda folheando as fotos.

"Digamos apenas que... eu acompanho de perto a mulher com quem seu marido anda tendo um caso."

Aquilo chamou sua atenção, e ela encontrou meu olhar, semicerrando ligeiramente os olhos.

"Por quê?", ela perguntou.

"Porque ela matou meu irmão."

Sarah ergueu uma sobrancelha e devolveu as fotos para mim.

"Se isso é verdade, por que ela não está presa?"

"Porque nem todo mundo paga por seus crimes." Inclinei a cabeça. "Como advogada, você deveria saber disso mais do que ninguém."

Ela se recostou na cadeira, apoiando os cotovelos nos braços do móvel e juntando as mãos na frente do rosto. Ficou quieta por um instante. Eu não fazia ideia do que se passava em sua cabeça, já que sua reação fora bem diferente do que eu esperava. Achei que ela ficaria inconsolável e destrutiva, pronta para demolir o mundo. Mas não, Sarah não era dessas.

"Por que você está me contando isto?", perguntou.

"Eu só achei que você deveria saber... Sinto muito." Precisei de todas as minhas forças para oferecer minhas condolências, porque eu não estava sendo nem um pouco sincero. Selei minhas palavras com um olhar empático, na expectativa de que ela acreditasse.

"Não." Ela cerrou os olhos. "Eu sei por que você está me contando isso, Bob."

"O quê?"

"Você achou que eu fosse surtar, tirar licença do trabalho, me meter em algum divórcio complicado, perder o foco. E então? Você apareceria e tomaria meu lugar na sociedade."

"Sarah, não. Isso não é verdade", menti. Ela me pegou de surpresa, sempre um passo à frente, inteligente demais para a sorte dela.

"Sim, é. E foi por isso mesmo que você compartilhou essa informação comigo." Sarah se inclinou para a frente na cadeira, me atraindo com seus intensos olhos verdes. Não consegui evitar encará-la de volta. "Mas eu sei por que você de fato compartilhou isso comigo."

Lancei a ela um olhar confuso.

"Você quer o que eu quero, Bob."

"E o que você acha que eu quero?"

"Vingança." Os cantos dos lábios dela se animaram, formando o sorriso mais sinistro, dominando-me de modo integral sob seu feitiço. Eu sabia que, depois daquilo, as coisas seriam diferentes entre nós. Era uma mudança inevitável.

"Bob?", Brad me chama. Ele acena com a mão na frente do meu rosto, forçando o passado a derreter e me trazendo de volta ao presente. "Sarah já foi violenta com Summer, alguma vez?"

"Não." Balanço a cabeça. *Não com Summer.* Mas não digo esta parte em voz alta, porque, por enquanto, isso ficará só entre mim e Sarah.

Pego a caneca, bebo o resto do café morno e cutuco a minha comida, escolhendo um pedaço de bacon já frio.

"E quanto a episódios de negligência? Ela já se esqueceu de buscar Summer na escola, ou algo assim?"

Solto um suspiro pesado, tentando exalar a culpa e o medo que têm me consumido desde que recebi a papelada do divórcio. Sendo sincero, pensei que Sarah fosse botar uma bala na minha testa, caso descobrisse — então, fiquei chocado porque sua reação à minha infidelidade não foi fatal. E é nisso que estou me segurando. É por isso que acho que podemos encontrar o caminho para uma reconciliação. Se ela não me amasse, já teria me matado.

"Não, Sarah é uma mãe maravilhosa", digo.

"Então, por que você quer a guarda total, Bob?"

"Eu não quero. Quero só a minha família de volta."

Brad franze a testa.

"Acho que já passamos dessa fase. Já nos encontramos com ela e com a advogada três vezes, e ela não está nem um pouco disposta a isso. E você percebeu que, quanto mais você arrasta essa situação, mais a lista de exigências dela cresce? Se você continuar, no fim, ela vai querer tudo."

"Ela só está com raiva."

"Não, não está. Ela está indiferente, o que indica que seu relacionamento já era. Quanto mais rápido você aceitar isso, mais rápido poderá seguir em frente."

Eu o encaro com um olhar inabalável.

"Eu vou resolver isso."

“E se você não conseguir?”

“Então, eu vou lutar como se minha vida dependesse disso.”

Brad abre um sorriso. Ele acha que estou tentando ser engraçado, mas não estou. Vou ter que lutar como se minha vida dependesse disso, porque, com Sarah, eu sei que depende.

E.L.A.S® JENEVA ROSE DIVÓRCIO PERFEITO

6
SARAH MORGAN

“Conte-me o que aconteceu”, digo, cruzando as pernas na altura dos tornozelos.

Ryan Stevens está sentado do outro lado da mesa em uma sala de visitação privativa, incapaz de manter contato visual.

“Não me lembro de nada”, diz ele, olhando para o colo como se estivesse procurando as respostas que perdeu no fundo de uma garrafa.

“Sua resposta não me surpreende, já que sua concentração de álcool no sangue era de 0,28%. Você teve sorte por não ter morrido de intoxicação alcoólica.”

“Eu bem que queria ter morrido.” Ele dá de ombros.

Estreito os olhos, olhando para ele.

“Não diga isso perto de nenhum dos seus antigos colegas. Eles não são mais seus amigos. Eles são a lei, e você é um criminoso. E, se eles ouvirem qualquer ameaça de automutilação, você será colocado sob vigilância para evitar suicídio, o que destruiria qualquer chance de liberação sob fiança.”

“Ao menos existe essa possibilidade?”

Folheio o inquérito de seu caso, deduzindo o máximo que consigo nessa breve leitura.

“Ainda não tive tempo de revisar o inquérito completo, mas, pelo que entendi, há essa possibilidade. Só que não vai ser fácil.”

“Imaginei”, ele retruca, apoiando os cotovelos na mesa e botando a cabeça entre as mãos. “Então, qual é o seu plano?”

Fecho a pasta e a enfio na bolsa, dando-me uns instantes para pensar. Com certeza, eu não deveria ajudá-lo, por uma série de razões. Não é bom para a imagem da fundação, sobretudo se levarmos em consideração que se trata do ex-xerife, e que há uma possibilidade grande de que ele venha a ser acusado de homicídio culposo com agravantes. Mas Stevens e eu temos um histórico, um vínculo que nos une, ainda que ele não saiba disso. De modo que, mesmo não gostando da ideia, é do meu interesse ajudá-lo.

"A comunidade vai pintar você como um bêbado degenerado tão imprudente com a própria vida que se tornou um perigo para a sociedade. O que vou tentar fazer é pintá-lo como o oposto, um célebre xerife heroico que se perdeu um pouco, mas que merece uma segunda chance."

"Alguém vai acreditar nisso?", ele desdenha.

"Talvez. Talvez não. Mas essa parte você deixa comigo", respondo, assentindo. "Se a necropsia da vítima retornar com alguma anormalidade que sugira algum tipo de comprometimento da parte dela, podemos lhe atribuir a culpa parcial pelo acidente. No entanto, é provável que o júri vá formar uma opinião contrária no minuto em que tentarmos culpar uma mulher morta. Todavia, minha equipe vai procurar testemunhas, revisar as imagens das câmeras de vigilância da região, verificar as condições da estrada no momento do acidente e passar um pente fino no inquérito. Se houver algum erro no ato de sua prisão que dê brecha para que as provas ou até mesmo o caso sejam arquivados, nós vamos encontrar."

"Parece que o único jeito de escapar é por um golpe de sorte", diz ele.

Inclino minha cabeça, olhando para a figura lamentável à minha frente.

"Eis uma avaliação sensata."

"O que eu faço, agora?"

"Fique quieto enquanto eu trabalho. Considerando seu histórico e que esta é a sua primeira infração grave, você tem boas chances de conseguir a fiança. Sendo assim, vou começar com..."

Meu celular vibra na mesa de metal, dançando com lentidão em um círculo. O nome *Jess* acende na tela.

"É a minha advogada. Preciso atender", aviso, juntando meus pertences e me levantando. Vou até a porta e bato algumas vezes, sinalizando para o guarda que estou pronta para sair.

"Você tem uma advogada?", pergunta Stevens. "Pra quê?"

Olho para ele. Suas sobrancelhas estão franzidas, sinalizando que ele está confuso.

"Divórcio."

Clico em *Aceitar* e levo o telefone ao ouvido.

"Sarah Morgan."

"Espere", grita Ryan.

"Um segundo, Jess." Silencio a chamada e encontro o olhar preocupado dele.

"Diga sem rodeios. Quais são as chances de eu me safar desta?" Ele se remexe com desconforto na cadeira.

Inclino minha cabeça para o lado e aperto os olhos.

"Você se lembra do caso do meu ex-marido?"

"Sim."

"Você tem menos chances do que ele."

7
BOB MILLER

Minha casa não se parece mais um lar, e isso talvez decorra do fato de que não sou bem-vindo aqui — mesmo trazendo presentes como o buquê de rosas vermelhas na minha mão esquerda. O assento à cabeceira da mesa da cozinha e a poltrona reclinável na sala de estar não são mais convidativos. Balanço a cabeça, consternado, percebendo que Sarah sumiu com todas as fotos em que eu aparecia, substituindo-as por fotos de Summer ou dela e de Summer juntas. Meus passos ecoam como se estivessem me provocando enquanto caminho até a enorme janela saliente com vista para o lago. Essa vista costumava me trazer paz, mas, agora, não sei o que ela me incita. Neste dia sem vento, a água parece uma folha de vidro, frágil o suficiente para quebrar com o mergulho de um dedo. As nuvens estão escuras e pesadas, quase prontas para se desfazerem. O mesmo pode ser dito sobre mim. Primeiro, meu casamento. Depois, estas nuvens. E, então, eu.

Elas devem chegar em casa a qualquer momento, e tenho certeza de que minha esposa não vai ficar feliz por me encontrar aqui, mas minha filha vai. Sarah e eu concordamos em manter as aparências pelo bem de Summer, pelo menos até tudo estar resolvido. Para Sarah, isso significa divórcio e seguirmos caminhos separados — é o que ela diz. Para mim, significa lutar pelo nosso casamento.

Uma dor aguda irradia pela palma da minha mão. Estremeço, percebendo que agarrei os caules espinhosos com muita força, então, troco as flores de mão. Uma gota de sangue vermelho-vivo escorre do corte.

Eu a levo à boca e sugo até o sangramento diminuir. Este é o décimo quarto buquê de rosas que trago para Sarah. E ela deu o mesmo destino a todos eles, porém mantenho a esperança de que, um dia desses, ela apare os caules e o coloque num vaso com água.

A porta da frente se abre, e Summer segue em disparada, direto pelo corredor, em direção ao seu quarto, sem nem me notar. Um instante depois, minha esposa aparece, carregando uma sacola de compras.

Eu me adianto, tentando ajudá-la com a sacola, mas ela se recusa, apertando as alças e se afastando de modo brusco.

"Não preciso da sua ajuda, Bob."

O estilo de combate de Sarah é o ataque frontal, e seu segundo modo favorito é a obstinação, o que considero muito irritante. Ela acha que, se me deixar ajudá-la, estará se rendendo às minhas vontades, estará deixando a raiva se esvair. Por isso, ela não aceita nada de mim — nem um presente, nem uma mão amiga, nem um elogio, uma sugestão, nada.

Mate-a com gentileza, eu penso enquanto forço um sorriso e estendo o buquê de flores. "Para você."

Sarah revira os olhos e as recebe com relutância. Talvez hoje seja o dia, o dia em que elas irão para um vaso. Ela coloca as compras e a bolsa no balcão, e contorna a ilha. Acho que ela está indo até a pia, e que as flores enfim serão aparadas, regadas e realocadas. Mas não; ela se posta bem diante da lixeira e pisa no pedal com o bico do sapato de salto. A tampa se abre e ela joga o buquê no lixo, esmagando as flores para dar um show.

Não consigo evitar meu suspiro de frustração enquanto desempacoto as compras. São principalmente ingredientes para o suposto jantar em família desta noite, espaguete com almôndegas, que ela sabe que eu odeio. E tenho certeza de que este é o exato motivo de ela ter escolhido esse prato. Sarah enche uma panela com água e a coloca no fogão, acrescentando um punhado de sal.

"Podemos conversar?", pergunto.

"Acho que não deveríamos conversar sem a presença dos nossos advogados", diz Sarah, acendendo o queimador.

"Não me venha com essa. Nós dois *somos* advogados. Eles apenas se mantêm por perto para assegurar que a gente não se mate."

Ela vira a cabeça na minha direção, erguendo uma sobrancelha como se quisesse censurar a minha escolha de palavras. Fora isso, ela não reage. Sarah pega uma grande faca de cozinha do cepo sobre a ilha. As luzes que pendem do globo acima do balcão refletem na lâmina, causando um lampejo.

Dou um suspiro, deixando o ar sair do meu peito inflado, e abaixo meus ombros para demonstrar serenidade. Meu papel de machão nunca funcionou com Sarah. Na verdade, só a irrita ainda mais — o que é a última coisa que devo fazer se eu quiser resolver alguma coisa aqui.

Com uma tábua de corte e uma faca na mão, Sarah pigarreia — seu método passivo-agressivo de me mandar sair do caminho dela. Eu me afasto, dando a ela o espaço exigido.

"Eu só quero conversar", reitero, recostando-me no balcão em frente a ela.

Ela coloca uma cebola na tábua e prepara a faca. A lâmina a corta com facilidade, batendo na madeira.

"Você nem me deixa explicar", acrescento, tentando fazê-la falar comigo.

Sarah maneja a lâmina para a frente e para trás, cortando a cebola com rapidez. Ela encontra meu olhar com uma expressão tão tensa que parece feita de pedra. A faca continua batendo na tábua, cada baque é mais alto, conforme ela bota mais força em cada corte.

"É porque não há nada para explicar." Não há emoção em sua voz, é como se ela estivesse lendo um documento jurídico, e não discutindo nosso casamento desfeito.

"Sim, há."

"Tipo o quê, Bob?" Ela inclina a cabeça. "Além de você ter chamado de 'acidente', que outra explicação você tem para estar comendo uma mulher qualquer em um quarto de hotel?"

Deixo escapar um suspiro profundo e me aproximo da ilha para ficar de pé em frente a ela, encarando seus olhos endurecidos.

"Foi um erro, o maior que já cometi, eu juro que não significou nada. Só *você* me importa. Era uma noite importante para mim, e eu estava bêbado. Não sei o que aconteceu. Em um momento, eu estava discursando, e no outro, bem... Não me lembro, e também não me lembro dela."

"Sua falta de memória deveria servir de consolo para mim?" A cebola quase virou mingau com o fatiamento incessante, mas ela continua picando mesmo assim. Tenho certeza de que ela está me imaginando sob aquela faca — ou alguma parte delicada do meu corpo.

"Não, de jeito nenhum. Só estou dizendo que isso... nunca mais vai acontecer, *jamais*." Eu me inclino sobre o balcão, diminuindo a distância entre nós, esperando que minha proximidade alcance alguma partezinha compreensiva daquela estátua de indiferença diante de mim.

"Nisso você está certo, Bob, porque não dá para trair uma ex-esposa."

"Qual é, Sarah..." Estendo minha mão para tentar pegar a mão dela, mas ela dá um tranco e a faca acaba cortando a palma da minha mão. O sangue escorre do corte fresco, e eu cerro meu punho, gritando: "Jesus! Porra!".

"Desculpe", diz ela friamente. "Foi um acidente." Não há sinceridade em sua voz, e o mais cínico dos sorrisos se instala em seu rosto.

Ela coloca a faca sobre a tábua, pega uma toalha de mão da gaveta ao lado e a estende para mim.

"Tome cuidado para não deixar nada sujo de sangue."

Hesito por um instante, com meus olhos fixos nela. Dizem que não há como distinguir entre uma mulher traída do diabo em pessoa, e eu acredito nisso — porque não consigo dizer para qual estou olhando.

Pego a toalha das mãos dela e resmungo: "Obrigado!".

"O prazer é todo meu", ela zomba.

Sarah segue no preparo do jantar como se nada tivesse acontecido, enquanto limpo as gotas de sangue do balcão e enrolo com firmeza a toalha na mão. Ela pega uma frigideira do armário e a coloca sobre o fogão, ligando outro queimador. Ele estala várias vezes antes de a chama acesa começar a bruxulear sob a panela, lambendo o metal. Preciso mantê-la falando, porque, se conversarmos, talvez consigamos encontrar o caminho de volta um para o outro.

"Por favor, não seja tão precipitada. Quando você descobriu o que... aconteceu, nem me confrontou por isso. Não me questionou. Não gritou comigo. A gente não teve uma única conversa. O que você fez foi entrar com o pedido de divórcio sem dizer nada. Qual é! Quem faz esse tipo de coisa?"

"Eu faço", ela responde, colocando um fio de azeite na panela, seguido pelas cebolas picadas.

"Nós temos uma filha. Eu sei que você está chateada comigo, mas pense em Summer."

Sarah vasculha o armário de temperos e vai selecionando e separando vários deles. "É nisso mesmo que estou pensando, por isso que pedi o divórcio, em vez de tomar outra atitude."

Minha esposa só usa duas formas de agressão: a passiva e a completamente destruidora. Acho que eu deveria me considerar sortudo por ela ter escolhido a primeira, já que ela não consegue parar de me lembrar disso. O reflexo dela no micro-ondas instalado acima do fogão é uma versão distorcida da mulher que eu conheço. Talvez esta seja quem ela sempre foi, mas me recuso a acreditar nisso.

"Não vou desistir de modo tão fácil", digo, aprumando meus ombros e empinando meu queixo para transmitir minha força moral.

Sarah está polvilhando tomilho nas cebolas do refogado. Então, ela se vira para mim e inclina a cabeça de um jeito condescendente. "Em algum momento, você vai."

"Mãe, pai!", grita Summer quando entra na cozinha, usando maiô e short. Ela é esbelta, tem longos cabelos loiros e olhos verdes intensos, e a cada dia se parece mais com a mãe. Eu só espero que a aparência seja o único atributo herdado de Sarah.

Nossa atenção se volta para nossa filha de nove anos, o único vínculo existente entre mim e Sarah. E talvez o único motivo para minha esposa só ter feito um cortezinho na minha mão com a faca, em vez de me estripar por inteiro.

"Posso, por favor, por favor, por favorzinho, ir nadar?", ela implora.

A água ferve, entornando no fogão quente, que chia.

"Merda", resmunga Sarah. E logo contorna a bagunça, abaixando o fogo e colocando uma colher de pau sobre a panela para dissipar a espuma crescente.

"Isso foi um palavrão, mãe", provoca Summer. "Você não deve dizer palavrões."

"Eu sei, querida. Às vezes, os adultos *acidentalmente* fazem coisas que não deveriam fazer", diz ela, dando uma olhada rápida para mim. "O jantar vai ficar pronto logo, logo, e seu pai se machucou, então, por que você não o ajuda a pôr a mesa?"

Summer me lança um olhar triste quando vê a toalha ensanguentada enrolada na minha mão.

"Pai, você está sangrando. O que aconteceu?"

"Eu escorreguei", minto, com meus olhos disparando entre minha esposa e minha filha.

Sarah não me dá atenção, ela continua ocupada com o jantar enquanto Summer tenta espiar meu ferimento. Desenrolo a toalha, revelando o corte ensanguentado, de uns cinco centímetros de comprimento.

"Está horrível, pai", ela diz meio intrigada e aflita. "Você precisa de um Band-Aid. Não, precisa de... tipo... uns cinco. Vou pegar o kit de primeiros socorros." Antes mesmo de terminar a frase, Summer já está atravessando o corredor.

"Pelo menos, alguém nesta casa ainda me ama", comento, na expectativa de que minha esposa admita que ainda se importa comigo, mas ela não diz nada. Sarah coloca as almôndegas pré-cozidas, uma de cada vez, na frigideira, fingindo que eu nem estou presente.

E.L.A.S JENEVA ROSE DIVÓRCIO PERFEITO

8
SARAH MORGAN

Os pratos tilintam contra a cuba de metal quando largo um punhado de louças e talheres sujos dentro da pia. Bob se ofereceu para me ajudar a limpar, mas pedi a ele que fosse ao quintal para ficar de olho em Summer. Mesmo sem motivo, não o queria perto de mim, e tem um limite de quanta lambeção de botas eu tolero. Esguicho detergente na pia e abro a torneira. A tempestade iminente está contida, por ora, mas da janela da cozinha vejo que o céu escureceu como o sombreado de uma pintura a carvão, e o vento está começando a aumentar. Sei que a chuva não vai tardar a vir, pois é raro que isso aconteça com uma tempestade dessa magnitude.

Enquanto espero a pia encher de água, vou à sala de estar e ligo a tevê no noticiário. É um ruído de fundo bem-vindo para me manter atualizada. Imagino que a prisão de Ryan já tenha vazado. Em virtude da gravidade do crime e do fato de ele ser o ex-xerife, é lógico que tem alguma emissora local ansiosa para dar o furo. Morte e escândalo sempre vendem, e numa cidade com menos de cinquenta mil habitantes, isso é ainda mais comum. Voltando à pia, começo a lavar os pratos à mão, primeiro. Temos uma lava-louça, mas não confio na qualidade do trabalho dela. A maioria das coisas só fica boa quando nós mesmos fazemos a limpeza.

A porta de correr do deque dos fundos é aberta e Summer entra correndo enrolada em uma toalha grande, deixando para trás um rastro de pegadas molhadas enquanto sai de vista e desce pelo corredor.

"Cuidado, Summer!", grita Bob. "E não se esqueça de pendurar seu maiô no porta-toalhas", diz ele, fechando a porta de vidro atrás de si.

"Pode deixar, pai!" A voz abafada de Summer reverbera do outro lado da casa.

Olho para Bob com uma expressão de quem pergunta: "*O que aconteceu com a vontade dela de nadar?*". Sem que eu precise falar, ele explica: "O vento aumentou e o lago estava mais frio do que o esperado...".

Volto minha atenção para a pia, olhando pela janela acima dela. Um relâmpago forma uma fissura no céu, seguido por um estrondo de trovão, segundos depois. A chuva irrompe das nuvens de uma só vez, martelando sem piedade. Nenhum de nós reage à tempestade lá fora porque a que acontece aqui dentro é muito mais intensa.

"Algumas tábuas no deque dos fundos precisam ser substituídas." Bob enfia as mãos nos bolsos da calça e balança para trás sobre os calcanhares. "Na verdade, tem que trocar tudo. Não quero que Summer se machuque, então, vou resolver isso."

Ele está nitidamente procurando pretextos para passar mais tempo aqui.

"Bob, você não tem nem furadeira", brinco.

"Eu quis dizer que contrataria alguém para resolver."

"Tudo bem." Assopro uma mecha de cabelo que esvoaça em meu rosto. "Eu cuido disso."

Ele aperta os lábios e dá um passinho para dentro da cozinha.

"Posso ajudar com alguma coisa?"

Balanço a cabeça, esfregando com força uma panela suja de azeite.

"Que tal uma taça de vinho?", ele sugere.

Eu quero uma taça de vinho, mas não com ele. Não quero nada dele, exceto sua assinatura na papelada do divórcio.

"Não, estou bem assim."

Bob solta um suspiro extenuado, demorando-se entre a sala de jantar e a sala de estar. Sinto seu olhar implorando para que eu o encare. Seus olhos quase queimam minha pele, mas me recuso a fitá-lo. Não paro de esfregar a panela.

Por fim, ele desiste e firma os pés no chão, seus passos estão um pouco mais silenciosos quando chegam ao tapete da sala de estar. Meus olhos pousam nele por um breve momento enquanto Bob se joga no sofá. A parte de trás de sua cabeça bloqueia um pedaço da tela da tevê, e me pergunto se ele se sentou ali só para me irritar, mas não falo nada. Precisamos escolher nossas batalhas, e nós dois já estamos em plena guerra.

Uma bela apresentadora aparece na tela, junto a um gráfico que está acima de seu ombro direito, o qual não consigo ver inteiro por causa da cabeçona de Bob. Enxáguo uma panela, coloco-a no escorredor e pesco outro prato sujo da pia.

"Notícias de última hora do condado Prince William", anuncia a apresentadora. "O ex-xerife Ryan Stevens foi preso por suspeita de dirigir alcoolizado, resultando em um homicídio culposo (...) mas o caso é ainda mais grave. Gretchen Waters, do Canal 5, está ao vivo no gabinete do xerife com as últimas novidades."

Bem como eu esperava. A notícia já está correndo, embora eu presuma que o xerife Hudson tenha tentado manter o máximo de discrição.

A tela corta para uma jovem repórter de cabelos castanhos sedosos e lábios fartos, em frente ao gabinete do xerife do condado Prince William. A repórter está com um dedo no ponto do ouvido, esperando sua deixa para começar. É nítido que há um leve *delay*. Quando o sinal chega, ela abaixa a mão, posiciona o microfone a alguns centímetros da boca e faz sua cara mais séria de repórter.

"Estou em frente ao gabinete do xerife do condado Prince William, onde o ex-xerife Ryan Stevens foi detido na manhã de terça-feira por dirigir sob efeito de álcool e atropelar uma vítima, que acabou morrendo. De acordo com o inquérito policial, Stevens estava muito embriagado quando avançou o sinal vermelho, atingindo e matando uma mulher de 44 anos, Jackie Clarke, que fazia sua corrida matinal. Nossas mais profundas condolências aos amigos e familiares de Jackie Clarke."

Volto minha atenção para a pia e continuo esfregando um prato, movimentando a esponja molhada em círculos lentos e ensaboados.

"Cerca de uma hora atrás, recebemos uma denúncia anônima referente à prisão do ex-xerife Ryan Stevens", continua a repórter. "De acordo com nossa fonte, o perfil de DNA de Stevens foi inserido no sistema unificado da polícia a fim de estabelecer sua compatibilidade para com as provas coletadas de um atropelamento ocorrido no final do verão passado, o qual tirou a vida de Tim Redding, de 57 anos. Não há relação com este caso anterior, que, então, continua em aberto. No entanto, em uma reviravolta bizarra, o perfil de DNA de Stevens foi relacionado às provas de um duplo homicídio ocorrido há mais de uma década."

O prato escorrega da minha mão e se quebra contra uma panela encharcada na pia.

"Aumenta o som", eu grito.

Bob pega o controle remoto de forma atabalhoada e aumenta o volume.

"Doze anos atrás, o assassinato de Kelly Summers e de seu filho nascituro abalou esta pequena comunidade em virtude de sua brutalidade e da ampla divulgação dos processos judiciais."

Arregalo os olhos enquanto seco minhas mãos num pano de prato e caminho vagaroso em direção à tevê — onde o passado exibe sua carantonha. Era disso que eu tinha medo. Minha vontade era matar Stevens agora mesmo. Talvez devesse ter feito isso anos atrás. Ele sempre foi uma ponta solta, perigosa.

"O ex-xerife Ryan Stevens liderou e supervisionou a investigação do homicídio de Summers, rapidamente indiciando o escritor Adam Morgan, que vinha tendo um caso com a vítima. O corpo dela foi encontrado na casa de Adam, que também foi o último a vê-la viva", continua a repórter. "Adam foi defendido pela esposa, Sarah Morgan, advogada de alto nível de Washington, e foi considerado culpado, por fim, recebendo sentença de morte. O caso foi ainda mais popularizado depois que a Netflix lançou a série documental *Did He Kill Her?* — que detalhou os eventos em torno do assassinato de Kelly Summers e o julgamento que se seguiu.

"Há pouco mais de um ano, Adam Morgan foi executado via injeção letal. Agora, a descoberta de que o perfil de DNA do ex-xerife Stevens corresponde às provas coletadas do corpo de Kelly Summers coloca em xeque a confiabilidade da acusação contra Adam Morgan. Então, a dúvida neste momento é: executaram o homem errado? Vamos acompanhar o desenvolvimento do caso. Eu sou Gretchen Waters, do Channel 5 News."

Bob se vira com lentidão em seu assento, boquiaberto, pálido. Minhas mãos começam a tremer. Esta é a última coisa de que preciso agora... Mais um problema. Respiro fundo algumas vezes, tentando me acalmar para conseguir pensar.

"Sarah." A voz de Bob oscila. "Não seria bom a gente conversar?" É uma pergunta e uma afirmação ao mesmo tempo.

"Não, não seria", respondo, porque já sei que não posso confiar nele.

E.L.A.S®
JENEVA ROSE
DIVÓRCIO PERFEITO

9

XERIFE HUDSON

“Quem diabos vazou isso para a imprensa?”, grito para a sala cheia de subordinados. Na minha mão está o resultado da análise de DNA que liga Stevens ao caso Summers, o mesmo que o Channel 5 divulgou na noite anterior. Os papéis farfalham quando os sacolejo na minha mão. A sala está em completo silêncio, exceto pelos telefones, que tocam sem parar. Nenhuma ligação é atendida, pois todos estão congelados, com medo de dar o primeiro passo e atrair atenção indesejada. Todos os olhares disparam para lá e para cá, jamais pousando em mim. Até Olson, a comandante-adjunta, permanece calada, encarando as próprias botas, com as mãos entrelaçadas. Na maioria das vezes, ela me ajuda a manter a serenidade, mas neste momento está me dando espaço para desabafar. Olson sabe que estamos numa merda federal, todavia, ela não tem noção do quanto estamos atolados nela — porque ela não estava aqui quando tudo aconteceu.

Eu sempre soube que havia algo errado com o caso Kelly Summers. Nada ali me parecia coerente. Eu tinha minhas teorias. Mas esta, com certeza, não era uma delas. Naquela época, tentei investigar, porém, não fui muito longe. Eu era inexperiente, estava muito abaixo na hierarquia. E Stevens nunca permitiu minha aproximação, sob o pretexto de haver um potencial conflito de interesses, considerando minha amizade com o marido de Kelly, Scott, que era o comandante-adjunto na época. Agora, sei que aquele papo era pura patacoada da parte dele.

“É bom alguém se manifestar agora!”, grito, com meu coração martelando. Parece que ele está se contraindo a cada segundo que passa.

Quanto mais meus pensamentos aceleram, mais meu peito parece apertar. Sinto que estou perdendo o controle do meu departamento e talvez até de mim mesmo.

"Somos uma equipe", digo, com minha voz rouca e firme. "Somos uma frente unificada. Planejamos quais informações compartilhar e como compartilhá-las. O que não fazemos é vazar coisas para fora deste departamento. Por quê?"

Vou até as janelas e me viro para encarar toda a equipe antes de abrir as persianas. Tem seis vans de emissoras de tevê estacionadas lá fora, e tenho certeza de que há mais delas chegando. Há câmeras de transmissão devidamente posicionadas e repórteres armados com microfones. Estamos no centro de um circo midiático e longe de comandá-lo como deveríamos, graças a algum imbecil que achou coerente resolver o problema por conta própria.

"Por causa disso!"

Vários policiais se sobressaltam ao som dos nós dos meus dedos colidindo contra o vidro. *É* direito do público acessar esse tipo de informação, mas há uma razão para seguirmos protocolos. Isso deveria ter sido divulgado por meio de uma coletiva, e não num bloco do noticiário noturno.

Puxo a cordinha e as persianas despencam, batendo contra o peitoril da janela.

"Quem vazou? Quem!? Eu quero saber agora!" Ando de um lado para outro na frente da minha equipe, esperando que alguém dê um passo à frente.

"Senhor", uma voz mansa chama de algum lugar nos fundos. É um de meus novatos, uma coisinha raquítica, mas confiável. Ele se levanta devagar de sua mesa, gaguejando um pouco.

"Desembucha, Lane. Não tenho tempo para isso."

Lane pigarreia e olha com cautela ao redor da sala, para os outros policiais. Pela expressão dele, é óbvio que já está arrependido por ter se manifestado.

"Recebemos os resultados depois que a notícia foi ao ar, então, o vazamento deve ter vindo do laboratório."

O tenente Nagel dá um passo à frente, empinando o queixo. Ele se assoma diante de todos e ostenta um maxilar forte e uma ética de trabalho ainda mais forte.

"Lane está certo, xerife Hudson. Os resultados foram entregues a nós depois que as notícias foram divulgadas pela imprensa."

Eu aperto os olhos e retorço a boca, dando uma rápida olhada no laudo do laboratório na minha mão. O carimbo de data e hora da entrega mostra 21h42, e a notícia saiu no jornal pouco depois das nove. *Eles estão certos*. O vazamento deve ter vindo do laboratório, não daqui. Talvez alguém tenha achado que fôssemos encobrir a notícia para proteger um dos nossos — então, fizeram o que achavam que deveriam. Eu poderia colocar um policial para encontrar o responsável, mas, do ponto de vista da opinião pública, liderar uma caça às bruxas não seria benéfico para o nosso departamento, até porque já estamos com a imagem para lá de ruim.

Comprimo os lábios e assinto para Lane e para Nagel. Lane retorna ao seu assento, e Nagel volta a se reposicionar na fila com o grupo.

Inspiro fundo e seguro a respiração por alguns segundos antes de expirar. Um pouco da tensão em meus ombros se dissipa, só o suficiente para me impedir de continuar a fazer meu pessoal de saco de pancadas. Não foram eles que causaram esse erro enorme. A maioria deles sequer tinha idade para dirigir quando Kelly Summers foi assassinada. Cacete! Já faz mais de doze anos.

"Tudo bem", digo, e minha voz sai mais calma desta vez. "Precisamos nos adiantar, então, a investigação Summers será reaberta, e vou precisar de todo o contingente. Quem não trabalhava aqui quando aconteceu, se atualize. Quem trabalhava, refresque a memória. Quero que revirem tudo que for pertinente ao caso, e eu quero dizer *tudo*. Declarações de testemunhas, anotações do julgamento, depoimentos, inquéritos policiais, cada fragmento de prova. Entendido?"

"Sim, xerife", a sala responde em uníssono.

Eu fico lá por um tempo, meus olhos passeiam rapidamente por eles, preciso garantir que eles captaram a seriedade das minhas palavras.

"Ótimo. Mãos à obra, então."

Meu pessoal não perde tempo, afinal, não há tempo a perder, todos se espalham de imediato. Sigo para o meu escritório e bato a porta atrás de mim.

"O que diabos você fez, Ryan?", pergunto para a sala vazia, balançando a cabeça para pontuar minha frustração. Mesmo que Stevens estivesse aqui agora, ele me daria uma resposta idiota.

Jogo o laudo na mesa e desabo na cadeira, olhando as telhas fissuradas do teto, me perguntando como tudo chegou a este ponto. Mais ou menos no último ano, Stevens entrou em uma espiral horrível — mas ele já foi competente? Não consigo entender como ele conseguiu ter um caso amoroso com a esposa de um policial. Você não faz isso com um colega de distintivo. E o que Scott Summers acharia disso? Será que já está sabendo que seu ex-chefe o traiu, e que pode até mesmo estar envolvido de forma direta nessa morte? Na verdade, será que ele ainda está vivo? Após o julgamento, ele abandonou a polícia e deixou a cidade. Nunca mais ouvi falar dele.

Vou até um dos armários de arquivo alinhados contra a parede, abro uma gaveta de metal e folheio as pastas até encontrar a que estou procurando. Corro um dedo sobre o sobrenome e o primeiro nome impressos na aba do arquivo. *Pobre Kelly*. Achei que tivéssemos acertado, que tivéssemos feito justiça para ela, mas, para ser franco, a investigação toda nunca me pareceu boa. Foi fácil demais. E, depois, teve aquele julgamento desorganizado. Não sou especialista em questões jurídicas, mas o fato de Sarah Morgan ter atuado como advogada de defesa do marido em um caso de homicídio me pareceu um conflito de interesses, e a comunidade nunca contestou isso. Talvez porque as evidências estivessem contra Adam e o caso parecesse fácil de resolver ou talvez porque Stevens tivesse forçado a barra. Quem saberia dizer? Foi um julgamento rápido também, um dos mais rápidos que já vi. A maioria dos casos de homicídio leva anos para ser construída, antes mesmo de os procedimentos judiciais começarem. Mas não foi o que ocorreu no caso Summers.

Sento-me de novo à minha mesa e abro a pasta. Não é o arquivo completo, só os detalhes mais relevantes. O fato de que teremos de revisar esse caso todo de novo — palavra por palavra, cada fragmento de prova, cada transcrição, cada inquérito e depoimento — é aterrador, para dizer o mínimo. Além disso, reentrevistar testemunhas e suspeitos será quase impossível, considerando o tempo que já se passou. Vai ser um trabalho tedioso para este departamento e, muito provavelmente, será tudo em vão.

Levanto minha cabeça, olhando para a meia dúzia de armários ao longo da parede. Há dezenas de outros na sala de arquivo. Quando isso se espalhar na imprensa e os advogados sentirem cheiro de sangue na água, cada investigação que tiver a assinatura de Ryan Stevens, centenas e centenas, vai ficar suscetível a pedidos de apelação — vai depender de quantas merdas mais ele tiver feito durante seu mandato.

Duas batidas à porta me salvam de meus pensamentos descontrolados.

"Entre", digo.

A porta se entreabre, e minha assistente, Marcy, enfia a cabeça na greta. "Xerife Hudson, tem uns repórteres no saguão exigindo que você saia e faça uma declaração. Eu disse que você está ocupado, mas não sei por quanto tempo mais conseguirei distraí-los."

Solto um suspiro pesado e digo: "Está tudo bem, Marcy. Vou dar uma declaração oficial!".

Ela abre um sorriso empático. Eu levanto, saio do escritório, passo pelas baias e, depois, por um longo corredor que leva à frente da delegacia. Cerro as mãos, que estão tão tensas que os nós dos dedos parecem montanhas cobertas de neve, e poderiam rasgar a pele de tão enrijecidos. Paro no meio do caminho. Não posso dar uma declaração agora, preciso fazer outra coisa antes. Sacudo as mãos e me afasto de Marcy.

"Xerife, a imprensa está lá na frente. Aonde você vai?", grita Marcy, percebendo meu desvio.

"Falar com Stevens", respondo, e espero muito ter autocontrole para apenas conversar com ele.

10
BOB MILLER

"Droga!", disse Brad.

Eu me sento na cadeira em frente à sua mesa gigantesca. Sei que ele comprou esta tralha para parecer o maioral, mas acaba gerando o efeito oposto, pois parece minúsculo sentado atrás dela. Ele não poupou despesas para decorar seu escritório. A iluminação é fraca, nada muito além de um leve brilho amarelado. Seus diplomas estão em molduras douradas penduradas com destaque às suas costas, graduação pela UW–Madison e Faculdade de Direito da Universidade de Chicago. Um carrinho de bar em formato de globo está ao seu alcance. Está aberto, revelando uma variedade de uísques caros e um conjunto de copos de cristal. Estantes do chão ao teto preenchem uma parede inteira, forradas de lombadas de couro com suas letras douradas reluzentes, todas as obras jurídicas das quais alguém poderia precisar.

Brad tira os olhos da tela do telefone.

"Isso vai ser uma zona, e pode acabar resultando num grande acordo. É por isso que você veio falar comigo? Você está tentando atrasar o divórcio para incitar uma possível ação por homicídio culposo?"

Dou a ele um olhar incrédulo e me inclino para a frente na minha cadeira.

"Não, Brad. Você sabe que eu não quero o divórcio de jeito algum, então, não tem a ver com dinheiro. Mas isto..." Gesticulo para a reportagem no celular dele, que detalha a relação de Ryan Stevens com o caso Kelly Summers "... é um problema."

Ele percebe o curativo enrolado na minha mão e o espia com desconfiança.

"O que houve aí?"

"Foi um acidente. Eu me cortei", minto, deixando meu braço cair junto ao corpo. Nem sei por que estou mentindo ou por que ainda estou protegendo Sarah. Quero dizer, depois que a notícia foi divulgada, ela quase me expulsou de casa. Parecia assustada — não, apavorada. Seu cérebro estava fazendo horas extras, como engrenagens em um maquinário sendo levadas ao limite. Tentei dizer a ela que seríamos mais fortes se fôssemos uma equipe, mas Sarah não quis nem saber. Ela disse que precisava de tempo para pensar e me mandou embora, então, eu fui.

"Ok...", diz Brad. "Mas como o caso Kelly Summers pode ser um problema?"

Pisco várias vezes, tentando concluir o quanto posso revelar a ele. Não sei como fazê-lo porque não sei se Sarah vai tomar alguma providência nem se ela ao menos vai agir. Será que ela vai ser esperta e formar uma frente unificada comigo, como sempre dissemos que seríamos? Ou vai ser cada um por si? Juntos, seríamos imbatíveis, mas separados, não sei o que seríamos.

"É só que... O *timing* disso tudo é um problema. Sarah e eu estamos passando por um divórcio, e então essa notícia vaza. Além do mais, em determinado ponto do caso, eu fui suspeito."

"Mas você, é claro, foi inocentado", lembra ele.

"Sim, na investigação liderada por um xerife que estava transando com a vítima. Kelly e eu também tivemos uma história, e tenho certeza de que isso vai ser trazido à tona outra vez." Esfrego a testa.

"Como assim vocês dois tiveram 'uma história'?" Brad balança a cabeça, confuso com essa nova informação.

Brad não sabe nada sobre aquela época da minha vida. Quando o crime aconteceu, ele estava morando em outro estado, e acabamos perdendo o contato. Quando ele se mudou para Washington, há cerca de cinco anos, nós nos reconectamos, mas nunca mencionei nada dessa história para ele. Por que eu faria isso? Estava no passado, e lá deveria permanecer.

"O nome verdadeiro dela não é Kelly Summers." Paro de falar, ciente do impacto que essa informação vai ter ao sair da minha boca. "É Jenna Way."

Ele arregala os olhos.

"Você está de sacanagem!"

"Estou falando sério."

"Jenna Way? A vagabunda que matou seu irmão?" Brad balança a cabeça, recostando-se na cadeira. "Que carma, hein?!"

Faço que sim com a cabeça, concordando, mesmo sabendo que a morte dela não teve nada a ver com carma. Nem sempre o universo garante o retorno de tudo o que fazemos.

"Seu histórico com Kelly, ou Jenna, é no máximo uma prova indiciária, na melhor das hipóteses. Não é o suficiente para te acusarem por algum motivo, ainda mais se não houver nenhuma outra prova material te ligando ao assassinato dela."

"Eu sei, e, quando ela foi assassinada, eu estava em Wisconsin, a quase mil e quinhentos quilômetros de distância, então, seria difícil eles me ligarem ao caso, porque não teria como eu estar em dois lugares ao mesmo tempo."

Ele ergue uma sobrancelha e bate o dedo indicador no queixo. "A menos, é claro, que você tenha contratado alguém para matá-la!"

Cerro os olhos e me levanto da cadeira. "Você está trabalhando para mim ou contra mim, Brad?"

Ele se inclina para a frente, apoiando os cotovelos na mesa. Enquanto isso, eu caminho de um lado para o outro sobre seu luxuoso tapete persa.

"Estou tentando trabalhar com você, Bob. *Você* me pediu para representá-lo no divórcio, mas não para de enrolar. Você não está me deixando fazer meu trabalho, e agora ainda me traz um caso que não tem nada a ver com a sua separação... Então, me diga, *o que é* que você quer?" O comportamento amigável de Brad desapareceu, foi substituído pela personalidade agressiva e prática que lhe deu tanta fama.

Solto um suspiro pesado e continuo andando de um lado para outro, pensando no assunto. Não sei o que fazer. No meu coração, quero lutar por Sarah. Quero reconquistá-la. Mas, no meu íntimo, sinto que a merda está prestes a bater no ventilador e, se eu não começar a pensar direito, vou acabar chafurdando nela. Percebo que perdi o foco. Minha visão está se afunilando. Sarah e eu estamos juntos há mais de uma década, e isso não é algo que possa ser ignorado com facilidade, a menos que eu fique num beco sem saída. E *estou* de olho nela, então, sei que ela não está tramando nada nefasto, pelo menos, não ainda. Bem, desconsiderando o corte que ela deixou na minha mão. Olho para o curativo branco, esfregando meu polegar no algodão macio. Foi tipo um tapinha amoroso, porque eu sei o que ela é de fato capaz de fazer com uma faca.

"Bob", retruca Brad, indicando que sua paciência acabou. "O que você quer?"

"Não sei", respondo. "Preciso de um pouco mais de tempo para descobrir."

"Tudo bem, mas você também precisa decidir o que quer no divórcio."

Lanço um olhar furioso para ele.

"Isso *caso* você não consiga convencer Sarah a não se separar", ele acrescenta. "E, em nosso último encontro, ela disse que vai lutar pela guarda unilateral de Summer. O que significa que vai ser uma batalha, então, você vai precisar de munição se quiser garantir que isso não aconteça."

"Sarah não estava falando sério", retruco.

"Ela me pareceu bem séria. Por acaso, Sarah é do tipo que blefa?"

Olho para Brad, ponderando, pensando na minha amada esposa — com seus cabelos loiros, seus olhos verdes, suas maçãs do rosto esculpidas e seu corpo esguio —, ela poderia muito bem ser confundida com um anjo. Mas só se você não a conhecesse bem.

Balanço a cabeça.

"Não, ela não é do tipo que blefa."

"Então, você vai precisar de munição."

"Já tenho."

Ele sorri para mim, satisfeito com a informação.

Desde o início, eu sabia que precisava de uma espécie de apólice de seguro com Sarah, algo para assegurar que ela nunca fizesse comigo o que fez com seu primeiro marido, Adam. Agora, estou contente por ter me municiado, mas, ainda assim, espero não ter de usar esse recurso. Porque, se eu fizer isso, não terá volta.

11
XERIFE HUDSON

Preciso olhar Stevens nos olhos quando confrontá-lo a respeito de Kelly. Saberei imediatamente se ele estava envolvido no assassinato dela, porque ele nunca foi um bom mentiroso. Também preciso me certificar de que ele não escondeu mais nada sobre a investigação do caso Summers, ou de qualquer outra investigação que tenha supervisionado. A última coisa de que preciso agora é de mais surpresas.

Eu aceno meu distintivo na frente do leitor eletrônico, abro a porta e entro na área restrita. Está silencioso aqui, vazio, exceto pelo oficial Clark, que está sentado atrás da mesa de controle.

"Bom dia, xerife Hudson." Clark é um sujeito corpulento com uma perna ruim, e é por isso que ele está de plantão.

"Como está Stevens?", pergunto.

Ele olha para o relógio. "Há vinte minutos, ele estava dormindo, então, eu diria que ele está bem."

"Quero vê-lo."

"Claro, xerife", diz Clark, se levantando devagar. Ele tira o molho de chaves do cinto, caminha alguns passos e destranca a porta de aço que leva aos fundos, onde ficam as celas da detenção.

Estendo minha mão para o agente penitenciário, com a palma virada para cima.

"Pode deixar que, a partir daqui, eu assumo."

Ele assente e me entrega as chaves.

"Stevens já sabe do vazamento para a imprensa?"

Clark balança a cabeça. "Acredito que não. Quero dizer, ele não recebeu nenhuma visita nem deu nenhum telefonema depois que a notícia saiu."

"Ótimo", respondo, sabendo que é melhor pegá-lo desprevenido para que ele não tenha a chance de começar a inventar histórias.

Minhas botas táticas batem contra o piso de concreto, ecoando nas paredes do corredor. Para a segurança de Ryan, ele está detido em uma cela particular, isolada do restante dos presos, pois os criminosos, em geral, por motivos óbvios, não são muito chegados a policiais ou ex-policiais. Depois do que ele fez, penso de verdade em colocá-lo junto aos outros, mas isso parece algo que o próprio Stevens faria, não eu.

Chego à última porta de segurança para a área restrita, onde há duas celas lado a lado. Estas quase nunca são usadas, pois a maioria dos detidos aqui não requer segurança adicional. Escaneio meu crachá. O leitor apita e a porta vibra. Seguro a maçaneta e abro.

"Stevens, você de fato...", começo a falar, mas paro de repente quando meu olhar pousa nele. Arregalo os olhos, incrédulo, e meu estômago dá uma pirueta, como se eu estivesse em uma montanha-russa, no pico da primeira queda.

"Médico. Precisamos de um médico!", berro a plenos pulmões, disparando em direção à cela de Stevens. Minha garganta queima, minhas cordas vocais são levadas ao limite, os músculos do meu pescoço estão se retesando tanto que minha pele parece prestes a se romper. As chaves escorregam da minha mão, caindo no chão e emitindo um *barulho* retumbante. Sou ligeiro ao recolhê-las, lutando para localizar a que abre a porta da cela.

"Stevens!", grito.

Tento várias chaves, sem sucesso.

Percebendo que ninguém vai me ouvir através das grossas portas de aço, pego meu rádio.

"Preciso de paramédicos nas celas de isolamento, agora!", ordeno enquanto tento usar outra chave.

A fechadura estala e eu abro a porta, correndo até onde Ryan está. O metal pesado bate contra a parede como um gongo imenso. Seu corpo está frouxo, caído para a frente, sem vida. Ele está com um cinto enrolado no pescoço, esticado, uma ponta amarrada no beliche do alto. Seus olhos estão bem abertos, o branco foi todo substituído pelo vermelho, pois os vasos sanguíneos estouraram sob a tensão e a ausência de oxigênio. Só espero não ter chegado tarde demais.

"Segura a onda, cara", digo, lutando para tentar afrouxar o couro. Tento erguer Ryan com uma das mãos e desfazer o nó com a outra. Lágrimas se acumulam em meus olhos, turvando minha visão e tornando cada vez mais difícil ver o que estou fazendo. Cravo as unhas no nó do couro, lascando e quebrando várias delas.

Por fim, consigo meter os dedos no nó e soltá-lo, o laço improvisado vai se desfazendo. A fivela do cinto cai no chão, e o tronco e a cabeça de Ryan pendem para a frente. O peso morto me pega desprevenido, e desabo no chão com ele. Coloco-o deitado de costas e tiro o cinto de seu pescoço. A pele por baixo está preta e azul, com manchas vermelhas por causa dos vasos sanguíneos rompidos. Há um filete de sangue em seu pescoço, onde o couro cortou a pele. Procuro a pulsação, mas não há nada. Verifico seu nariz, com minha mão a uns dois centímetros de suas narinas, esperando sentir o ar quente, mas não sinto nada.

"Você não vai sair assim, Ryan", digo, inclinando sua cabeça para trás e levantando seu queixo para abrir suas vias aéreas. Pouso minhas mãos na metade inferior de seu esterno, uma em cima da outra, e começo a bombear com força, começando as compressões torácicas a 110 BPM. À distância, ouço passos no chão, ou pelo menos espero que seja isso mesmo.

"Vamos, cara!", digo, apertando mais forte e mais rápido. Algo dentro de seu peito estala, mas eu continuo porque sei que costelas quebradas são comuns durante a ressuscitação cardiopulmonar. É como se Deus estivesse cobrando seu acordo original com Adão, retirando uma costela para recriar a vida. Faço uma pausa para o boca a boca e, então, recomeço as compressões no peito.

"Ah, caralho!", diz uma voz em pânico. Olho rápido para cima e encontro Clark parado à porta. Todo o sangue se esvaiu do rosto dele, e ele parece um cervo diante de um par de faróis.

"Você disse que tinha verificado!", grito, e minha cusparada borrifa uma névoa pelo cômodo.

"Eu verifiquei. Ele estava dormindo."

"Quem diabos permitiu que ele ficasse de cinto!?"

Clark gagueja. "Eu... eu não sei."

Dois paramédicos passam pelo oficial e se ajoelham ao meu lado. Eles começam a fazer perguntas. *Há quanto tempo ele está inconsciente? Há quanto tempo está fazendo compressões? Ele estava respirando quando o encontrou?* Respondo à medida do possível, mas não sei se minhas respostas são precisas. Não consigo nem ouvir minhas próprias palavras. Um paramédico bota a máscara de oxigênio sobre a boca e o nariz de Ryan enquanto o outro continua com as compressões. Escarrapachando-me no piso, eu me arrasto até minhas costas baterem nas barras da cela.

Então, olho para Clark, parado perto da porta de segurança. Ele está tentando se fazer invisível. O suor se acumula na divisa de seu couro cabeludo e seus olhos disparam em todas as direções. Ele comete o erro de cruzar o olhar de relance comigo.

Levanto a mão, apontando um dedo para ele. "É bom você torcer para que ele não morra."

E.L.A.S JENEVA ROSE DIVÓRCIO PERFEITO

12

SARAH MORGAN

Sou recebida com uma visão desagradável, mas já esperada, assim que encosto meu Range Rover no estacionamento do escritório da Fundação Morgan. Já tem meia dúzia de repórteres anexados a suas respectivas vans. Os cinegrafistas estão a postos, só me esperando, ansiosos para captar o primeiro áudio. Devem ser os mesmos que estavam parados à porta da minha garagem nesta manhã, quando saí para resolver algumas coisas e deixar Summer na escola. Tenho certeza de que, assim que saí de vista, eles juntaram suas tralhas e correram para tentar me pegar aqui.

Estaciono na minha vaga reservada, em que, para minha sorte, não consta meu nome, apenas uma numeração. Isso me dá um tempo para me recompor antes que alguém perceba minha presença. Até pensei em passar o dia todo em casa, mas a fundação precisa de mim, e tenho trabalho pendente. Dando uma conferida rápida no retrovisor, verifico minha maquiagem e flagro o reflexo da mulher que preciso ser hoje. *Lá está ela*. Parece quase a mesma, mas há mais profundidade por trás de seus olhos verdes. Retoco meu batom e sorrio de volta para ela.

Assim que meus saltos altos estalam no pavimento, eu ouço: "Ela chegou!". A fala é seguida por passos apressados enquanto os repórteres correm, cada um deles tentando chegar até mim primeiro.

Fecho a porta, coloco a alça da bolsa no ombro e começo a andar.

"Sra. Morgan."

"Sarah!"

Eles se aglomeram, gritando uns com os outros, tornando impossível ouvir qualquer uma das perguntas — não que eu pretendesse respondê-las, em todo o caso. Câmeras soltam seus cliques e flashes, e microfones são enfiados na minha cara. Um deles atinge minha boca, e o afasto.

Uma voz grave corta tudo.

"Ei!", ouço um grito. "Para trás, deem espaço para ela."

Alejandro irrompe no meio da multidão, abrindo caminho em meio ao bando de repórteres irritantes. Quando chega aonde estou, ele se vira e estica os braços, criando uma espécie de barricada entre mim e eles. Meus olhos percorrem suas costas, observando-o por inteiro — seus ombros largos, o cabelo curto arrumado e seu pescoço grosso. Uma colagem de tatuagens coloridas decora sua pele, continuando sob sua blusa Henley de manga longa bem ajustada. Alejandro agita as mãos para os repórteres, exigindo que recuem. Ele tem o físico e a estatura de um guarda-costas, que, combinados ao olhar endurecido de um criminoso, fazem todos obedecerem de pronto.

Os repórteres ficam em silêncio enquanto tomam seus novos lugares, a uma distância segura de mim. Satisfeito, Alejandro olha para trás e assente. Aperto meus lábios com firmeza e retribuo, sinalizando que estou bem. Então, ele se posta ao meu lado, me dando uma visão completa da multidão.

Por fim, um repórter se manifesta: "Sra. Morgan, você vai declarar alguma coisa?".

Respiro fundo e faço que sim com a cabeça, consciente de que preciso falar, embora eu não saiba bem o quê. Eu sei o que eles querem ouvir. Dá para ver nas expressões de cada um ali. Eu deveria estar indignada, arrasada, destruída. Considerando as notícias da relação do xerife Stevens com Kelly Summers — que era novidade só para eles, não para mim —, eu deveria estar pronta para botar o mundo abaixo. Esse é o sensacionalismo que eles desejam, então, eu lhes darei. Pigarreio antes de começar e invoco uma tristeza de algum lugar bem lá no fundo. A emoção vende, e eles querem vender indignação.

"Bom dia. Meu nome é Sarah Morgan. Doze anos atrás, defendi meu marido, Adam, da acusação de assassinar Kelly Summers e seu filho nascituro. Como sua esposa, eu sabia que ele era inocente. Eu sabia que ele era incapaz de cometer um assassinato, mas não consegui convencer o júri de tal fato, e agora sei o porquê. Uma das grandes incógnitas no caso Summers era a identidade do terceiro conjunto de DNA encontrado na região íntima da vítima. O gabinete do xerife do condado Prince William me garantiu que eles fizeram o melhor possível para descobrir a verdade." Observo a multidão de maneira teatral, vendo-a se agarrar a cada palavra minha. "Isso foi uma mentira descarada, porque eles estavam jogando de acordo com as próprias regras. Meu marido não teve um julgamento justo, o qual lhe era garantido pela Constituição, a qual jurei honrar, e a qual o ex-xerife Ryan Stevens jurou honrar também. Apenas um de nós honrou tal juramento." Faço uma pausa de um segundo, porque sei que foi uma boa frase de efeito, e espero que a imprensa a reproduza.

"Criei a Fundação Morgan porque acredito na justiça, mas também acredito em ressocialização e em segundas chances. Saber que meu Adam nunca teve uma chance, para início de conversa, é o que mais me afeta." Olho fixamente para a lente da câmera que pertence à emissora mais relevante. "E uma coisa na qual não paro de pensar, que me mantém insone, e que talvez me mantenha insone para sempre é... qual teria sido o destino de Adam, caso a verdade tivesse sido apresentada naquele tribunal, tantos anos atrás." Conjuro pensamentos que sei que me farão chorar — minha linda filha deitada em um caixão enquanto estou postada ao lado dela, olhando para uma vida interrompida. Perdê-la é a única coisa que temo. Meus olhos ficam marejados na mesma hora.

"Desculpem", digo, fingindo que minhas emoções estão à flor da pele e descontroladas. Pigarreio e continuo: "Meu marido foi tirado de mim pelas mãos do Estado da Virgínia, em nome da Justiça. Mas digam-me... como é que podemos chamar de justiça quando a prova capaz de libertar Adam foi enterrada? Como podemos chamar de justiça quando a pessoa responsável pela investigação estava envolvida em um caso amoroso ilícito com a vítima? Isso não é justiça de forma alguma; isso é corrupção; *isso... é assassinato*". Acrescento um pouco de ênfase à palavra "*assassinato*" enquanto faço contato visual com cada repórter, assegurando que eles não apenas ouçam minhas palavras como também as sintam. Quero que eles se lembrem deste momento, e que o levem consigo quando saírem para redigir suas reportagens.

"Se nosso sistema legal não é capaz de fornecer justiça... então, eu o farei. Obrigada, e não responderei a perguntas neste momento."

Há um instante de silêncio entorpecido quando termino minha declaração, e Alejandro imediatamente me acompanha, cortando a multidão, rumo ao prédio do escritório. A névoa que pairou sobre eles desaparece depois de alguns segundos, e então eles começam a se aglomerar de novo, vindo atrás de nós, com perguntas explodindo de forma furiosa. A imprensa nunca consegue se conter. Os repórteres sempre querem mais. Você dá a mão e eles querem o braço. Continuo andando, tomada pelo propósito de não dizer mais nada, mas uma pergunta me faz parar de supetão no meio do caminho, e um repórter que estava bem atrás de mim tromba nas minhas costas em consequência da minha parada repentina.

"Para trás!", grita Alejandro, aumentando a distância entre nós e a imprensa. Então, ele se inclina para mim e sussurra: "Você está bem?".

Eu o encaro e assinto, depois, me viro bem devagar para enfrentar a emboscada de jornalistas pela última vez.

"Você pode repetir isso?", digo à mulher que fez a pergunta.

Todos os olhares recaem sobre ela, que pigarreia e diz: "Qual é a sua reação à declaração que Eleanor Rumple deu à imprensa nesta manhã? A mãe de Adam... Sua sogra ou ex...".

Ergo minha mão para interrompê-la. "Eu sei quem é Eleanor, mas não o que ela disse, então, não tenho o que comentar."

"Eleanor declarou que planeja abrir um processo contra o gabinete do xerife do condado Prince William pela ocultação de provas absolutórias e que, se for bem-sucedida, ela seguirá com um processo pela morte indevida do filho. Você a apoia?" A repórter estende o microfone na minha direção.

Penso na minha resposta, mas não consigo dizer que apoio Eleanor. Em vez disso, digo: "Eu apoio a justiça!".

"Como você se sente a respeito das acusações dela, de que você negligenciou o caso de Adam?", a mesma repórter acrescenta na sequência.

Como eu deveria responder a essa pergunta idiota? *Ah, acho maravilhoso. Amo que a bruxa da minha sogra esteja tentando me ferrar depois de todos esses anos.*

O certo seria me recusar a comentar mais, no entanto, sei que aquela velhota nojenta está de olho, sorrindo de orelha a orelha, e, sempre que tiver condições de apagar aquele sorrisinho presunçoso que, não tenho dúvida, está estampado na cara dela, eu o farei.

"Devo ser sincera... me entristece saber que Eleanor esteja pensando nisso, e ainda mais fazendo questão de verbalizar; mas lhe dou o devido crédito. Ela perdeu o marido antes de perder o único filho, então, está sozinha há muito tempo. Eleanor passou muitos dos seus melhores anos sofrendo, e, considerando sua idade avançada, ela pode não ter muito mais tempo de vida; então, *sim*, eu me solidarizo com ela."

Mordo minha língua para me impedir de rir, porque sei que a menção à idade dela vai irritá-la mais do que qualquer coisa.

"Gostaria também de observar que as lembranças de Eleanor a respeito do julgamento do filho não são das melhores e, com a recente descoberta de novas provas em relação ao DNA, compreendo o quanto isso deve ser confuso para uma mulher já idosa." Tenho certeza de que agora ela está explodindo de raiva. Pode ser que eu tenha sorte e seu coração pare, e ela sem qualquer motivo aparente caia morta. Por outro lado, Eleanor nunca teve coração, para começo de conversa.

"Apesar do que minha sogra, sem qualquer prova, alegou sobre meu trabalho jurídico, gostaria de deixar claro que fiz tudo o que estava ao meu alcance para defender Adam, meu marido. No entanto, quando provas relevantes da investigação foram ocultadas de forma intencional, esse poder me foi tirado, e agora que a verdade, enfim, foi revelada, *irei* reivindicá-las de volta. Obrigada."

Eu me viro para ir embora, e Alejandro caminha no mesmo ritmo que eu enquanto os jornalistas, mais uma vez, continuam atrás da gente, numa gritaria infinita. Mas desta vez não vou responder a mais nenhuma pergunta deles. Já dei o suficiente para eles brincarem.

Chegamos ao prédio, e Alejandro segura a porta do saguão aberta para que eu passe primeiro. Ele a fecha atrás de si, deixando os repórteres berrando lá fora. Avanço ainda mais pelo saguão vazio, meus saltos estalam no piso de ladrilhos. Roger, o segurança do prédio, não está na recepção, e presumo que ele esteja fazendo uma pausa para fumar, já que ele encara pelo menos uma dezena de cigarros por turno.

Alejandro caminha na minha direção, com um olhar de preocupação estampado na cara.

"O que você está fazendo aqui?", pergunto antes que ele diga qualquer coisa.

"Eu estava passando aqui perto quando vi todas as vans das emissoras de tevê, e a curiosidade falou mais alto, então, resolvi parar e verificar o que estava acontecendo. Aí eu te vi e imaginei que você poderia precisar de ajuda para lidar com os jornalistas." Ele enfia as mãos nos bolsos da frente da calça jeans.

"Bem, obrigada. Agradeço o que você fez lá." Sorrio, tensa.

"Tudo bem." Ele dá de ombros. "É o mínimo que eu poderia fazer, sobretudo se considerarmos que você está me dando algo que ninguém mais deu."

"E o que seria?"

"Uma segunda chance."

Seus olhos encontram os meus, e é como se estivéssemos avaliando um ao outro, decidindo limites, se devemos mantê-los ou talvez forçar a barra um pouco mais. Os repórteres ainda estão lá fora, gritando suas perguntas abafadas.

"É o mínimo que qualquer um pode fazer", comento.

Ele sorri e, depois, fica sério de repente.

"Sabe... Eu não sei de tudo o que está rolando... Captei só o básico dessa história toda com aqueles abutres daqueles repórteres." Alejandro aponta para a porta. "Mas estou aqui, se você quiser conversar."

"Valeu, mas estou bem", digo, porque esse não é um assunto que eu queria abordar com ele ou com qualquer outra pessoa. Toda essa história deveria permanecer no passado, que é o seu lugar.

"Como está o apartamento?", pergunto só para mudar de assunto, antes que ele se intrometa mais.

"Está ótimo. Eu não esperava que fosse tão legal."

"É para que você reflita sobre as coisas que é capaz de alcançar. Às vezes, temos que nos ver como a pessoa que desejamos ser antes de nos tornarmos essa pessoa."

"É um ponto de vista interessante", diz Alejandro. "As roupas também ficaram boas." Ele aponta para seu traje.

Meus olhos vão dos tênis brancos para o jeans azul e, depois, para a blusa de manga comprida de malha térmica que ele veste como uma segunda pele.

"Ficaram mesmo."

Ele oscila um pouco o peso do corpo sobre os calcanhares e abre um sorrisinho.

"Bem, acho que é isso. Não quero tomar mais seu tempo e, de qualquer forma, tenho mais algumas fichas de emprego para preencher." Ele franze os lábios.

"E como está indo?"

"Muito bem... Isto é, até o momento em que eles descobrem que cumpri pena." Ele dá de ombros. "Na verdade, estou procurando trabalho já faz um tempinho, mas espero que, com a ajuda dos mentores de carreira da sua fundação, eu não precise procurar por muito mais tempo."

"Eu também espero. Acabar com a barreira da empregabilidade das pessoas com condenação penal é um foco importante da fundação." Eu o encaro, refletindo sobre uma ideia mutuamente benéfica para nós dois. "Sabe... Acho que eu tenha algo para você. Se você estiver interessado. É temporário, mas lhe daria ocupação e um dinheiro extra."

"Estou, sim", diz ele sem hesitar. "Estou aceitando qualquer coisa neste momento."

"Qualquer coisa?" Arqueio uma sobrancelha.

"Qualquer coisa legalizada, quero dizer."

Percebo um rubor se instalando nas bochechas dele enquanto pesco um bloco de papel e uma caneta na minha bolsa e rabisco um endereço.

O som de saltos cruzando de modo ligeiro o chão do saguão chama minha atenção, então, olho para trás e me deparo com Anne vindo em minha direção. Arranco a folha e a dobro antes de guardar a caneta e o bloco de volta na bolsa.

"Sarah! Ai, graças a Deus você chegou!", exclama Anne, diminuindo o ritmo agora que me encontrou. "Desculpe. Um dos sócios acabou de ver todas as vans das redes de tevê estacionadas aqui na frente. Juro que elas não estavam aqui quando chegamos. Eles te cercaram? Você está bem?"

"Estou bem e, sim, eles me cercaram. Mas, por sorte, Alejandro estava aqui perto e me tirou de lá."

Anne olha para ele, sorrindo enquanto estende a mão.

"Que sorte. Que bom te ver de novo."

"Igualmente", diz ele, apertando a mão dela.

"O que diabos está acontecendo lá fora?", grita Roger quando entra no saguão. Ele é um homem mais velho com problemas na coluna e alguns problemas com nicotina. Apesar disso, é duro na queda.

"São jornalistas, Roger", diz Anne.

"Você quer dizer… repórteres de notícias falsas?" Ele ri sozinho. O cheiro de fumaça de cigarro chega antes dele. "O que eles querem?"

"Não importa o que eles querem, porque eles sempre querem mais", eu digo.

"E não é verdade?" Ele solta um *humpf*. "Bando de sanguessugas."

"Você pode manter esse pessoal fora do prédio?" Anne cerra os olhos.

"Ah, isso vai ser tranquilo." Ele sorri e dá um tapinha no revólver preso ao quadril.

Eu aperto os lábios. "Roger, você não pode atirar neles."

Um olhar divertido se instala no rosto dele enquanto a outra mão segura o Taser. "E quem falou em atirar?"

Anne repreende Roger enquanto estendo o papel dobrado para Alejandro.

"Sábado de manhã, às sete", digo baixinho, para que só ele ouça.

Ele pega o papel e assente enquanto o guarda no bolso. Do ponto de vista profissional, eu não deveria estar oferecendo isso a ele, mas sinto que lhe devo. Além disso, ele tem algo de muito intrigante, e eu quero descobrir o que é.

Volto minha atenção para nosso segurança.

"Roger, você pode escoltar Alejandro pela saída dos fundos?"

"Claro, chefe. Até porque quero fumar mais um cigarrinho." Ele olha para Alejandro, gesticulando. "Vamos, Fortão."

Alejandro murmura um *obrigado* para mim e acena antes de ele e Roger se dirigirem para os fundos do prédio, desaparecendo na esquina. Meu olhar se volta para a porta do saguão, onde os repórteres ainda rondam, espiando pelo vidro para tentar ver melhor o interior. Vou ficar sob um microscópio até isso tudo se resolver, e é a última coisa da qual preciso agora. Todos os olhos em cima de mim, a pobre viúva. Não é o que eu desejo, mas sou capaz de interpretar esse papel e sei interpretá-lo bem. Porque já fiz isso. É como se eu fosse uma atriz reprisando um personagem do qual os fãs jamais se cansam.

Anne coloca a mão no meu ombro, e eu levo um susto, então, viro a cabeça para encontrar o olhar dela.

"Eu vi as notícias. Não estou acreditando. Isso significa que Adam era inocente?", ela pergunta com delicadeza, franzindo a testa.

"Para mim, ele sempre foi."

"Sei disso, mas do ponto de vista jurídico, quero dizer... O que vai acontecer agora?"

Solto uma baforada quente antes de falar. "Não sei bem. Não há um roteiro para esse tipo de coisa, mas presumo que o gabinete do xerife será obrigado a reabrir o caso de Kelly Summers por causa da corrupção flagrante envolvida na investigação inicial."

Anne franze o queixo, como se estivesse pensando na próxima pergunta que gostaria de fazer. "Você acha que o xerife Stevens matou Kelly?"

"Não sei."

Ela dá um leve aperto no meu ombro e então baixa o braço junto ao corpo. "Você já está encarando tanta coisa com o divórcio, e agora... nem imagino. Que *timing* insano."

Anne está certa. Com o divórcio iminente... as coisas podem ficar confusas, até mesmo ser distorcidas. A verdade e Summer são as únicas coisas que me prendem a Bob — mas parece mais um laço que poderia ser desfeito sem dificuldade do que um nó intrincado. Se eu soubesse que essa notícia ia sair, teria esperado para iniciar o processo de divórcio. Mas agora é tarde demais. Não dá para desfazer. Além disso, eu não quero desfazer. Demonstro que compreendo o sentimento de Anne com um aceno de cabeça.

"Vamos?", digo, apontando para o elevador que nos levará aos escritórios da Fundação Morgan. Anne me dá um sorriso tenso e seguimos em nossa caminhada.

A palavra *timing* fica girando no meu cérebro enquanto aguardamos o elevador. As portas se abrem, e Anne e eu entramos, apertando o botão para o terceiro andar. O *timing* é um pouco perfeito demais. Ontem à noite, depois que a notícia veio à tona, Bob me implorou para ficar com ele, para sermos uma frente unificada, para que superássemos isso juntos. Mas agora não consigo evitar pensar: será que ele teve algo a ver com o vazamento da informação para a imprensa? Assim como eu, ele tem amigos em todos os lugares, tanto nos altos escalões quanto nos baixos. Ele seria tão estúpido ou estaria tão desesperado assim? Será que ele acha que isso me impediria de abandoná-lo? Não, estou sendo paranoica. Deixo essa ideia pra lá.

"Se o gabinete do xerife reabrir a investigação, o que isso vai significar para o tribunal de justiça?", pergunta Anne. As portas se fecham e o elevador começa a subir.

"Nada ainda, mas, se eles vão seguir com o caso, é melhor a gente se adiantar."

"E como a gente vai fazer isso?"

Respiro fundo. Sei a resposta certa, a que parecerá melhor aos olhos do público. Mas é algo que pode me deixar vulnerável, e esta é a última coisa que desejo. No entanto, se eu não fizer nada, as suspeitas podem cair em cima de mim. As portas do elevador se abrem e Anne sai primeiro. Fico parada, pensando. Sei o que preciso fazer, mesmo que não queira.

"Precisamos entrar com uma moção para reabrir o caso de Adam", afirmo.

Anne se vira, com um olhar determinado.

"Quero que você coloque alguns de nossos sócios nisso de imediato. Além disso, entre em contato com nossos amigos em Washington. Veja quais pauzinhos podemos mexer ou quais favores podemos conseguir para adiantar isso no judiciário o mais rápido possível."

"Vou providenciar", diz ela.

As portas começam a se fechar, e ela estende a mão para impedi-las.

Meu celular toca, e logo o retiro da bolsa, vendo a frase *Número desconhecido* brilhando na tela.

"Você vem?", pergunta Anne.

"Não", respondo. "Tenho algumas coisas para resolver e preciso atender a esta ligação."

"Então, tá. Se tiver novidades, eu entro em contato. E me avise se precisar de alguma coisa. Mas não se preocupe. Você tem toda a equipe da Fundação Morgan para te apoiar, Sarah."

"Obrigada, Anne." Dou um sorriso. "Não sei o que eu faria sem você."

Ela retira a mão da porta, para que ela se feche.

Aperto o andar 1R no elevador, para poder sair pelos fundos e evitar os repórteres. Meu celular continua tocando, então eu clico em *Aceitar* antes de levá-lo ao ouvido.

"Sarah Morgan falando."

"Sarah, aqui é o xerife Hudson."

Não estou surpresa por ouvir a voz dele. Imaginei que ele entraria em contato, mais cedo ou mais tarde. O fato de ele estar ligando em vez de vir me encontrar é um indicativo do tamanho da vergonha e do constrangimento dele. Agora, ele vai ter de recuar e implorar perdão, ou pelo menos compreensão, durante esse momento complicado em seu departamento.

"Presumo que você esteja ligando por causa do caso Kelly Summers."

"Não", diz ele. "Agora, ele voltou a ser uma investigação em aberto, então, não posso compartilhar detalhes sobre o assunto."

Parece que, enfim, alguém naquele departamento está sabendo como funcionam as investigações vigentes. Eu gostava mais de quando Stevens era o xerife. Ele não seguia regra alguma, compartilhava detalhes do caso comigo e me permitia circular pelas cenas do crime — ainda que ele estivesse fazendo tudo aquilo só para se proteger. Desta vez, não vou conseguir esse tipo de informação privilegiada, mas também acho que não vou precisar.

"Então, do que se trata, xerife?"

"Eu estava ligando para informar que seu cliente Ryan Stevens tentou suicídio há pouco mais de uma hora. No momento, ele se encontra no hospital da Universidade da Virgínia, em estado grave."

As portas do elevador se abrem e eu saio em um vestíbulo mal iluminado.

"Sinto muito por saber disso, xerife. No entanto, Stevens não é mais meu cliente. Mesmo assim, agradeço a ligação", digo, desligando o telefone.

13
XERIFE HUDSON

"A imprensa está te aguardando", diz Marcy, enfiando a cabeça pela porta do meu escritório assim que boto o celular sobre a mesa.

Reajo ao aviso com um "Ok!".

A reação de Sarah à tentativa de suicídio de Ryan não me surpreende nem um pouco. Eu já imaginava que ela o dispensaria como cliente, considerando o caráter da informação que vazou para a imprensa. Pode ser que ela até mesmo tenha ficado feliz ao saber da notícia. Fecho os olhos com força, incapaz de tirar a imagem de Stevens da minha cabeça. Seus olhos vidrados. O cinto apertado em volta do pescoço. A pele, uma mistura de vasos sanguíneos rompidos e a descoloração arroxeada. Inspiro o ar de modo profundo, tentando me esquecer daquilo, mas a cena ainda está lá, bem diante dos meus olhos — estejam eles fechados ou não, só eu vejo. Os médicos acham que Ryan vai se recuperar. Disseram que cheguei bem a tempo. Um minuto a mais, e ele estaria morto. Quando ele acordar, tenho certeza de que vai ficar tão chateado por eu ter salvado sua vida quanto eu estou com ele por ter estragado a minha.

Olho para o pedaço de papel na minha mesa, minha declaração para a imprensa. Não escrevi um discurso completo, é apenas uma dezena de palavras, uma espécie de guia do que dizer e do que não dizer. Eu não queria que parecesse muito ensaiado. Se eu fizesse um discurso muito engessado, imaginei que o público e a mídia partiriam do pressuposto de que nosso escritório sabia da corrupção há muito tempo. Mas a tempestade de merda causada por Ryan mal começou, e vai cair bem em cima da minha cabeça — uma chuva de acusações, processos, rescisões, cortes no orçamento, demissões, histórias difamatórias nos jornais —, como um granizo do tamanho de uma bola de tênis tentando atingir a tudo e a todos neste prédio. Essa é minha previsão por ora e para os próximos anos. Mas sou um xerife melhor do que Ryan jamais foi, então, vou fazer de tudo para superarmos isso, não importa o que aconteça. Com a declaração em mãos, me levanto da minha mesa e vou até a frente da delegacia.

Marcy está me aguardando no saguão, com um sorriso contido, como se estivesse dizendo: "*Lamento que você esteja passando por isso...*".

Eu também lamento, Marcy, acho. Mantenho a cabeça erguida e aprumo meus ombros, saindo do meu gabinete. Repórteres e cinegrafistas estão enfileirados no sopé dos degraus de concreto. Há meia dúzia de oficiais da polícia posicionados nas laterais do pódio, onde farei minha declaração. Além da imprensa, há barricadas com mais policiais montando guarda para o caso de o público se descontrolar. Cerca de quarenta pessoas vieram protestar, muitas com cartazes. Observo a multidão, lendo de modo rápido cada cartaz, tentando captar o sentimento geral.

Adam é inocente!!

A polícia não presta.

Cadeira elétrica para Stevens!

Matem todos os policiais!

Exonerem o xerife Hudson!

Subo os degraus devagar e, antes mesmo de chegar ao pequeno palanque, os repórteres já estão berrando suas perguntas e a multidão está frenética, gritando e entoando palavras de ordem. Vejo dezenas de bocas se movimentando, mas não consigo distinguir as palavras. Tenho certeza de que, não importa o que estejam dizendo, é tão vil quanto os cartazes que seguram. Alguns dos meus colegas olham para mim, demonstrando sua solidariedade para comigo e para com este departamento. O sol brilha forte sobre nossas cabeças hoje, embora não devesse. Olho rapidamente para o céu, lembrando a mim mesmo de que tudo isto é pequeno demais no grande panorama das coisas, e então volto minha atenção para o amontoado de gente. Minha mente corre a cem quilômetros por hora em uma rodovia movimentada, e sinto meu coração martelando em cada centímetro do meu corpo. Preciso desacelerar meus pensamentos, então, respiro fundo e com determinação, e me concentro apenas em mim. Tento focar em três pontos fixos: Gretchen Waters, do Channel 5 News, parada a alguns metros na vanguarda de seus colegas. É difícil escolher mais duas coisas, com tanto caos na minha frente. Um cachorrinho aninhado nos braços de uma mulher mais velha. Um homem usando boné de beisebol, com a aba puxada para baixo, para proteger os olhos. Uma barba loira densa cobre a parte visível do rosto dele. Ao que tudo indica, esse sujeito parece estar tentando se misturar, mas se destaca graças à sua postura, que sugere ser de ex-militar ou ex-policial. Ele está usando roupas simples e é mais alto do que quase todos ao seu redor. Conheço este homem, mas não consigo identificá-lo, pelo menos não agora.

"Xerife", sussurra o tenente Nagel ao meu lado, me arrancando dos meus pensamentos frenéticos.

Respiro fundo de novo e assinto para ele antes de olhar para a multidão.

"Bom dia! Sou o xerife Hudson, do condado Prince William", começo. As pessoas se calam uma a uma e o silêncio instala-se entre elas. "Gostaria de começar com algumas notícias sobre o ex-xerife Ryan Stevens..." Quando termino de contar o que aconteceu, várias pessoas na multidão gritam comentários inflamados. Eles são mais do que cruéis, e cada um é como um soco no estômago.

Ótimo.

Vamos concluir o trabalho dele.

Stevens é incompetente em tudo, até para se suicidar.

Ele merece morrer.

Eles não veem Ryan como um ser humano. Eles o veem como um uniforme, assim como o restante de nós, que juramos proteger e servir. No entanto, ao contrário de Ryan, eu mantive meu juramento. Engulo em seco e continuo a minha declaração, passando ao assunto que de fato interessa aos presentes. Eles querem saber o que vamos fazer para recolocar este trem nos trilhos.

"Como muitos de vocês já sabem, como resultado da prisão recente de Ryan Stevens, vieram à tona novas informações sobre a investigação do homicídio de Kelly Summers."

A multidão começa a se acalmar mais uma vez.

"Quero garantir à população e a cada um de vocês aqui que ninguém está acima da lei, inclusive o ex-xerife. Por isso que ele foi preso de imediato em consequência do atropelamento que tirou a vida de Jackie Clarke, de 44 anos. Meu departamento seguiu o protocolo ao inserir o DNA de Ryan Stevens em nosso sistema unificado para verificar possíveis conexões entre ele e um atropelamento ocorrido no verão anterior, o qual resultou na morte de Tim Redding. Não houve relação entre eles, mas falo em nome de todo o gabinete do xerife do condado Prince William quando digo que todos nós ficamos tão chocados e estarrecidos quanto vocês ao saber da conexão entre Ryan Stevens e o caso Kelly Summers. Sei o quanto a comunidade está desconcertada. Acreditem, compartilho do mesmo sentimento." Minha boca enrijece e eu paro para examinar a multidão reunida.

"Como xerife, jurei proteger vocês e servir a esta comunidade, e, aconteça o que acontecer, é isso que continuarei a fazer, assim como tenho feito desde que assumi o cargo, há apenas cinco meses. É inegável que essa nova informação questiona a validade e o manejo da investigação do homicídio de Summers. Assim como todos vocês, quero justiça e quero ter certeza de que a pessoa responsável por esse assassinato pagará por seu crime... não importa quem seja. Nesta manhã, ordenei a reabertura da investigação do assassinato de Kelly Summers." Conversas sussurradas sucedem a esse anúncio.

"Agora, é uma investigação em aberto e ativa, então, não vou responder a perguntas. Obrigado." Dobro o pedaço de papel para o qual sequer olhei e o enfio no bolso.

Os jornalistas explodem com perguntas, os repórteres gritam ao mesmo tempo. A multidão também está em alvoroço, mas seus sentimentos agora estão divididos. Alguns comemoram. Outros ainda estão vomitando comentários jocosos. Pelo menos, tenho um punhado deles do nosso lado. Esta já vai ser uma investigação complicada por si só, considerando o tempo passado desde o crime, então, é essencial ter o apoio do público. Eu me afasto do espetáculo à minha frente e começo a subir os degraus até o meu gabinete, vou subindo cada um deles com calma para não parecer que estou fugindo disso tudo.

Quando chego ao topo, Marcy segura a porta aberta.

"Ótimo trabalho, xerife."

"Obrigado", digo, passando pelo saguão. "Estarei no meu escritório, caso precise de mim."

Ela dá um sorrisinho enquanto me afasto dela. Ao virar a esquina, dou de cara com minha comandante-adjunta, Pam Olson. Ela é pequena, mas durona pra caramba, e é por isso que ela não cambaleia para trás quando trombamos. O bloco de papel e as pastas que ela carregava caem no chão, e eu logo me abaixo para recolhê-los para ela.

"Desculpe, Marcus", diz ela. "Quero dizer, xerife Hudson."

Ela me chama de Marcus fora do trabalho e de xerife, ou apenas Hudson, aqui, mas, às vezes, ela mistura tudo, o que acho encantador. Estamos namorando há mais de dois anos, muito antes de eu virar xerife. Embora eu esteja no comando agora, não tenho favoritos — por mais que eu quisesse favorecer Pam, pois, sem ela, eu não estaria onde estou.

Eu me levanto e devolvo as pastas para a comandante Olson. "Qual é o motivo da pressa?"

"Eu vim falar com você", diz ela, empilhando-as de novo.

"Tem mais alguma investigação que estava encerrada voltando para abocanhar meu rabo?" Falo de forma provocativa, mas estou sério.

"Negativo. Mas acabei de me encontrar com uma mulher chamada Deena Walsh. Ela veio para fazer uma queixa de pessoa desaparecida... sua colega de apartamento, Stacy Howard. Ela está sumida há quase três dias."

"Ok, então, emita um alerta geral sobre a srta. Howard e delegue um investigador para cuidar disso", eu digo, começando a me afastar, porque não entendo bem o motivo de ela estar trazendo isso para mim, considerando a merda toda com a qual estamos lidando neste momento.

"Hudson", diz ela com firmeza. "Você vai querer ouvir isso."

Eu suspiro e me viro para encará-la, percebendo a seriedade em seus olhos. "É melhor que seja algo bom, Olson."

"Deena disse que recebeu uma mensagem de Stacy na segunda-feira, por volta das cinco da tarde, dizendo que ela não estaria em casa quando Deena chegasse do trabalho, pouco depois das dez da noite, porque ia se encontrar com um cara com quem estava saindo."

"Muito bem, e...?"

"Stacy disse que ia encontrar um cara chamado Bob Miller."

14
BOB MILLER

Em virtude da reabertura da investigação do caso Kelly Summers, eu já esperava, um dia, ter de comparecer à sala de interrogatório no gabinete do xerife do condado de Prince William, mas não tão cedo, confesso. Presumo que eles estejam colocando os pingos nos is e fazendo os cortes nos ts. Reconheço que não pensava que seria eu o primeiro i a ganhar um pingo. Houve algumas atualizações desde a última vez em que estive nesta sala. As luzes estão um pouco mais fortes. As cadeiras são novas, um pouco mais desconfortáveis. Talvez fosse esta mesma a intenção por trás da substituição.

Algumas horas atrás, recebi uma ligação de uma comandante-adjunta, uma tal de Olson, perguntando se eu poderia comparecer para o interrogatório. Eu disse que sim porque negar faria parecer que estou escondendo alguma coisa. Eu jamais aconselharia um cliente meu a aquiescer assim, mas sou advogado e sei o que estou fazendo. Hudson tem muito a provar para esta comunidade, pelo menos, foi isso que eu entendi de sua declaração para a imprensa, e tenho certeza de que eles querem concluir essa reinvestigação logo para encerrar esse assunto de uma vez por todas. Estamos sincronizados, e eu farei o possível para aliviar o meu lado — e não o deles.

A porta se abre, e o xerife Hudson e uma policial entram. Ela é muito menor do que ele. Seu cabelo está preso em um coque baixo, e a boca rija, como se ela tivesse algo a provar. Provavelmente, mais um daqueles teatrinhos do policial bonzinho e do policial malvadão.

"Obrigado por ter vindo conversar conosco, sr. Miller", diz Hudson, jogando uma pasta na mesa. "Esta é a minha colega, a comandante Olson." Ele aponta para a mulher carrancuda. Foi ela que me telefonou.

"Sem problemas, xerife Hudson, e é um prazer conhecê-la, comandante Olson." Aceno para os dois enquanto eles se acomodam à minha frente.

Como nem Hudson nem Olson dizem nada, acrescento: "Eu presumo que isto seja sobre o caso Kelly Summers".

Os dois trocam um olhar, semicerrando os olhos de leve antes de voltarem a atenção para mim. Dá para se dizer, pelas expressões deles, que cometi mais de um erro. Eu não deveria estar aqui... porque, agora, sei que não tem nada a ver com Kelly Summers.

"Não." Hudson franze a testa. "Por que chamaríamos você para depor sobre o caso Kelly Summers?"

Merda.

De repente, a gola da minha camisa parece apertada demais. Uma gota de suor escorre pelas minhas costas e eu fico tenso, tentando não me contorcer com a sensação. Meus batimentos cardíacos aceleram. Sinto minha pulsação latejando contra a mesa de metal frio. Preciso me esquivar, e rápido. Eu me preparo para entrar no modo advogado, pigarreio e limpo a mente.

"Eu vi sua declaração no noticiário hoje cedo, xerife Hudson", digo com tranquilidade. "Com a investigação reaberta, presumi que seria ouvido de novo, já que eu conhecia a vítima. Devo observar que meu álibi foi verificado e que *fui* inocentado de qualquer envolvimento no assassinato dela, mas entendo que vocês precisem se realinhar, como se diz, então, imaginei que tivessem me chamado por isso."

"Não." Hudson balança a cabeça de leve. "Não precisamos de nada nesse sentido, mas é bom saber, caso *tenhamos* algumas perguntas a fazer no futuro." Ele abre a pasta, pegando uma foto no topo e deslizando-a sobre a mesa. "Você reconhece esta mulher?"

A fotografia é de uma mulher atraente, na casa dos vinte e poucos anos, com longos cabelos ruivos, maçãs do rosto salientes e lábios carnudos. Ela me parece familiar, muito familiar, mas não consigo identificá-la. Meu cérebro a captura em fragmentos e ondas, um borrão lá no fundo das lembranças, mas nada sólido. E nada sólido significa...

"Não que eu me lembre", respondo, empurrando a foto de volta para eles.

"Você não se lembra, mesmo?", pergunta Olson.

"Não, não me lembro."

Ela ergue uma sobrancelha em reação à minha resposta, como se estivesse me julgando.

"Pelo que ficamos sabendo, vocês dois são amigos", ela diz. "Alguém poderia até dizer mais do que amigos. Por que você não dá outra olhadinha?" Ela empurra a fotografia de volta para mim.

Aperto os olhos, encarando os dois agentes da lei. Então, volto a reexaminar a foto, absorvendo cada detalhe. Ela tem um punhado de sardas salpicadas na ponta do nariz. A pele é bronzeada, e presumo ser de bronzeamento artificial. Um colar de prata com um pingente com a letra *S* repousa no centro do peito, logo abaixo da clavícula. Eu já vi isso. Uma lembrança armazenada em algum lugar no fundo do meu cérebro ressurge. É aquele colar... o pingente frio roçando minha bochecha. Seu cabelo longo e sedoso caindo em cascata ao redor do meu rosto enquanto ela me cavalgava com intensidade. Pisco com rapidez, afastando a lembrança.

Merda. Mais um erro. Eu transei com essa mulher, e acabei de dizer a eles que não a reconheço. Como sair dessa? Explico que eu estava bêbado quando nós dois... ficamos, e que não me lembro dela? *Espere*. Por que eles estão me perguntando se eu conheço ela? Tento manter a compostura, sustentar a expressão neutra, mas cada músculo do meu rosto se contrai. Eu me pergunto se eles estão percebendo meu nervosismo. Meus olhos oscilam entre ambos. Olson exibe um olhar de desgosto, como se observasse uma pilha de lixo podre, e não o advogado de prestígio que sou. Alguma coisa aconteceu com a mulher da foto, e é evidente que eles acham que tive algo a ver com isso.

"Então, vai continuar dizendo que não reconhece esta mulher?" Hudson empina o queixo. "Ou tem algo que você queira nos contar?"

Talvez seja hora de contratar um advogado. Até advogados precisam de advogados. Mas, antes, preciso saber ao certo do que estão me acusando, ou no que acham que estou envolvido.

"Eu reconheço o colar dela", digo, por fim. É a verdade. Foi o que me fez lembrar dela, e a rigor não estou recuando nem mudando minha história.

"De onde?", pergunta Olson.

Engulo em seco quando a lembrança daquela noite ressurge. Sua pele cálida e suada colada na minha. Seus gemidos e gritos enquanto a penetro. O pingente prateado balançando acima da minha cabeça, batendo com delicadeza no meu rosto. Minha língua tocando o metal frio enquanto o colar adentrava minha boca, quando eu estava quase gozando. Quase consigo sentir o gosto metálico, agora. Vou ter que revelar a transa que tive com esta mulher porque, de um modo ou de outro, eles vão acabar descobrindo. Pelo que me parece, aliás, eles já sabem e só estão esperando para ver se vou contar a verdade.

"Tive uma transa de uma noite com ela, algumas semanas atrás. Fora isso, não a conheço. Foi só uma vez, e eu estava bêbado. Mal me lembro da ocasião, e não me lembro dela. Mas... eu me lembro deste colar." Minha voz sai sem emoção, como se eu estivesse só narrando uma série de fatos. Mantenho contato visual direto com Hudson para transmitir que estou sendo sincero. Ele é o responsável aqui, então, é com ele que preciso falar. A outra já me despreza, de qualquer maneira.

Olson se inclina para a frente na cadeira. "O nome dela é Stacy Howard", diz ela, num tom rígido.

Olho bem rápido para ela e depois para Hudson. Não adianta responder. Não importa qual seja o nome dela. A única coisa que importa para mim é o motivo de eu estar aqui, sentado nesta sala de interrogatório.

"Quando foi a última vez que você teve contato com ela?", pergunta Hudson.

"Três semanas atrás."

Ele inclina a cabeça.

"Tem certeza?"

"Positivo."

"Interessante", diz Olson. "Porque ouvimos outra coisa." Ela saca um pedaço de papel da pasta e o coloca na minha frente. São capturas de tela de uma troca de mensagens.

STACY HOWARD
Ei, D! Vou encontrar aquele cara que te falei, então, não vou estar em casa quando você chegar do trabalho. Pode ser que eu chegue tarde da noite ou de manhã cedo ;-)

DEENA WALSH
O advogado?

STACY HOWARD
Esse mesmo... por enquanto ;-)

DEENA WALSH
Como é mesmo o nome dele?
Vai que ele seja um psicopata. XD

STACY HOWARD
Bob Miller

DEENA WALSH
Bob? Esse cara tem uns 60 anos?

STACY HOWARD
Não, quarenta e poucos anos, no máximo

"Esta é uma conversa de texto entre Stacy e sua colega de apartamento, Deena, na segunda à noite." Olson bate o dedo em uma das mensagens. "Você reconhece este nome, Bob?"

O nome que ela está apontando é o meu.

"Que bobagem", zombo, empurrando o papel de volta para eles. "Faz semanas que não falo com essa tal de Stacy."

"Não é o que dizem estas mensagens."

"Afinal, do que isso se trata?", pergunto, cada vez mais frustrado.

Hudson se inclina para a frente na cadeira.

"Deena, a colega de apartamento de Stacy, registrou um boletim de ocorrência por desaparecimento. Faz três dias que ninguém tem notícias de Stacy. Sendo assim, pode nos dizer onde você esteve na segunda à noite?" Ele inclina a cabeça.

Caralho! Eu expiro pelo nariz e penso nos meus dias anteriores. Minha mão formiga e eu olho para o curativo enrolado nela. Estou surpreso que não tenham perguntado sobre o ferimento. Por que diabos essa garota diria à colega de apartamento que estávamos indo nos encontrar? Isso não é verdade. Eu nem a conheço.

"Depois do trabalho, busquei minha filha na casa da amiga dela."

"Que horas eram?", ele interrompe.

"Por volta das sete."

Ele assente.

"Jantei com ela e minha esposa em nossa casa, no lago Manassas."

"Em que horário?", interrompe Hudson mais uma vez.

"Por volta das sete e meia. Depois, dirigi de volta para Washington e fui dormir."

"Por que você dirigiu até Washington? Por que não ficou na sua casa com sua esposa e sua filha?" Olson aperta os olhos, em um gesto crítico inequívoco.

"Eu tenho uma casa na cidade, porque trabalho lá. Facilita o trajeto quando tenho reuniões muito cedo ou quando estou no tribunal", explico.

"Alguém pode confirmar que você dirigiu de volta para Washington?"

"Sim, minha esposa e minha filha."

"Quero dizer, depois que você foi embora. Alguém além de você pode confirmar que você dirigiu até sua casa em Washington e ficou lá a noite toda?", esclarece ela.

Aperto meus lábios com firmeza e balanço a cabeça.

"Não, eu estava sozinho."

"Falando na sua esposa, por acaso, Sarah sabe do seu caso extraconjugal?", pergunta Hudson.

Deslizo a língua nos meus dentes incisivos e então a mordo para não rir feito doido. *Sarah. Aquela sacana, conspiradora, vingativa...* Essa história tem a assinatura dela por todos os lados. Eu olho para Hudson e depois para Olson, e então de volta para Hudson. Como é que eles não veem? O primeiro marido dela, Adam, teve um caso, e a amante dele foi encontrada assassinada a sangue frio. Minha ficante de uma noite (porque eu sequer consideraria essa mulher uma amante) agora está desaparecida. Sarah está me sacaneando, só pode ser.

"Não que seja da sua conta, mas, sim, Sarah está ciente do meu erro." Inclino a cabeça, esperando que eles enxerguem o óbvio.

"Sarah deve estar bem chateada", diz Hudson.

E lá vamos nós. Acho que ele está entendendo. Ele está juntando as peças dessa porra desse quebra-cabeça e percebendo que não existem coincidências quando se trata de Sarah.

"Ela pediu o divórcio."

"Melhor para ela", diz Olson, dando um sorrisinho.

Preciso dar um fim nessa situação. Eles estão ligando pontos que não deveriam estar conectados. Já lhes dei o suficiente do meu tempo, provavelmente, até demais, porque, se Sarah *estiver* por trás disso, pode ser que me reste pouco tempo. Talvez ela só esteja tentando me assustar para que eu pare de resistir ao divórcio, ou talvez ela tenha um plano muito mais sinistro em andamento. No caso dela, nunca se sabe.

"Estou liberado para ir embora?", pergunto.

Hudson se recosta na cadeira.

"Sim, você pode ir."

Eu me levanto, seguindo de imediato para a porta. Parece que tenho um relógio pendurado sobre a minha cabeça, só que ele não está marcando as horas, está fazendo contagem regressiva.

"Ei, Bob", Hudson me chama assim que minha mão segura a maçaneta.

Paro, olhando para ele.

"Não saia da cidade."

Lanço ao xerife um olhar divertido e balanço a cabeça.

"Você deve saber que não tem autoridade legal para impor isso."

Ele sorri.

"Estou bem ciente. Mas também tenho certeza de que *você sabe* bem o que isso significa."

O sangue começa a se acumular no meu rosto, então, vou embora antes que meu temperamento se sobressaia.

E, claro, sei o que essa porra significa. Significa que sou o suspeito número um deles.

E.L.A.S JENEVA ROSE DIVÓRCIO PERFEITO

15
SARAH MORGAN

Vestida com um maiô preto, minha filha sobe no bloco de largada e olha para as arquibancadas. Quando me vê sentada nos degraus de cima, ela sorri. Sorrio de volta e a aplaudo. Ela é a única coisa no mundo que importa para mim. Summer ajeita seus óculos e se concentra na piscina, se preparando. Os outros pais estão sentados na fileira mais à frente, misturados. Às vezes, me junto a eles, mas, na maioria das vezes, prefiro ficar isolada.

Um apito soa, e as crianças mergulham na água, com Summer assumindo a liderança. Ela é a melhor da equipe, e eu não poderia estar mais orgulhosa. Não estou orgulhosa porque ela é a melhor. Eu me sentiria igual se ela fosse a nadadora mais lenta. Estou orgulhosa porque ela dá tudo de si. Ela se esforça. Ela treina. Ela não desiste. Eu admiro o esforço porque, sem ele, você não obtém resultados.

Percebo sapatos batendo com força contra as arquibancadas, sacudindo-as. Parece intencional, como se a pessoa quisesse chamar a minha atenção. Olho para a esquerda e vejo Bob pisando duro na minha direção, com os olhos cerrados e os lábios tão franzidos que poderiam rasgar-se. Não estou a fim de lidar com ele agora, então, balanço a cabeça e volto minha atenção para Summer.

Bob se senta bem ao meu lado, porque ele não tem noção de limites.

“Onde diabos ela está?”, ele dispara.

“Jesus, Bob.” Lanço a ele um olhar incrédulo e me afasto alguns centímetros. “Summer está na raia quatro.”

"Você sabe que não estou me referindo a ela", diz ele, cerrando o maxilar. "Estou falando de Stacy Howard."

"Quem?"

"A mulher com quem transei." Suas palavras saem num sussurro tenso, como se estivessem cobertas de vergonha e culpa.

"Eu não sabia que era função minha ficar de olho na sua amante."

"Ela não é minha amante." Bob range os dentes com tanta força que quase consigo ouvir.

"Ah, eu me enganei... É sua putinha." Reviro os olhos e volto a atenção de novo para minha filha, observando-a fazer a virada, dando um impulso com os pés na parede da borda. Ela flui pela água com graça e velocidade.

Ele solta um suspiro exagerado.

"Stacy, a mulher com quem estive... ela está desaparecida."

"Ah, que pena. Você estava querendo transar com ela de novo?"

"Não!", ele quase berra.

Sua explosão chama a atenção de uma das mães lá na frente. Ela se vira e olha para nós. Bob e eu a cumprimentamos com um aceno. Ela sorri de forma espontânea e volta a olhar para a piscina.

"Fui chamado ao gabinete do xerife do condado Prince William hoje, e eles me interrogaram por causa do desaparecimento dela", diz Bob com a voz tensa.

Ele quer que eu reaja, que me preocupe, que fique do seu lado, mas não vou fazer nada disso, pois não dou a mínima para os problemas dele.

"E o que eu tenho a ver com isso?", pergunto.

"Você tem tudo a ver, Sarah. Você e eu sabemos disso, então, me diga o que você fez com ela."

Como eu não respondo, ele agarra meu braço e o aperta.

"Cadê ela?"

"Me solta", digo, tentando me soltar do aperto dele. Ele se recusa a me largar, então, dou um tranco com o braço. Meu cotovelo acerta o maxilar dele, fazendo um som de estalo. Bob faz uma careta e, por fim, me larga.

"Nunca mais bote a mão em mim", aviso, me ajeitando e examinando os degraus abaixo para ter certeza de que ninguém notou nosso conflito.

Ele esfrega o maxilar para aliviar a dor.

"Você não me engana. Conheço muito bem quem você é, Sarah, e estou bem ciente do que é capaz."

"Não, você não sabe, Bob. Se soubesse... acho que seria um pouco mais legal comigo."

Ele bufa e balança a cabeça. "Então, qual é o seu plano? Vai me incriminar pelo desaparecimento dela? Ela já está morta e eu tenho uma acusação de feminicídio me aguardando nos bastidores? Ou seu plano é me sacanear até finalizarmos o divórcio? Qual das opções vai ser, Sarah?"

"Nenhuma. Agora, antes de continuar me acusando, pergunte a si mesmo... O que sabe sobre essa garota?" Aperto os olhos, o encarando com um olhar desafiador. "Você sabe alguma coisa sobre ela?"

Bob fica quieto por um instante, me observando, seus olhos se movimentam com bastante rapidez. Fica claro que ele que não sabe nada sobre a tal mulher.

"Por acaso, é uma prostituta?"

Ele responde de bate-pronto, dizendo que não.

"É viciada em drogas? Criminosa? Ou só uma festeira? Ela está saindo com mais alguém?"

Bob não diz uma palavra. Só fica sentado ali, com a expressão vazia.

"Então é isso. Você não sabe quem é a pessoa com quem transou. Não sabe dizer no que ela andou se metendo. E há quanto tempo ela está sumida?"

Ele olha para o colo e, depois, para mim.

"Uns três dias."

"Não é muito tempo. Ela pode estar numa festa. Pode ter viajado. E, pelo que seu colega de trabalho me contou, ela também é jovem, e jovens fazem coisas idiotas."

"Na noite em que desapareceu, Stacy falou para a amiga que ela iria se encontrar comigo", diz Bob, dando um leve suspiro.

"Eu não sabia que vocês dois ainda estavam se vendo."

"Não estamos. Faz semanas que não tenho contato com ela, então, não sei por que ela diria isso à amiga."

"Talvez você a tenha irritado. E, agora, ela está sacaneando você. Mulheres não gostam de ser fodidas e esquecidas, Bob. Ou você não sabia disso?"

Ele enterra a cabeça nas mãos, soltando um suspiro ainda mais profundo. Volto minha atenção para a piscina bem a tempo de ver Summer chegando em primeiro. De imediato me levanto, comemorando. Pela minha visão periférica, percebo que Bob nem olhou para cima, ele não percebe que a prova acabou e que sua filha venceu. Summer tira os óculos, sorri de orelha a orelha e acena para mim, animada, com a cabeça flutuando logo acima da água.

"Sorria para sua filha, Bob", digo, sem tirar os olhos dela.

Ele ergue a cabeça bem devagar e então fica em pé, acenando de forma pesarosa para Summer. Seu lábio treme com a tensão de seu sorriso artificial.

E.L.A.S® JENEVA ROSE DIVÓRCIO PERFEITO

16
XERIFE HUDSON

Pam e eu estamos de frente um para o outro sentados diante de uma mesa num barzinho frequentado sobretudo por policiais — o que é bom, porque precisamos nos distanciar do público enquanto trabalhamos para desfazer a zona na qual Ryan nos meteu. O lugar está mal iluminado e mais silencioso do que o normal. Além de nós, há dois policiais mais velhos por ali, discutindo as avaliações de uma empresa qualquer de um episódio de *Shark Tank*. Eles não dão a menor bola para o que esta cidade pensa deles, pois, em breve, vão poder se livrar daquele uniforme, receber suas aposentadorias e levar a vida pacífica pela qual tanto trabalharam nos últimos quarenta e poucos anos.

Pam contrai o queixo e pega a garrafa de cerveja à sua frente na mesa. "Então, como você está... se sentindo em relação a Ryan?"

Nós dois ainda não conversamos sobre isso porque, toda vez que ela pergunta, eu mudo de assunto. A imagem de Stevens desacordado com um cinto enrolado no pescoço passa diante dos meus olhos outra vez. Já vi coisas muito piores, mas em geral estou preparado para elas. Quando sou convocado para uma cena de crime, já estou ciente do que aconteceu e do que vou encontrar, então, consigo me preparar, de algum modo. No entanto, com Stevens, eu não fazia ideia do que estava acontecendo. Os momentos que chocam são os que permanecem com você para sempre.

"Marcus?" Pam estala os dedos a alguns centímetros do meu rosto.

Pisco várias vezes, e ela entra em foco de novo. Ela sempre me traz de volta.

"Estou feliz por saber que ele vai ficar bem", digo, olhando para o líquido marrom no meu copo.

"Isso não responde à minha pergunta."

Levanto a cabeça e lanço a ela o sorriso mais débil, sabendo que ela não vai permitir que eu me esquive desta vez. Antes de Pam entrar na minha vida, eu reprimia tudo, empurrava tudo para debaixo do tapete, deixava apodrecer e fermentar. Eu achava que era o jeito adequado de se lidar com o trauma que vem com o trabalho, mas, em algum momento, acabei sendo dominado pelos efeitos adversos. Estou na polícia há treze anos, testemunhando o pior do pior. Já vi todas as formas de maldade, cenas de crimes horrendas, corpos em todos os estágios de decomposição. E você carrega tudo isso consigo, mesmo que não queira. A melhor maneira de lidar com isso é conversando a respeito — ou, pelo menos, é o que Pam diz.

Olho para ela.

"Não sei descrever com precisão o que estou sentindo, mas, quando souber, te aviso."

Ela sustenta meu olhar por um instante e então assente, aceitando minha resposta, porque é uma resposta sincera, e ela sabe disso. Pam toma um gole de sua cerveja e a coloca de volta na mesa.

"Ok, e em relação à nossa conversa com Bob Miller?"

"Acho que ele está escondendo alguma coisa, e não apenas sobre o desaparecimento de Stacy Howard." Beberico o uísque no meu copo alto.

Nunca fui um cara de cerveja. Gosto das bebidas fortes porque queimam quando descem. Algumas coisas na vida estão aí para ser apreciadas, outras não. Sempre achei que o álcool se enquadrasse nesta última. Assim como a verdade, apenas desembuche, não importa o quanto vá doer.

"Tive a mesma sensação", diz Pam. "Tipo... por que ele achou que o chamamos para falar sobre o caso Summers?"

Giro o copo, ocupando minhas mãos. "Devo admitir que a explicação dele foi boa, já que ele chegou a ser suspeito no caso, mas daí, logo em seguida, ele minimizou o motivo de ter sido suspeito, o que é pitoresco."

"Como assim?" Ela aperta os olhos.

Pam começou a trabalhar na delegacia há cinco anos, então, ela não conhece o caso Summers em primeira mão. Antes disso, ela morava na Flórida, mas a sensação que tenho é de que ela sempre morou aqui. Talvez seja porque ela se encaixou muito bem desde o início. Não tive a oportunidade de atualizá-la sobre a investigação do caso Summers, e sei que ela não teve tempo de analisar o arquivo gigantesco do processo.

"Kelly era casada com Greg, o irmão de Bob. Na época, ela usava o nome Jenna. Os dois moravam em Wisconsin. Greg foi assassinado, e ela foi acusada do crime, mas a investigação desmoronou quando provas importantes desapareceram durante o julgamento. Depois disso, Jenna trocou de nome, passou a ser chamada de Kelly, e se mudou para a Virgínia, a fim de recomeçar a vida."

Pam fica meio boquiaberta. "Eis aí uma boa motivação."

"É, e nós... bem, eu e Stevens... nós exploramos isso naquela época, mas, como Bob mencionou, o álibi dele era bem sólido. Ele estava fora do estado quando Kelly foi assassinada."

"A não ser que ele tenha contratado alguém para dar um fim nela...", diz Pam, pegando sua cerveja e tomando um golinho. "O departamento chegou a verificar as finanças dele?"

Contraio o queixo e balanço a cabeça. "Não. Stevens tinha uma visão limitada em relação a Adam. Todos os outros possíveis suspeitos foram inocentados quase que de imediato, quando, na verdade, não era para ter sido assim. Naquela época, tentei fazer algumas investigações por conta própria, mas o caso estava oficialmente na mão de Ryan, então, fui impedido pelo excesso de burocracia."

"Você acha que foi Bob?"

"Não sei, talvez." Eu me inclino para a frente no meu assento. "Durante muito tempo, achei que fosse coisa da Sarah."

Pam me lança um olhar divertido, gesticulando com desdém.

"Por quê? Por que a culpada é sempre a esposa?"

"Não", digo com um sorriso sutil, mas sem o menor humor. "A motivação dela era óbvia. Afinal de contas, a vítima estava transando com o marido dela. Mas Ryan descartou a possibilidade."

"Como?"

"No horário do crime, Sarah estava tomando uns drinques com a assistente dela, Anne."

"E isso foi corroborado pela nota fiscal do bar, pelas câmeras de segurança ou de trânsito, ou por outras testemunhas, como um barman ou um garçom?"

"Não", respondo, olhando para o meu copo. Estou constrangido com o desleixo do nosso trabalho policial na época. Todo mundo acha que, só porque temos protocolos, eles devem sempre ser seguidos. Sim, fazemos um juramento e usamos uniforme — mas, por baixo desse uniforme, somos humanos como todo mundo. Falhamos. Cometemos erros; às vezes, de forma acidental, outras, de modo deliberado. É evidente que o que Ryan fez foi deliberado. Ele via Adam como um culpado líquido e certo, e precisava que a investigação fosse encerrada o mais rápido possível para que ninguém descobrisse seu caso extraconjugal com Kelly. Eu até questiono o modo como Adam conseguiu fugir da prisão depois de ser detido. Isso nunca fez sentido para mim, mas talvez Ryan tenha armado pra ele, dado a ele uma oportunidade de fugir. Aquilo faria Adam parecer mais culpado ainda, e foi sem tirar nem pôr o que aconteceu — porque pessoas inocentes não fogem.

"E as impressões digitais na arma do crime?", pergunta ela.

"A arma nunca foi encontrada."

"Que conveniente", diz Pam, inclinando a cabeça. "Você acha mesmo que Sarah pode ter armado para Adam levar a culpa pelo assassinato da amante?"

"Ela o representou no tribunal. Seria uma bela jogada. Mas Kelly foi esfaqueada 37 vezes, então, acho difícil acreditar que uma mulher seja capaz de fazer isso com outra mulher."

"Aprendi que qualquer um é capaz de qualquer coisa quando acredita estar sob as motivações certas. Veja só o caso de Ryan. Ele escondeu e adulterou provas, não se retirou da investigação e não revelou seu relacionamento com a vítima. Talvez ele considerasse que estava agindo pelos motivos certos." Pam toma o restinho da cerveja e coloca a garrafa vazia sobre a mesa.

"Tipo encobrir os próprios feitos?"

"Para ele, bastava que a motivação fizesse sentido."

"Eu poderia acabar com a raça do Ryan agora mesmo."

Ela estende a mão sobre a mesa e toca meu punho. No mesmo instante, seu toque me faz relaxar.

"Não, você não faria isso, Marcus. Suas motivações são corretas porque seguem a moral, não porque são o melhor para você."

"Espero que isso seja verdade", suspiro.

"Eu sei que é."

Levo a mão de Pam aos meus lábios e a beijo. Ela deposita mais fé em mim do que jamais depositei, e não sei onde ela a encontrou.

"A única coisa que sei", digo, com um olhar determinado, "é que você e eu vamos resolver esse caso, e vamos fazer direito, desta vez."

17

PESSOA DESCONHECIDA

Algo bate no chão de concreto, me acordando de repente. Um objeto emite um baque ainda mais alto perto de mim, quicando várias vezes antes de colidir com a parede, rolar e, enfim, parar. Ouço uma porta bater. Parece estar a uns três metros acima de mim e um pouco distante, tipo uma porta de porão no topo de uma escadaria.

"Olá?", digo com cautela para o cômodo escuro. "Tem alguém aí?"

Passos altos e pesados ecoam no teto. Parecem coturnos, do tipo que um homem usaria em um canteiro de obras.

Procuro os objetos que foram jogados para mim, torcendo para ser comida e água de novo. Já mandaram em outras duas ocasiões. Na primeira, achei os dois assim que despertei aqui. Na segunda, veio um tempo depois. Acho que recebo todos os dias, mas não tenho certeza do horário porque não detecto a claridade do dia como referência. Encontro o objeto que quicou na parede. É uma garrafa de plástico. Tiro a tampa e cheiro, primeiro, só para confirmar. Inodoro, então, sei que é água. Minha garganta está seca, e engulo tudo em segundos. No mesmo instante me arrependo de ter bebido tudo porque ainda estou com sede, e não sei quando vão mandar mais.

Tateando, encontro o outro objeto. Tem uns vinte centímetros de comprimento, é macio e esponjoso, com uma camada de plástico filme por fora. É um sanduíche, mas de quê? Retiro o plástico e o cheiro dele toma conta, pintando uma imagem na minha cabeça. Pão, mostarda, cebola, tomate, alface e presunto, acho. O último era de rosbife, do qual não sou fã, mas comi assim mesmo. Sequestrados não têm escolha. Dou uma mordida, confirmando que a carne é presunto. Quase engasgo por comer tão rápido; eu tenho que me lembrar de ir mais devagar. Mastigo até cada bocado se transformar em uma papa e, então, engulo. Eu não devia ter bebido a água toda de uma vez.

Não sei quanto tempo faz que estou aqui, porque passo a maior parte do tempo dormindo e, quando não estou dormindo, só consigo pensar no quanto eu adoraria estar dormindo. Desisti de gritar por socorro, porque ninguém veio, exceto a pessoa que joga a comida e a água. Mas é evidente que ela não vai me ajudar. Ela só está assegurando que eu não morra, e não sei o porquê.

Passei um tempo vasculhando este lugar, tentando encontrar algo que pudesse me ajudar a fugir. A única coisa que consegui foi alojar uma farpa na palma da mão. O ferimento lateja; já tentei arrancá-la com os dentes, mas não consigo ver onde está — então, acho que, por enquanto, vai fazer parte de mim pelo futuro próximo, assim como a grossa corrente de metal atada ao meu tornozelo.

Não sei quem está fazendo isso, mas consigo pensar em pelo menos cinco pessoas com bons motivos para ferrar comigo.

E.L.A.S® JENEVA ROSE DIVÓRCIO PERFEITO

18
BOB MILLER

Verifico meu celular mais uma vez para ver se Brad me respondeu: nada ainda. Ontem à noite, eu pedi a ele que descobrisse tudo o que fosse possível sobre Stacy Howard. Ele disse que me daria um retorno nesta manhã, mas já é quase meio-dia e, até agora, foi só silêncio.

Depois de uma boa noite de sono, percebi que Sarah tinha razão. Ela até pode estar tentando me levar para outro rumo, me tirar do seu rastro, mas em uma coisa ela estava certa: não sei nada a respeito de Stacy Howard, nem um mísero detalhe. Bem, na verdade, sei duas coisas.

Primeiro, ela é uma ladra. Na manhã seguinte à nossa transa, acordei e descobri que ela já havia ido embora com meu Rolex e todo o dinheiro da minha carteira.

E, segundo, ela é adepta da extorsão. Menos de uma semana depois de ficarmos, recebi uma mensagem dela exigindo que eu lhe desse dinheiro, ou então ela contaria à minha esposa sobre nós dois. Ela conseguiu meu número no cartão de visitas que pegou na minha carteira. A princípio, pensei em pagar só para mantê-la quieta, mas, no dia seguinte, Sarah já estava ciente do ocorrido, graças a um idiota da minha empresa. Então resolvi ignorar a mensagem de Stacy, assim como suas tentativas de me achacar. O fato de ela ter dito à colega de apartamento que a gente ainda ia se ver é uma mentira completa. Eu nunca mais a vi depois daquela noite, e é por isso que preciso descobrir quem ela é.

"Bob", retruca Anne. "Qual é o seu voto?"

Olho para Sarah, sentada à cabeceira oposta da mesa de conferências, é nossa reunião trimestral do conselho da Fundação Morgan. O polegar dela está para baixo, então, boto o meu para cima. Nem sei o que acabei de votar. Anne está à esquerda dela, com o polegar também apontado para baixo. Ela é a facilitadora, por isso, também tem direito a um voto, o que talvez signifique que Sarah tem dois votos. Eu costumava concordar com Sarah, garantindo a ela três de sete, mas não farei mais isso.

"Seis a favor e um contra na votação para doar suprimentos de higiene feminina para prisões femininas em todo o estado da Virgínia. A votação foi aprovada", anuncia Anne.

Ótimo. Agora, pareço um babaca na frente dos outros membros do conselho, que são todos muito estimados pelas comunidades vizinhas — o diretor de uma penitenciária, o diretor-executivo de uma empresa de contabilidade, a proprietária de uma agência de relações públicas e o dono de uma empresa de *lobby* sediada em Washington. O diretor da penitenciária me lança um olhar peculiar. Ele é mais velho, tem um rosto endurecido e uma voz que se sobressai em qualquer volume. Abaixo a cabeça e esfrego a testa, para que ele pense que estou passando mal, em vez de estar desatento e desfocado.

"Você está bem, Bob?", pergunta o sujeito.

"Sim", respondo. "Só estou com enxaqueca." Eu me sirvo de um copo de água da jarra colocada à minha frente e bebo tudo enquanto espio Sarah, que está ereta em sua cadeira, como se tudo estivesse bem para caralho. Com nosso casamento desmoronando e a reabertura do caso Kelly Summers, não sei como ela consegue parecer tão serena e contida. Coloco o copo na mesa e o encho mais uma vez.

Sarah não me dá atenção, nem mesmo olha em minha direção. Queria muito saber o que ela está pensando, o que está se passando naquela mente brilhante e diabólica dela. Eu adoraria perfurar seu crânio e cutucar e sondar seu cérebro, ver o que o faz funcionar, ver onde ela esconde seus pensamentos mais sombrios e seus segredos mais profundos. No entanto, mesmo que eu pudesse ouvir seus pensamentos, acho que não conseguiria ouvir todos eles. Sarah consegue fragmentar quem ela de fato é, bem como todas as coisas horríveis que já fez, formando cubinhos isolados, como pequenos dados com lados independentes.

E assim deixa visível o lado que deseja lhe mostrar. Neste momento, por exemplo, ela é uma respeitada empresária, membro de um conselho, um forte pilar da comunidade, ativista, mãe amorosa, amiga atenciosa e uma líder sensacional. Ou, pelo menos, é o que estes outros cinco palhaços aqui presentes acham, porque é isso que ela quer que pensem. A maioria dos psicopatas consegue compartimentalizar-se muito bem, e é isso que Sarah faz com perfeição. É por isso que ela conseguiu esfaquear Kelly 37 vezes e, depois, surgir para trabalhar no dia seguinte como se nada incomum tivesse acontecido. Ela e eu somos parecidos nesse sentido.

Anne digita em seu laptop e diz: "Isso nos leva a uma atualização no Caso Cinquenta, Alejandro Perez. Primeiro, parabéns a Bob pela indicação bem-sucedida!".

Há uma rodada discreta de aplausos. Até Sarah aplaude, e desta vez ela faz contato visual comigo, dando um sorriso satisfeito. É só para se mostrar, tenho certeza. Sorrio a contragosto e assinto.

"Alejandro já está acomodado em seu apartamento", Anne olha para a tela do computador e lê em voz alta. "Ele foi aprovado no primeiro exame toxicológico e, ontem, também salvou nossa Sarah aqui de ser emboscada por um bando de jornalistas."

O sorriso de Sarah tensiona. Os membros do conselho aplaudem de novo, oferecendo olhares empáticos.

"E o trabalho?", pergunta o diretor. "Ele deu sorte de conseguir um emprego?" Ele se recosta na cadeira e cruza os braços sobre o peito largo feito um barril.

"Ele conseguiu um trabalho temporário", diz Sarah. "Mas, quando acabar o prazo desse, ele vai continuar à procura. Alejandro confessou que já vinha tendo dificuldade para encontrar um emprego fixo antes mesmo de ser aceito no programa da Fundação Morgan, por causa do seu status de criminoso."

"Gostaria de abordar isso", diz Kendall, levantando a mão. Ela é uma mulher elegante e esguia, está sempre bem vestida e é dona de uma renomada empresa de relações públicas. Para ela, é tudo uma questão de imagem, mas Kendall é ótima no que faz — que é em resumo inventar besteiras e apresentá-las ao público como se fossem ouro.

Sarah assente, dando a ela sinal verde para que continue.

"Temos várias propagandas prontas para reclassificar o termo *criminoso* como um rótulo depreciativo e, assim, educar o público e ensiná-lo que as pessoas que um dia foram encarceradas são, na verdade, membros de uma comunidade sub-representada. Essa narrativa deve incentivar a geração mais jovem a se unir em torno desse grupo, assim como foi feito com tantos outros. E achamos que a pressão sobre as empresas e corporações deve gerar impacto positivo nas recolocações profissionais desta comunidade", explica Kendall.

O diretor inclina a cabeça.

"Como devemos chamá-los, então?"

"Minha equipe está elaborando uma lista de novos termos que consideramos positivos e politicamente corretos, e devo apresentá-la na próxima reunião do conselho."

"Se inserirmos um *-ista* ou um *-fóbico* como sufixo para nos referirmos a qualquer um que seja contrário ao novo rótulo, será possível criar um movimento interessante aí", diz Corey, erguendo suas sobrancelhas pinçadas com cuidado. Ele é um lobista de Washington que ostenta um penteado tão arrumado que parece um boneco Ken. Se você quiser algo em Washington, procure Corey. Juro que ele sabe os podres de todo mundo naquela cidade.

"É nisso que consiste o nosso plano." Kendall sorri.

"Ótimo! Estou ansiosa para ver o que sua equipe vai inventar", diz Sarah em tom de concordância. Ela olha para Corey. "Alguma novidade da sua parte?"

"Sim, estou prestes a aprovar um projeto de lei no Senado para oferecer mais incentivos aos empregadores que contratarem criminos... quero dizer, pessoas com status de criminoso", diz ele.

Sarah junta os dedos na frente do rosto.

"Isso vai além do Crédito Tributário de Oportunidade de Trabalho, que já está em vigor?"

"Isso mesmo", ele afirma. "Se for aprovado, vai dobrar o crédito tributário e dar aos empregadores acesso a recursos de assistência médica ainda mais baratos para todos os funcionários."

"Quão confiante você está de que isso vai ser aprovado?", Sarah pergunta.

Corey dá um sorriso diabólico. "Muitíssimo."

"É assim que eu gosto", diz ela com um olhar satisfeito.

Então, ela assente e sorri para todos enquanto Anne faz anotações e passa para o próximo item da pauta.

Meu celular vibra sobre a mesa, causando uma pequena comoção. Sarah cerra os olhos, mas não diz nada. Eu o silencio, mas não sem antes dar uma olhada na mensagem de Brad. Quase solto um suspiro de alívio.

Chegou a verificação de antecedentes de Stacy Howard. Ela já foi acusada de extorsão por chantagear um congressista na ativa, uns anos atrás, mas levou só uma reprimenda leve.

Eu respondo.

Ela teve um caso com o congressista e ameaçou contar à esposa dele?

Ele responde de bate-pronto.

Hum. Não sei bem. Corre em segredo de justiça, mas vou ver se consigo contornar isso.

Pelo visto, não fui a primeira vítima de Stacy. Antes que eu possa responder, Brad manda outra mensagem:

Tem uma outra coisa que pode ser um sinal de alerta.

O quê!?!?!

Mordo o lábio, esperando que ele responda logo. Por fim, a mensagem aparece na tela, e eu sinto meu rosto corar. A veia grossa na minha testa começa a latejar enquanto leio.

O nome de Stacy apareceu na folha de pagamento da Fundação Morgan. Ainda estou tentando descobrir exatamente qual serviço ela prestou, pois ela está listada como "contratante". Volto a entrar em contato.

Cerro as mãos e levanto devagar a cabeça, franzindo a testa para minha esposa na outra ponta da mesa. *Eu sabia.* Ela está conspirando contra mim. Talvez desde o momento em que descobriu que tive um caso.

Sem pensar, pego a caneta esferográfica que está ao lado do meu celular e avanço para cima de Sarah. Ninguém tem tempo de reagir e, num instante, estou em cima dela, fazendo-a cambalear para trás em sua cadeira. Nós caímos no chão, sua cabeça loira atinge o piso e, no mesmo instante, ela fica atordoada. Suspiros e gritos preenchem a sala. Com a caneta apertada em minha mão, a levanto acima da minha cabeça e a enfio em sua órbita ocular. O sangue jorra do ferimento, avermelhando minha camisa branca. Cravo a caneta esferográfica em seu rosto várias vezes, até torná-la irreconhecível, uma maçaroca mutilada de pele, sangue, cartilagem e fraturas expostas. Não consigo evitar uma risada maníaca. *Ding dong, a cadela está morta.*

"Bob", diz Sarah com uma leve preocupação na voz.

Acordo dessa fantasia e constato que ainda estou sentado bastante calmo na sala de conferências, bem em frente a ela. Sarah inclina a cabeça de leve e franze as sobrancelhas. A caneta esferográfica estava tão apertada na minha mão que se partiu ao meio, fazendo com que a tinta vermelha vazasse entre os dedos, pingando no tampo da mesa. Os outros membros do conselho estão me olhando do mesmo jeito que ela.

"Qual vai ser o seu voto?", pergunta ela, relaxando o rosto para uma posição neutra. Sua mão exibe um polegar para cima.

Solto a caneta e estendo meu punho manchado de vermelho, girando-o com lentidão para fazer um polegar para baixo. Sarah ainda não sabe, mas ela acabou de encontrar um inimigo à altura.

E.L.A.S JENEVA ROSE DIVÓRCIO PERFEITO

19
SARAH MORGAN

Anne coloca duas canecas de café na mesa roxa e acomoda-se na minha frente. Estamos em uma cafeteria pitoresca, a apenas alguns quarteirões do escritório. O local tem um estilo eclético, com uma mistura de cadeiras e mesas descombinadas, mas que, de algum modo, funciona. O visual me faz lembrar de meu relacionamento com Bob, antes de ele revelar sua verdadeira personalidade e me fazer perceber que não dava para confiar nele. Mas acho que nunca confiei nele de verdade... no fundo, no fundo, sempre houve uma suspeita.

"O que aconteceu com Bob na reunião do conselho? Ele estava mesmo votando de forma intencional contra você em todas as questões?" Anne beberica um gole de café com cuidado, está tão quente que ainda sai fumaça, mas ela nunca foi uma pessoa paciente. Só comigo. Quando o líquido toca seus lábios, ela estremece e coloca a caneca de volta na mesa.

"Você também percebeu?", digo, erguendo uma sobrancelha.

"Impossível não perceber."

"Ele está meio doido por causa do divórcio. Em relação ao luto dele pela separação, acho que ele está no estágio da raiva. Acho até que ele saiu rápido da fase da negação." Levo a caneca de café aos meus lábios e tomo um gole devagar. Queima, mas eu tenho alta tolerância à dor, então, não me importo.

Anne franze a testa.

"E aquilo na mão dele, era sangue?"

"Tenho quase certeza de que era tinta vermelha da caneta que ele partiu ao meio", digo, revirando os olhos.

Bob sempre foi avesso ao uso de tinta azul ou preta em sua papelada, fosse na hora de assinar seu nome ou de acrescentar a gorjeta a uma conta de restaurante. Sempre tinha que ser vermelha. Uma breve e idiota demonstração de poder que sempre encarei como uma grande estupidez, e não a atitude de macho alfa que ele acha que é.

"Comportamento estranho para uma reunião do conselho."

"Muito", digo, assentindo.

"Qual é o plano para depois do divórcio? Ele vai continuar no conselho?"

"Eu espero que ele concorde em renunciar, como parte do nosso acordo, só que ele ainda não concordou com nada, nem mesmo com o divórcio."

"Isso é ridículo. Ele deveria estar facilitando as coisas para você, ainda mais depois do que ele fez, e do caso... isso me lembrou uma coisa. Recebi uma ligação do xerife Hudson hoje perguntando se eu poderia comparecer a um interrogatório do caso Summers. Isso é normal?" Anne ergue uma sobrancelha sobre a caneca enquanto bebe.

"Sim, é. Com a investigação reaberta, eles precisam entrevistar de novo todo mundo do inquérito inicial."

"Mas aconteceu há mais de uma década. Como eles esperam que eu me lembre de alguma coisa?"

"Na verdade, eles não esperam que você se lembre. É mero protocolo", digo.

Ela balança a cabeça. "Você está preocupada com o caso Summers?"

Aperto os olhos, mas os relaxo antes que ela perceba. "Como assim?"

"Eles descobrirem que não foi Adam quem matou Kelly Summers?" Ela faz uma pausa e olha para sua caneca de café antes de reencontrar meu olhar. "Não sei como você consegue conviver com isso, sobretudo porque agora é tarde demais para consertar qualquer coisa. Eu ficaria muito irritada, e devastada. Não sei o que eu faria."

Deixo escapar um pequeno suspiro. "Só estou tentando não pensar nisso."

Ela estende a mão sobre a mesa e a apoia na minha, apertando-a com suavidade.

"Estarei sempre aqui com você. Não importa o que aconteça, Sarah."

"Eu sei, Anne."

Meu celular vibra no meu bolso, e eu solto a mão dela para pegá-lo. Uma mensagem de Bob ilumina a tela.

Eu sei bem o que você está fazendo, Sarah, e você não vai se safar.
Pare com tudo isso agora, ou eu vou parar... de forma permanente.

"O que é?", pergunta Anne, percebendo meus olhos grudados no telefone.

Levanto a cabeça e bem ligeira enfio meu celular de volta no bolso. "Nada. Só uma dessas mensagens de *spam*", minto.

Por mais que eu prefira pensar que as ameaças de Bob são vazias, eu sei que não são.

20

XERIFE HUDSON

"Agradecemos a sua vinda hoje, Anne", digo enquanto Olson e eu a escoltamos até a saída da sala de interrogatório, onde passamos a última meia hora discutindo seu paradeiro na noite em que Kelly Summers foi assassinada.

"Tudo bem." Anne dá um sorriso sutil. "Gostaria de poder ajudar mais, mas aconteceu há tanto tempo."

"Nós entendemos", digo. "E, se tivermos mais perguntas, entraremos em contato."

"Claro", concorda ela. "Aproveitem o restante do dia", diz Anne, recuando alguns passos antes de se virar e seguir pelo corredor em direção à portaria principal.

Quando ela está fora do alcance da voz, Olson colide seu ombro contra o meu.

"O que você acha?"

Olho para ela e dou de ombros.

"Não há muito o que achar. Ela não tinha nada de novo a acrescentar, e mal conseguiu se lembrar do próprio depoimento original."

"Foi quase como outro depoimento." Olson ergue uma sobrancelha. "É uma pena que não possamos verificar a história dela a partir de dados concretos, tipo... o recibo do bar onde ela e Sarah estavam, ou câmeras de trânsito, ou registros das torres de celular."

"Bem, eu poderia ter feito tudo isso naquela época, se Stevens não tivesse..."

Olson me interrompe. “Não há nada que possamos fazer agora, então, vamos nos concentrar no que podemos controlar.”

Dou um sorrisinho torto enquanto encaro os grandes olhos castanhos dela, grato pela maneira como ela sempre me ajuda a manter os pés no chão, ancorados no presente, ela me ajuda para que eu não me arrependa do passado nem fique ansioso em relação ao futuro. Antes de Pam, eu reagiria com raiva ou me fecharia por completo. Ela me ajudou a encontrar o equilíbrio, mas apesar disso, com tudo o que vem acontecendo, tenho achado cada vez mais difícil manter esse autocontrole, mesmo com sua ajuda.

“E em relação ao desaparecimento de Stacy Howard...?”, pergunta Olson, me arrancando dos meus pensamentos.

“Não encontramos nada nos hospitais nem nas cadeias dos arredores. Coloquei o tenente Nagel e alguns investigadores para entrevistar amigos, familiares, colegas de trabalho, vizinhos, qualquer um que possa saber do paradeiro dela.”

“Com sorte, ou conseguimos uma pista logo ou ela do nada reaparece. E quem nos resta para entrevistar mais uma vez para o caso Summers?”, pergunta ela.

Saco uma caderneta do bolso da frente da minha camisa e a abro. “Tem o Bob, mas quero deixá-lo para o final, por causa da investigação do caso Howard.”

“Sim, é melhor não incomodá-lo com isso agora.” Ela assente.

“Tem Scott Summers, o marido de Kelly, mas não conseguimos localizá-lo, e não sei se algum dia vamos conseguir, a menos que ele queira ser encontrado.”

“Como assim?”

“Scott saiu da cidade depois do julgamento. Ninguém nunca mais ouviu falar dele desde então.”

“Isso é bem suspeito, hein?” Olson inclina a cabeça. “Só os culpados fogem.”

“Pois é. Sempre achei que ele fosse culpado de alguma coisa, mas não creio que tenha a ver com o assassinato de Kelly.”

Ela ergue uma sobrancelha, mas, antes que possa fazer outra pergunta, conduzo a conversa adiante.

"Também tem Jesse Hook, o cara que estava perseguindo Kelly, mas ele morreu de overdose há três anos."

"Perseguindo?"

"A defesa descreveu Jesse como um *stalker*. A promotoria dizia que ele era só um cara meio apaixonado demais por Kelly. Stevens o inocentou, mas hoje sabemos que isso não significa nada."

Olson balança a cabeça, desolada.

"E, então, temos Sarah", acrescento. "Mas quero ser cauteloso com ela."

"Por quê?"

"Ela entrou com recurso no tribunal para reabrir o caso de Adam Morgan, e recebi uma dica do gabinete do juiz Carmack de que eles vão deferir o pedido. Isso vai deixar o departamento bem vulnerável a ações legais, então, prefiro não a irritar até que seja absolutamente necessário."

"E vão conceder rápido assim?" O tom de Olson é cético.

"Sarah tem amigos em todos os lugares. Toda vez que ela deseja que algo seja feito, ela consegue, e sempre bem rápido."

"O fato de Sarah ter entrado com recurso para reabrir o caso me faz pensar que ela não teve nada a ver com o assassinato de Kelly; caso contrário, por que mexeria no vespeiro?"

"Olha, considerando as novas informações, se ela não entrasse com o processo, ia parecer suspeito."

"Verdade", concorda Olson. "É um meio de ela manipular as coisas. E quanto a Stevens? Já teve notícias da cirurgia dele?"

Verifico meu relógio de pulso.

"Não, ainda não. Mas ele deve sair em breve. De qualquer forma, o cirurgião me informou que ele não conseguiria falar por uns bons dias no pós-operatório; isso se tudo corresse bem."

"Droga", diz ela.

"Droga mesmo, e o público quer uma prova definitiva, as pessoas querem saber quem matou Kelly. A menos que tenhamos um golpe de sorte, não acho que sejamos capazes de entregar isso a eles." Exalo com força pelo nariz.

"Se insistirmos o suficiente, talvez a verdade apareça."

"Talvez. Mas só vejo isso acontecendo se houver duas pessoas envolvidas no assassinato de Kelly e uma delas se voltar contra a outra. A pessoa que fez aquilo guarda esse segredo há doze anos e, é como dizem por aí, duas pessoas só conseguem guardar um segredo se uma delas morrer."

"Vamos torcer para que haja dois envolvidos, então, e que ambos ainda estejam vivos." Olson sorri de maneira melancólica.

Somos interrompidos pelo meu celular tocando. Eu o retiro do meu cinto e o levo ao ouvido.

"Xerife Hudson."

"Xerife, aqui é o tenente Nagel. Encontramos o veículo de Stacy Howard."

"Onde?"

"Na Lawson Road."

"Estou a caminho", digo, encerrando a ligação.

Olson e eu caminhamos em direção à cena que se desenrola em um loteamento de uma rua sem saída. Há terrenos à venda com várias casas em diferentes estágios de construção, mas nenhuma delas concluída. Os agentes estão espalhados, inspecionando a área. A equipe forense já está empenhada, examinando o veículo de Stacy, um Hyundai Santa Fe preto, e Nagel está perto do SUV abandonado, de costas para nós.

"Tenente Nagel", eu o chamo quando nos aproximamos.

Ele se vira para nós e acena. "Xerife Hudson. Comandante Olson."

"Coloque-nos a par das coisas", peço.

"Uma viatura avistou o carro e nos chamou. Nosso pessoal está procurando pistas, e técnicos de campo estão inspecionando o veículo para coletar provas materiais."

Olho para a equipe forense e depois para Nagel.

"Encontraram alguma coisa?", pergunto.

"Sim, o que parece ser sangue seco no volante, então, acho que estamos vislumbrando um possível sequestro, senhor."

"Já é possível saber se o sangue é de Stacy?" Olson entra na conversa.

"Não sem uma amostra de DNA. Ela é filha única. A mãe faleceu quando Stacy tinha vinte anos, e o pai é ausente desde a infância dela, de acordo com sua colega de apartamento. No entanto, o sargento Lantz está a caminho do apartamento delas para coletar uma escova de cabelo e uma escova de dentes. Espero que o laboratório consiga usar algum desses itens para comparar o DNA."

"Ótimo", digo. "E, sim, concordo que há um possível sequestro aqui, o que aumenta o status de Stacy de pessoa desaparecida para caso urgente de pessoa desaparecida. Os dados dela já foram inseridos no sistema unificado do Centro Nacional de Informações Criminais e da Rede de Informações Criminais da Virgínia?"

"Vou pedir ao agente Lane que providencie isso na delegacia."

"Depois que os dados forem inseridos nos sistemas", olho para Olson, "quero que vocês consultem o Departamento de Investigação Criminal."

"Pode deixar", diz ela.

"Que tal emitir um alerta de adulto desaparecido ou um comunicado à imprensa?", sugere Nagel.

"Temos que consultar o Departamento de Investigação Criminal, primeiro, e eles vão cuidar disso, coordenando com a polícia estadual para ativar um alerta, e também com o Gabinete de Relações Públicas para redigir os comunicados aos jornalistas e as postagens nas redes sociais", digo, examinando a área. "Acho que não há câmeras de trânsito aqui."

"Para o nosso azar, você está correto, xerife", diz Nagel.

Solto um suspiro e balanço a cabeça.

"Quem desovou o carro aqui ou teve sorte ou sabia que era um ponto cego na vigilância. Encontrou mais alguma coisa no veículo?", pergunto.

"Foi encontrado um celular no chão, do lado do passageiro. Mas está descarregado, como já era de esperar, pois a última localização registrada dela, de acordo com a operadora, foi nas proximidades do apartamento em que ela mora."

"Solicite que o enviem direto para o laboratório, para que possam dar um jeito de desbloqueá-lo."

"Já está a caminho", diz Nagel.

"Ótimo! Espero que a gente consiga acessar as mensagens dela, pois a operadora de celular que ela usa não faz armazenamento."

"E a tal Deena, a colega de apartamento de Stacy?", pergunta Olson. "É melhor a gente falar com Lantz, já que ele foi ao apartamento delas para coletar o DNA. Talvez ela saiba qual é a senha de Stacy."

"Boa ideia", exclamo. "Entre em contato com o sargento Lantz para que ele verifique isso enquanto estiver lá."

Nagel assente outra vez.

"Também tem isto aqui, xerife." Ele levanta um saco de provas onde há um cartão de visitas branco com uma tipografia vermelha.

"Bob Miller", leio o cartão em voz alta.

"Devemos convocá-lo para interrogatório de novo?" Olson ergue uma sobrancelha.

Balanço a cabeça.

"Não, ainda não. Acabamos de falar com ele, e ele já admitiu que conhecia Stacy, então, neste momento, isso é só uma prova circunstancial. E eu não tenho indícios suficientes para detê-lo. Mas, enfim, mande para o laboratório."

"Sim, senhor. Mais alguma coisa?", pergunta Nagel.

Meu olhar se volta para o veículo, onde a equipe forense busca impressões digitais e coleta cada fragmento de prova. Stacy está desaparecida há quatro dias. Perdemos as primeiras quarenta e oito horas, que são cruciais. Com as provas do seu celular largado no carro, do veículo abandonado e do sangue seco no volante, podemos afirmar com segurança que isso é um sequestro — ou mesmo algo pior. Meu instinto diz que Bob está metido nessa história, mas não posso permitir que minha visão seja obstruída. É por esse tipo de coisa que estamos no meio de uma tempestade de merda com o caso Summers. Talvez haja outro ângulo aqui, algo que eu não esteja conseguindo enxergar.

"Xerife", chama Nagel, me arrancando dos meus pensamentos.

Olho para ele e depois para Olson.

"Alguém fez uma verificação de antecedentes de Stacy Howard?", pergunto.

Ambos balançam a cabeça.

"Também quero que façam isso."

"Vou providenciar", diz Nagel, dando meia-volta. Ele liga o rádio para alertar o sargento Lantz e o agente Lane sobre as novas solicitações, e então convoca a equipe para dar instruções sobre os próximos passos.

"Verificação de antecedentes?" Olson cerra os olhos.

"É só um pressentimento", comento.

“E você tem certeza de que não devemos interrogar Bob de novo?”

Examino a cena diante de mim, absorvendo tudo.

“Não, não tenho certeza”, respondo. “Mas falamos com ele ontem e, enquanto a perícia não tiver nada, não temos nenhuma prova concreta para ligá-lo ao desaparecimento de Stacy. Sendo assim, não há nenhum motivo novo para questioná-lo… pelo menos, até segunda ordem.”

21

SARAH MORGAN

Uso o pegador de massa para tirar o bacon chiando da panela quente e o transfiro para uma travessa rasa forrada com toalhas de papel. De repente, dois pedaços de pão saltam da torradeira, e eu levo um susto. Estou preocupada com Summer, com a maneira como essa história toda pode afetá-la, com o efeito que tudo isso terá sobre ela. Meu único interesse agora é mantê-la segura.

Os pezinhos de Summer batem contra o piso de madeira quando ela vem correndo até a cozinha. É meu som favorito no mundo inteiro, e me deleito com ele mais do que com qualquer coisa, porque sei que isso não vai durar muito mais tempo. Um dia, seus passos serão mais lentos, a empolgação por me ver terá passado quase que por completo. E, então, chegará um momento em que não os ouvirei mais. Ela está de camisola, seu cabelinho loiro esvoaça em todas as direções. Ainda sonolenta, esfrega um olho com as costas da mão.

"Bom dia, querida", digo sorrindo enquanto sirvo a ela um prato de bacon, torrada e uma fatia de quiche de espinafre com queijo gouda.

"Oi, mãe", resmunga ela.

"Dormiu bem?"

"Acho que sim." A cadeira é arrastada no piso quando Summer se acomoda à mesa.

"Bem, espero que sim." Pego um copo de suco de laranja e o prato com seu desjejum, levo-os para a mesa e os coloco na frente dela. "Está com fome?"

"Morrendo de fome. Não como desde ontem."

"Ah, é verdade." Dou risada. "Deixe-me pegar talheres para você." Atravesso a cozinha a fim de pegar um garfo para ela.

"Mãe!", grita Summer.

Viro a cabeça e vejo seu bracinho estendido, apontando para a porta de vidro de correr.

"O quê? O que foi?", pergunto, correndo para o lado dela.

"Tem um homem lá fora."

Dou um suspiro de alívio, seguindo o olhar dela, quando vejo Alejandro, que está vestindo jeans, coturnos e uma camiseta branca justa. Ele está ajoelhado no deque, segurando uma furadeira, iluminado pelo sol. A ferramenta elétrica vibra quando ele aperta o botão, forçando um parafuso em uma tábua de madeira novinha.

"Aquele é o Alejandro, querida. Eu o contratei para consertar o deque."

Ela abaixa o braço e franze a testa, observando-o.

"Por que ele tem tantas tatuagens, mãe?"

"Porque ele quis, ele escolheu assim", digo, entregando os talheres para ela.

Os olhos de Summer brilham quando ela pega o garfo.

"Eu quero fazer tatuagens."

"Talvez, quando você for mais velha." Sorrio e atravesso a cozinha para servir minha comida.

"Tipo... quando eu tiver 13 anos?"

"Não. Bem mais que isso."

"Que tal furar minhas orelhas? Posso fazer isso quando tiver 13 anos?"

"Talvez", digo, voltando para a mesa e me sentando.

"Mas minha amiga Courtney furou as dela quando era bebê. Ela nem se lembra." Summer faz um beicinho.

"Eu disse talvez, amorzinho. Talvez não significa não. Sendo assim, não vamos forçar a barra agora."

Ela suspira e mastiga um pedaço de bacon.

"Está animada para passar o dia com seu pai em Washington?", pergunto, mudando de assunto.

"Mais ou menos."

"Por que mais ou menos?"

Summer franze o queixo.

"Porque eu queria que você fosse também."

Passo a mão sobre sua cabeça, alisando seus cachinhos macios e loiros. Por mais que eu tenha tentado mantê-la no escuro sobre o divórcio entre mim e Bob, em algum nível, ela já entendeu. As crianças são perceptivas, porque ainda estão se desenvolvendo e ainda estão tentando entender este mundo, que pode ser muito cruel e muito lindo ao mesmo tempo.

"Eu sei, querida. Eu também queria ir", minto. "Mas tenho trabalho." Outra mentira. "Além disso, seria bom para você e seu pai passarem um tempo juntos, só vocês dois." Agora, é verdade.

Ela espeta a quiche com o garfo e dá uma mordida enorme. Eu a incentivo a beber um gole de suco para não engasgar. Ela já tem nove anos, mas é só força do hábito de sua primeira infância e aquele velho defeitinho de mãe de estar preocupada. Meu olhar pousa em Alejandro mais uma vez. Ele carrega uma tábua sobre o ombro e a coloca no chão, alinhando-a com firmeza contra a outra que acabou de pregar no deque. Acho que ele sente meu olhar, porque levanta a cabeça e olha na minha direção. Viro para o outro lado, voltando o foco para Summer, que está enfiando mais um pedaço enorme de quiche na boca.

"Tome um gole de suco e pegue porções menores da próxima vez", lembro a ela.

Ela leva o copo de suco de laranja à boca e bebe metade, deixando um bigode alaranjado como rastro. Pego minha comida, meus olhos passeiam entre minha filha e o desconhecido lá fora. Não sei se é uma boa ideia tê-lo aqui, pois não sei do que ele é capaz. Conheço a ficha dele, sei o que fez ou, pelo menos, o motivo pelo qual foi considerado culpado pela Justiça. Mas isso não engloba necessariamente todos os atos horríveis que ele já cometeu. Afinal de contas, *eu mesma* tenho uma ficha mais limpa do que um centro cirúrgico.

"Prontinho", declara Summer.

Apenas as crostas de sua quiche e a torrada permanecem no prato.

"Por que não vai tomar um banho e arrumar suas coisas?", sugiro, conferindo as horas. "Seu pai deve chegar daqui a pouco."

Ela salta da cadeira e sai pelo corredor. A porta do banheiro se fecha e, um instante depois, ouço o chuveiro sendo ligado. O correto seria ter cancelado essa farra deles depois que Bob me ameaçou, mas não seria justo punir nossa filha pelo comportamento errático do pai. Só espero que ele consiga se recompor e, de alguma forma, proporcionar a Summer uma noite agradável e memorável na cidade.

Meus olhos se voltam para Alejandro. Ele puxa a barra da camisa para limpar o rosto, revelando um abdômen suado e bem definido. Eu me afasto, pegando os pratos e levando-os para a pia, mas ainda consigo vê-lo pela janela, parafusando uma tábua de madeira no deque, seus antebraços musculosos, sua pele úmida. Nunca vi ninguém fazendo trabalhos manuais assim. Adam não era disso, e Bob sequer saberia identificar uma chave de fenda. Alejandro faz uma pausa para tomar um gole de água, e ele seca a garrafa. Faz algumas horas que ele está lá fora, e eu tenho certeza de que deve estar com fome. Preparo um prato para ele, sirvo um copo de suco de laranja, vou até a porta de correr e a abro. Alejandro levanta a cabeça e sorri assim que me ouve chegar.

"Imaginei que você estaria com fome", digo, estendendo uma bandeja com a comida e o suco.

"Adivinhou." Ele atravessa o buraco no deque onde as tábuas foram retiradas e aguardam suas substituições e pega o prato e o copo, agradecendo.

Solto a porta e atravesso com cuidado a área onde ainda faltam as tábuas.

"Está ficando bom", digo.

"Obrigado. Devo terminar em alguns dias." Alejandro enfia um pedaço de bacon na boca e o mastiga.

"Sem pressa."

Ele assente e continua comendo, limpando o prato em menos de um minuto.

"Você devia estar morrendo de fome", digo, pegando o prato das mãos dele.

Alejandro lambe o lábio superior.

"Desculpe, força do hábito. Se você não come rápido, você não come." Ele termina o suco em uma grande golada.

"Como era lá?"

Seus olhos encontram os meus, e ele fica quieto por um instante, como se estivesse tentando encontrar um modo de responder à minha pergunta.

"Digamos que eu nunca mais quero voltar."

Percebi que Alejandro não é muito de falar, ou pelo menos não comigo. Mas ele gosta de fazer perguntas. Estendo minha mão, pegando o copo dele.

"Bem, essa escolha está nas suas mãos."

Assim que as palavras saem, penso em Adam. Ele não teve escolha, porque eu escolhi por ele. Às vezes, sofremos as consequências de nossas ações e, outras vezes, sofremos as consequências das ações alheias. Mas daí, mais uma vez, em determinados aspectos, Adam selou o próprio destino.

"Sabe...", Alejandro cruza os braços, "acho que, na primeira vez, não tive escolha."

Inclino minha cabeça, intrigada com o comentário.

"E por quê?"

"Eu era jovem. Meu pai tinha ido embora, e minha mãe não era capaz de ser mãe. Ela escolheu seus vícios, em vez dos filhos, e isso me fez procurar um lugar para me encaixar, ser aceito, me sentir parte de alguma coisa. Pessoas que buscam pertencimento, em regra, encontram isso rapidinho numa gangue", diz ele, mal conseguindo fitar meus olhos.

Sua resposta me faz lembrar da minha própria criação. A morte do meu pai. Minha mãe entrando em uma espiral, se drogando para lidar com a situação. Perdendo tudo. Sendo obrigada a viver em hotéis de beira de estrada. Levando homens estranhos ao nosso quarto, aqueles que lhe dariam uma dose em troca da única coisa que ela conseguia oferecer a eles... ela mesma. E, às vezes, nem isso era o suficiente. Depois que ela desmaiava, eles olhavam para mim como se eu fosse algum tipo de bônus. Eu sempre os repelia... de um modo ou de outro. A gente faz o que é preciso para sobreviver. A maioria de nós nunca teve de escolher entre a vida e a morte. Mas te digo, uma vez que você escolhe, uma vez que você se vê obrigado a fazer essa escolha, isso te modifica para sempre.

"É uma pena que eu tenha caído nisso", acrescenta ele, e seu olhar encontra o meu.

"Sim", digo. "Você e eu não somos muito diferentes, afinal. Nós apenas caímos em coisas diferentes."

Alejandro dá um sorriso tenso.

"E no que você caiu, Sarah?"

"Sobrevivência."

Não preciso elaborar porque vejo nos olhos dele. Ele entende exatamente o que quero dizer.

22
BOB MILLER

Bato a porta do carro e olho para minha casa cercada de bosques. Ver aquela varanda imensa que contorna a casa inteira e suas grandes janelas projetadas costumava me trazer alegria. Agora, é só um lembrete do que perdi, ou melhor, do que Sarah tirou de mim. Sei que ela está por trás de tudo. Só pode estar. O fato de Stacy ter trabalhado para a Fundação Morgan não é mera coincidência. Eu acho que Sarah a contratou para me seduzir. Mas não consigo entender por que ela faria uma coisa dessas.

Brad investigou um pouco mais e descobriu que, seis meses atrás, Stacy foi contratada como modelo de eventos para um baile de gala beneficente organizado pela Fundação Morgan. Ou seja, ela era uma garçonete gostosa, um colírio para estimular os homens a abrir a carteira. Eu me pergunto se foi nesse momento que Sarah teve a ideia. Talvez ela tenha me flagrado olhando para ela e resolvido me testar, para ver se eu permaneceria fiel. Ou será que ela pretendia mais alguma coisa?

Foi Sarah quem sugeriu usar a mesma empresa de bufê e de organização de eventos para a festa que minha empresa organizou para homenagear minha escolha como sócio. Na noite da minha comemoração, Sarah alegou não poder ir porque Summer estava doente e ela não queria deixá-la com uma babá. Fiquei muito decepcionado. Não, fiquei puto da vida. Na época, achei que, na verdade, ela não quisesse me ver em sua antiga posição, talvez por ciúme. Mas, agora, sei por que Sarah não compareceu. Porque, se ela tivesse ido, como Stacy poderia me testar?

Uma dor aguda no meu maxilar afasta esses pensamentos, e eu percebo que estou trincando os dentes com muita força — então, relaxo, mantenho a cabeça erguida e sigo em direção à casa. Não bato à porta porque, afinal de contas, é meu lar também.

"Summer", chamo logo que entro.

Há um brilho sob a porta do banheiro no corredor, e ouço o zumbido do exaustor e o som de água corrente. Assim que entro na cozinha, a porta de correr de vidro é aberta e Sarah entra, trazendo em cada mão um prato e um copo, ambos vazios.

"Bom dia, Bob", ela diz, fechando a porta atrás de si e caminhando até a pia. Ela está tentando se fazer de indiferente, fingir que não tem nada de errado e que eu sou o único desconfortável aqui. Ela fazia a mesma coisa com Adam, o deixava louco enquanto o destruía lentamente nos bastidores. A diferença é que ela está na minha mira.

Um borrão se movimenta no deque do quintal e chama minha atenção, e eu o reconheço de imediato. Caso Cinquenta, Alejandro Perez. Ele carrega uma tábua sobre o ombro e para quando flagra meu olhar. Então, me encara e acena.

Balanço a cabeça e volto minha atenção para Sarah.

"Estou vendo que você contratou um criminoso."

"Ele está se ressocializando, Bob." Ela enxágua um prato e o coloca no escorredor. "E ele foi indicação sua. Não confia na sua própria seleção?" Sarah olha para trás, para mim, erguendo uma sobrancelha.

"Não foi isso o que eu disse." Dou um passo para dentro da cozinha, baixando a voz. "Eu não me sinto confortável com ele perto de Summer."

"Eu jamais permitiria que algo acontecesse a ela." Ela para de lavar a louça e me fuzila com o olhar. "E, além do mais, a fundação tem uma taxa de sucesso de 100% de não reincidência."

"Basta um para diminuir essa porcentagem." Aperto os lábios com firmeza.

"Todo mundo merece uma segunda chance."

"Ah, sim. E você e eu? Cadê a minha segunda chance, Sarah?"

"Você vai ter sua segunda chance com sua próxima esposa, Bob." Ela não olha para mim quando fala; em vez disso, retira a tampa do ralo e seca as mãos em uma toalha.

Solto um único *ah* sarcástico e dou mais um passo na direção dela.

"Você soube quando?"

"Soube quando, o quê?" Ela cerra os olhos.

"Quando você soube que ia se divorciar de mim?"

"No instante em que descobri que você transou com outra."

"Você já sabia antes disso", eu a desafio, empinando o queixo.

Sarah se limita a fazer um muxoxo e volta a arrumar as coisas. Ela está me tratando como trata esta cozinha, como se eu fosse só mais uma sujeira que ela precisa limpar.

"Eu sei que você a contratou", provoco.

"Contratei quem?"

"Stacy."

"Eu não sei do que você está falando." Ela limpa o balcão, ocupando-se para deixar evidente que esta conversa não vale sua atenção.

"Por que diabos Stacy está na folha de pagamento da sua empresa?"

Sarah inclina a cabeça, confusa, mas não diz uma palavra.

"Sim, é isso mesmo. Segui seu conselho e fiz uma investigação sobre ela. Stacy foi contratada como modelo de eventos ou garçonete, ou sei lá o quê, para uma festa de gala que sua fundação organizou há seis meses." Cruzo os braços, pensando: "*Xeque-mate, vagabunda. Estou de olho em você*!".

Talvez eu devesse ter mantido minhas cartas escondidas, mas tudo bem, ainda tenho outras cartas para jogar. É bom que Sarah saiba que estou ciente de tudo o que ela anda fazendo. Quem sabe assim ela perceba que nada disso vai dar certo e pare logo com essa bobagem.

"Você está querendo me contar como costuma conhecer outras mulheres, Bob?"

Sempre com as tiradas inteligentes.

"Não!", digo, cerrando o maxilar. "Estou dizendo que você e Stacy estão conectadas. Eu chamaria isso de coincidência, mas, no seu caso, nunca é coincidência."

Ela pausa sua limpeza para encontrar meu olhar, me encarando.

"Você acha mesmo que eu contrato as porras das garçonetes das festas? Eu sou fundadora e diretora-executiva da empresa. Anne e a assistente dela cuidam dessas coisas."

"Como se Anne tomasse decisões sem sua bênção..."

"Sim, ela toma. É por isso que as empresas têm funcionários."

"Você não está enganando ninguém, Sarah", digo, balançando a cabeça. "Sei que você contratou Stacy para transar comigo."

Ela joga o pano de prato na pia. "Meu Deus. Você perdeu a cabeça."

"Não, você é quem perdeu a porra da cabeça. Por que você fez isso? Por que você armou para mim? Eu te irritei? Você decidiu que não precisa mais de mim? Deixou de me amar?" Minha voz fica mais alta a cada pergunta, e eu sinto uma veia começando a latejar no meu pescoço enquanto a raiva floresce dentro de mim. "Você tem outro? Ou isso tudo é porque você não suportou me ver assumindo sua posição na sociedade? É isso? Eu fiz você se sentir *diminuída*?"

Sarah não responde. Só fica ali, calma, dentro do possível, com um olhar de piedade. Essa é a última coisa da qual preciso agora.

"Qual das opções seria?", eu grito. "Por que você resolveu destruir nossa família?"

Meu coração está tão acelerado que parece que vai sair do peito. O suor se acumula na divisa do meu couro cabeludo e meus dedos doem de tanta tensão por estar cerrando os punhos. Eu adoraria envolvê-los em volta do lindo pescocinho dela e apertar até fazer sua cabeça saltar. Fico ofegante como um touro antes de atacar um toureiro. Soco a bancada de granito numa tentativa de liberar toda a fúria que tenho reprimido desde que ela me entregou aquelas bostas de papéis do divórcio. Algo na minha mão estala. Mas não sinto a dor. Porque a única coisa que me domina neste momento é a raiva.

"Me diz por que você fez isso!", eu grito.

"Não posso", responde ela.

"Por quê?"

"Porque eu não fiz nada. Suas ações têm consequências, Bob, e eu lamento que você seja incapaz de aceitar isso."

"Pai", grita Summer. Eu me viro e a flagro parada sob o arco do corredor. Ela está com uma mochila pendurada no ombro e me olha como se estivesse com medo de mim. "Por que você está gritando com a mamãe?" Sua voz sai meio trêmula.

Solto um suspiro pesado, permitindo que a tensão em meu corpo se dissipe. Meus ombros descaem, e eu exalo o ar preso em meu peito.

"Nós só tivemos uma pequena discussão, querida. Às vezes, os adultos fazem essas coisas. Mas está tudo bem agora, então, não há nada com o que se preocupar." Encerro minhas palavras dando um sorriso. "Que tal você correr lá para fora, e aí eu te encontro em um minuto?"

"Tá bom", responde ela, apreensiva, como se estivesse me analisando. Ela é inteligente como a mãe. Inteligente demais, às vezes. Summer passa correndo por mim, vai até Sarah e lhe dá um abraço. "Tchau, mãe. Eu te amo."

Sarah retribui o abraço e a beija na testa. Ela quase parece um ser humano nesse abraço.

"Também te amo, querida. Seja boazinha com seu pai." Seu tom é alegrinho enquanto a incita a sair.

"Tá bom", diz Summer, se dirigindo para a porta da frente. Espero ela sair da cozinha antes de continuar, porque não preciso me pintar de vilão mais do que Sarah, com certeza, já pintou.

"Isso ainda não acabou." Cerro os dentes.

Sarah me encara por um instante, me observando, tentando avaliar o tamanho da minha seriedade e da minha disposição para lutar.

"Acabou, Bob", diz ela, mas percebo que há pouquíssima convicção em sua voz, porque, no fundo, no fundo, ela sabe que estamos só começando.

E.L.A.S
JENEVA ROSE DIVÓRCIO PERFEITO

23
XERIFE HUDSON

Sou despertado pelo som de um telefone tocando, mas talvez eu já estivesse acordado, para começo de conversa. O estresse e a ansiedade fazem essas coisas — te deixam com a sensação de não ter dormido nada, não importa quanto tempo você tenha passado na cama de olhos fechados. Tateio a mesa de cabeceira, meus dedos estão em busca do celular. Por fim, eles tocam o metal frio e eu clico em *Aceitar* antes de levar o aparelho à orelha.

"Xerife Hudson", sussurro, com minha voz rouca. Olho para Pam. Ela está dormindo um sono profundo a meu lado, seus longos cabelos estão espalhados no travesseiro.

"Desculpe acordá-lo, senhor. Aqui é o oficial Morrow falando. Bem... Hum... Imaginei que o senhor quisesse saber disso imediatamente..."

"Desembucha, Morrow."

"Stevens está morto, senhor."

Arregalo os olhos, incrédulo, e me sento na cama, plantando meus pés descalços no chão.

Esfrego as têmporas, me perguntando se estou sonhando.

"Como assim ele está morto, cacete? Ontem mesmo, o médico me disse que a cirurgia correu bem e que ele logo se recuperaria."

"Não foi de causas naturais, senhor." Morrow fica em silêncio do outro lado da linha, só ouço sua respiração ofegante. "Stevens foi assassinado", ele acrescenta, por fim.

• • •

Menos de vinte minutos depois, Olson e eu chegamos ao hospital. Assim que me levantei, ela acordou e se arrumou para sair, ficou pronta bem antes de mim, e insistiu para vir comigo. Não discuti porque sei que, quando ela bota uma coisa na cabeça, é impossível demovê-la. Vamos até o quarto de Ryan Stevens — ou seria ex-quarto? Ele deixa de ser seu quarto se estiver sendo ocupado por seu corpo sem vida? Morrow está de guarda. Não sei onde estava essa diligência toda antes de Stevens ser assassinado. Há uma fita amarela da polícia esticada no batente da porta, então, pelo visto, ao menos uma coisa ele fez certo, mas isso não atenua nem um pouco seu erro.

"Xerife Hudson, eu não...", ele começa a falar, com um olhar amedrontado.

Ergo a mão, interrompendo-o. "Guarde seus argumentos. Eu lido com você mais tarde."

Ele se afasta, e eu levanto a fita da polícia para Olson passar primeiro.

Um médico sentado em uma cadeira no canto mais distante da sala se levanta assim que nós entramos.

"Olá, oficiais", ele nos cumprimenta, caminhando em nossa direção com uma prancheta na mão. "Eu diria boa-noite, mas..." Ele para, olhando para o volume que jaz sob o lençol encharcado de sangue no leito hospitalar.

"Sim, belíssima maneira de passar uma noite de sábado, doutor", digo, balançando a cabeça. "Sou o xerife Hudson, e esta é a comandante-adjunta Olson."

"Eu sou o dr. Boyd. É um prazer conhecê-los, embora preferisse que fosse em circunstâncias diferentes." Ele aperta os lábios.

Concordo e atravesso o quarto, parando ao lado da cama. O lençol está encharcado de sangue logo abaixo da cabeça de Ryan, então, já tenho uma boa ideia do que vou encontrar ali. Não há um limbo de Schrödinger aqui. Eu sei que ele está morto, e isso não vai mudar se eu esperar mais tempo para verificá-lo. Então, puxo o lençol bem devagar para baixo, revelando o rosto de um homem que conheço há muitos anos, mas que nunca vi assim. Suas pálpebras desapareceram na testa. Ele deve tê-las aberto em choque, em seus últimos segundos agonizantes, olhando para a pessoa que tirava sua vida. Mais abaixo está o ferimento que determinou seu fim — um corte longo e profundo embaixo do queixo, de orelha a orelha. O sangue escorre pelo pescoço — o lençol branco absorveu boa parte dele, criando uma grande mancha que se espalhou.

Um pensamento me vem à mente. O delegado disse que foi homicídio, mas não tenho certeza disso, pelo menos ainda não. Pego um par de luvas de látex no meu cinto de utilidades e as calço em minhas mãos grandes. Considerando o motivo que trouxe Ryan ao hospital, a princípio, pode ser que ele não tenha sido assassinado. Para ser honesto, por mais horrível que seja pensar nisso, o suicídio seria a causa da morte mais desejável aqui. Caso contrário, temos um assassino foragido. Olho para o delegado Morrow por um instante, apertando os olhos para ele com desgosto. Seu rosto está tão branco quanto estava este lençol antes do ocorrido.

"Quem o encontrou?", pergunto.

Morrow pigarreia. "Eu o encontrei, senhor."

"Alguém mexeu em alguma coisa aqui?" Meus olhos oscilam entre Morrow e o dr. Boyd.

"Verifiquei o pulso dele e, depois, puxei o lençol sobre sua cabeça para cobri-lo", informa o médico.

Eu me abaixo e olho embaixo da cama para ver se algum objeto caiu por ali... um bisturi, digamos. Mas não tem nada. Então, levanto o travesseiro e a cabeça de Ryan, enfiando a mão sob seus ombros. Também não encontro nada.

"Olson, pode me ajudar a levantá-lo?"

"Claro." Ela calça luvas e me ajuda a erguer o corpo de Ryan, inclinando-o para a direita e, depois, para a esquerda.

"É muito improvável que ele tenha conseguido fazer isso sozinho", diz o dr. Boyd.

Abro as mãos de Ryan, examinando-as em busca de marcas ou objetos. Nada ali também.

"Por quê?", pergunto.

"Uma pessoa conseguiria fazer apenas um corte rápido no pescoço em linha reta antes de o corpo entrar em choque e travar, no entanto..." O médico caminha até o corpo de Ryan e indica o ponto inicial da incisão sob a orelha. "... este padrão de corte, que começa abaixo da orelha, segue ao longo da garganta e volta para a outra orelha, exigiria firmeza na mão do início ao fim. Embora eu não seja especialista em ferimentos *post mortem*, sei que este corte é muito profundo e consistente. A probabilidade de ele ter conseguido manter a mesma força ao longo da curva são remotas."

Olho para o ferimento, inspecionando-o com mais afinco, agora. Tem quase três centímetros de profundidade em toda a incisão. Em momento algum fica mais superficial, mesmo nas pontas.

"Obrigado, doutor", digo, tirando as luvas de látex e jogando-as em uma lixeira próxima.

"Às ordens, xerife."

Volto minha atenção para Morrow.

"Então, conte-me o que aconteceu."

"Eu não sei. Eu estava..."

"Essa parte eu já sei. Eu já sei que você não sabe o que aconteceu. Eu sei que você não sabe quem fez isso. Eu sei que você não estava aqui e que não estava fazendo a porra do seu trabalho. Tudo isso eu já sei. Então, que tal me poupar e pular para a parte onde você explica por que diabos não estava de guarda naquela porta?", explodo, apontando para a entrada da sala.

Morrow abre a boca, mas não diz nada.

"Não tenho tempo para ficar esperando você falar. Temos um assassino à solta, e eu preciso saber de tudo. Então, onde você estava?"

"Eu estava no banheiro, senhor." Morrow não consegue me encarar, ele prefere olhar para o chão.

"No banheiro? O que você estava fazendo no banheiro que deu tempo suficiente para alguém perceber sua saída, entrar sem ser notado, desligar um monitor cardíaco, cortar a garganta de Stevens de orelha a orelha e, depois, ir embora sem ser notado? Você estava instalando a porra do vaso sanitário?"

"É a máquina de venda automática de comida e café, senhor. Ela fica no caminho. Eu estava no banheiro mijando e..."

"Chega! Não preciso dos detalhes do momento em que você cagou seus miolos, Morrow. Agora, me diga: a que horas você deixou seu posto?"

"Hum... Acho que por volta de uma e quinze da manhã."

"E quando você voltou?"

Ele olha para o chão e resmunga: "Uma e quarenta, mais ou menos."

"Jesus", dou um gemido, soltando um suspiro pesado enquanto caminho em direção a ele. "Sabe o que você vai fazer agora? Vai passar por todos os corredores deste andar e perguntar a cada pessoa que não esteja confinada a uma cama se ela viu alguma coisa enquanto você estava no seu trono de porcelana. E, depois, você vai fazer a mesma coisa com todos os que trabalham na recepção e com qualquer um que tenha entrado ou saído deste prédio nas últimas três horas."

"Senhor, isso vai levar..."

"A noite toda, eu sei. Então, é melhor começar logo."

Encaro Morrow, o fervor em meus olhos o fuzila, e então ele sai do quarto.

Eu me viro para encarar o médico. "Que tipo de vigilância vocês têm aqui no prédio?"

Ele gagueja, mas recupera a compostura quase instantaneamente. Assim como eu, ele faz parte de um ramo em que um erro pode ser a diferença entre a vida e a morte.

"Temos câmeras em todos os corredores, nos elevadores, junto a todos os balcões de atendimento dos andares e em todas as saídas, e também há várias outras posicionadas na recepção e na área de espera. Também temos câmeras cobrindo os estacionamentos", diz o dr. Boyd.

"Perfeito. Pode, por favor, chamar seu segurança ou o pessoal de TI, ou quem quer que supervisione essas câmeras, para vir falar comigo? Vou precisar de todas as imagens desta noite."

"Claro. Vou providenciar isso agora."

Ele sai do quarto com muito mais urgência do que Morrow.

"Quem poderia ter feito isso?", questiona Pam, olhando para o lençol manchado de sangue que cobre o corpo de Ryan.

"Qualquer um", respondo, balançando a cabeça. "Sei que você não estava na coletiva de imprensa, mas as pessoas estavam furiosas. Você deveria ter visto. Poderia muito bem ter sido uma multidão com forcados e tochas. Eles queriam sangue." Aponto para a cama. "Eles queriam o sangue *dele*."

Ela franze a testa.

"Não creio que seja tão simples, Marcus. Claro, eles estão bravos, mas isto aqui vai além." Pam aponta para o ex-xerife. "Quem fez isso é alguém que estava disposto a arriscar tudo. É alguém que sabia que Stevens estava sendo vigiado, mas entrou aqui assim mesmo e cortou a garganta dele sem hesitar. Não tem como ser um membro anônimo do público, tão enfurecido a ponto de decidir fazer justiça com as próprias mãos. Isso aqui tem caráter pessoal."

Sei que talvez ela esteja correta, embora eu preferisse que não. A teoria dela é muito mais arriscada que a minha. Se uma pessoa atacou Ryan por causa de algo que ele fez no passado, então, qualquer pessoa ligada aos casos ou aos incidentes com ele também pode estar em perigo.

"Se a sua teoria estiver correta, quem teria motivo suficiente para fazer isso?", questiono.

"E a família de Jackie Clarke, a mulher que Stevens atropelou e matou? Sabemos alguma coisa sobre seus parentes? Teria algum ex-presidiário ou ex-militar entre eles? Porque quem fez isso era muito habilidoso."

Mais uma vez, acho que é uma boa teoria. Se alguém tivesse matado um ente querido meu, sem dúvida eu desejaria a morte dessa pessoa. Só que Pam desconhece toda a sujeira do passado de Ryan. Eu mesmo desconheço. Se uma pessoa comum se propusesse a criar uma lista de pessoas dispostas a cortar sua garganta, 99% delas teriam uma folha de papel em branco. Mas tenho certeza de que Ryan não teria problemas para compilar uma lista extensa. A questão é: qual nome estaria no topo?

E.L.A.S® JENEVA ROSE DIVÓRCIO PERFEITO

24
SARAH MORGAN

Vans de emissoras de tevê se alinham em ambos os lados da estrada e, assim que avistam meu carro, repórteres e cinegrafistas se espalham, prontos para fazer fotos, esperando que eu pare para responder às perguntas. Troco olhares com alguns deles enquanto viro bem devagar na longa entrada curva que atravessa a floresta e que não lhes fornece nenhuma vista da minha casa. Embora seja manhã de domingo, eles continuam tentando conseguir qualquer migalha possível para suas reportagens. Eles não estavam aqui quando saí, há cerca de uma hora, e, além do encontro no escritório, consegui evitá-los na maior parte do tempo. A imprensa é como um criadouro de moscas, um incômodo avassalador que enxameia de uma só vez, mas que não sobrevive mais do que uma ou duas semanas, assim como uma notícia. Mal posso esperar para que tudo isso acabe, para que eles migrem logo para o próximo escândalo midiático; de preferência, um que não tenha nada a ver comigo.

Desligo o motor e saio do carro, pegando duas sacolas de compras no banco de trás. Eu tinha algumas coisas para resolver na cidade e pensei em cuidar disso antes que Summer chegasse em casa. Raios de sol atravessam os galhos, que criam uma espécie de dossel sobre a casa. Ouço as pequenas ondas do lago batendo na margem. Um mergulhão emite um chamado lindo e assustador em algum lugar distante; seu som se propaga sem esforço pela água.

Já dentro de casa, desempacoto as compras e dou uma olhada pela janela da cozinha para ver como está Alejandro. Ele está pintando as tábuas novas do deque, cobrindo-as com um verniz da cor do cedro. Deixei a porta de correr destrancada enquanto estava fora, para o caso de ele precisar usar o banheiro, mas não sei se ele entrou ou não. Examino a sala de estar e a cozinha, verificando se algo está fora do lugar, mesmo que tenha sido movido apenas um centímetro. Meus olhos pousam no tapete em frente à porta que leva ao deque. A quina dele está levantada. Então, ele esteve dentro de casa.

Vou até o banheiro e acendo a luz. Meus dedos roçam a pia, testando a umidade. Está completamente seca. O assento do vaso sanitário está abaixado. A toalha de mão pendurada na argola preta fosca está no seu lugar exato. Flagro meus olhos verdes no espelho e os encaro de volta, encontrando a mulher no reflexo. Soltando um suspiro pesado, eu a deixo em paz e volto para a cozinha.

Com o bico do sapato, desviro a ponta do tapete e observo Alejandro através da porta de vidro. Ele está ajoelhado, com uma das mãos sobre o deque para se firmar. Está de costas pra mim; então, não percebe minha presença. Por cima de sua camiseta branca justa, vejo os músculos tensos de suas costas. De repente, ele ergue a mão, trazendo-a para sua linha de visão. Ele larga o pincel e permanece de joelhos, esticando o pescoço, como se estivesse inspecionando alguma coisa.

Abro a porta e ponho a cabeça para fora.

"Você está bem?", pergunto.

"Sim, é só uma farpa", diz ele, levantando a mão.

"Venha cá. Eu ajudo a tirar."

"Está tudo bem. Depois, eu resolvo isso."

"Pode acabar infeccionando ou penetrar mais na pele", argumento.

Ele suspira e inclina a cabeça. "Tá bom."

Alejandro se levanta e me segue para dentro de casa.

E então se senta à mesa enquanto pego um pequeno kit de costura no armário do corredor. Quando volto à cozinha, percebo que ele está examinando os arredores, observando tudo.

"Aqui", digo.

Ele volta a olhar para mim e sorri, tenso.

Puxo uma cadeira diante dele e me sento. Nossos joelhos se esbarram, mas continuamos concentrados. Pego uma agulha e, então, abro minha outra mão para ele, para que ele pouse a mão com a farpa sobre ela, com a palma para cima.

A pele dele é quente e macia, tem tatuagens coloridas cobrindo todo o antebraço. De perto, consigo distinguir alguns desenhos. Uma cruz enroscada em arame farpado. Um sol nascente. O rosto de uma mulher cercado por flores e chamas. Uma caveira. E as palavras *Nada tema, pois o medo não passa de um defeito*. Pergunto-me se ele de fato acredita nisso. Renegar os próprios temores é pura ignorância. O medo é o que nos mantém alerta, é o que garante que estaremos sempre um passo à frente. Conhecendo seu passado, fica evidente que Alejandro ficou para trás mais de uma vez na vida, e é por isso que ele está aqui — sentado na minha cozinha. Eu sei o que ele é, mas ele não faz ideia do que eu sou.

Ergo a mão dele, trazendo-a para mais perto do meu campo de visão. A pele ao redor da farpa está inchada e vermelha. Enfio a agulha ali, raspando e cavoucando.

"Dói?", pergunto, parando para olhar pra ele.

É a primeira vez que o observo com tanto afinco, e então flagro detalhes que até agora eu não tinha notado. Uma pequena cicatriz de uns três centímetros de comprimento no arco da sobrancelha direita. Pelos faciais densos, porém aparados rente à pele. Há uma mancha preta em sua íris, como se fosse uma pinta, o que lhe dá um certo charme.

"Não", responde ele.

Volto minha atenção para sua mão e me inclino para a frente, baixando minha cabeça e jogando meu cabelo sobre o ombro. Perfurando a pele com a ponta da agulha, empurro e cutuco, tentando soltar o pequeno objeto estranho. O hálito quente dele varre a ponta da minha orelha e a lateral do meu pescoço, enviando um arrepio pela minha espinha.

"Você está tensa", ele observa.

"Bem, estou tentando não te machucar."

"Eu não creio que isso seja possível."

Não sei se a intenção dele nesse momento foi ser brincalhão ou desafiador, então, encontro seu olhar mais uma vez, tentando interpretá-lo. Eu foco o pontinho escuro cercado pelo verde sálvia de sua íris. Ele tem o magnetismo de um buraco negro, e eu me pergunto quantas pessoas já teriam sido sugadas ali.

"Sim, é", retruco com naturalidade, baixando minha cabeça de novo.

Desta vez, espeto a agulha um pouco mais forte na pele, fazendo um novo buraco para a farpa sair. Quase nada sai de um lugar do mesmo jeito que entrou. Isso vale tanto para farpas quanto para pessoas. Ele contrai o antebraço, e várias veias incham, criando sulcos longos e arroxeados do pulso ao cotovelo. Ele sibila, é o mais ínfimo estremecimento de dor.

"Está doendo?" Dou um sorriso.

"Nem um pouco", ele mente.

Há um instante de silêncio e, então, Alejandro volta a falar: "Sabe... Ontem, eu ouvi aquela discussão entre você e seu marido. O jeito como ele falou com você...". Ele balança a cabeça, soltando um sopro de ar quente. "Precisei me controlar para não me meter. Tive vontade de dar um soco nele."

"Que bom que você não fez isso."

"Nenhum homem deve falar com uma mulher daquele jeito, sobretudo um marido."

"Eu sei... É por isso que estou me divorciando dele."

"Sério?"

Olho para ele, mas seu olhar está focando mais abaixo, no meu rosto, mirando direto em meus lábios.

"Sério", confirmo, voltando meu foco para a mão dele.

Ele pigarreia.

"Se você não se importa que eu pergunte, há quanto tempo vocês estão juntos?"

"Eu me importo."

"Ah, desculpe", ele diz.

"Quero dizer... A verdade é que não importa quanto tempo faz que estamos juntos. O tempo não é uma âncora. Não deve funcionar como uma trava só porque estamos parados em um lugar por muito tempo. Por exemplo, quanto tempo você ficou na prisão?"

Ele gagueja por um instante e, então, diz: "Dez anos!".

"Se você tivesse ficado preso apenas um ano, ainda gostaria de cumprir mais nove?"

"Bem, claro que não." Alejandro balança a cabeça. "Mas isso é diferente."

"Na verdade, não é. Estamos todos confinados, de um modo ou de outro. Só que alguns de nós não são capazes de ver as jaulas que nos confinam."

A ponta da agulha até que enfim força a farpa para fora do buraquinho que perfurei na pele dele.

"Aí está. Novo de novo", digo, olhando para Alejandro.

A expressão dele está séria, seus olhos percorrem todo o meu rosto. E então ele se inclina, roçando seus lábios nos meus. Eles são quentes e macios. Ele avança em mim com um pouco mais de determinação. Eu poderia dizer que foi inesperado, mas a verdade é que, desde o primeiro momento em que nos vimos, percebi que ele queria fazer isso.

A porta da frente é aberta de repente, e então nos afastamos.

"Mãe!", grita Summer. Seus sapatos batem contra a parede, um de cada vez, quando ela os tira. Ela para quando vê Alejandro sentado à mesa, esfregando a palma da mão.

"Ah, oi", diz Summer, com os olhos arregalados.

Alejandro assente e diz: "Oi!".

"Esta é Summer, minha filha, Alejandro. Summer, este é o Alejandro."

"É um prazer conhecer você", ele a cumprimenta.

"Pra mim também é um prazer te conhecer. Gostei das suas tatuagens."

Ele abre um sorriso, enquanto passa os olhos por seus braços coloridos. "Obrigado."

Ouço outro par de sapatos entrando na casa. Bob faz a curva, seguindo pelo corredor, sem nem olhar em nossa direção. Seus passos são pesados. Um segundo depois, a porta do banheiro é fechada com um baque.

Summer corre até mim e envolve seus braços em volta da minha cintura. Eu beijo sua cabeça e retribuo o abraço.

Alejandro se levanta e meneia a cabeça para mim, sinalizando que vai voltar ao trabalho. Assinto, com ar bem profissional. Seu olhar é intenso, e ele fica me encarando até chegar ao deque; então, ele fecha a porta de correr atrás de si.

"Você se divertiu?", eu pergunto, levantando o queixo da minha filha com a mão e inspecionando seu rosto pálido.

"Sim", diz Summer, me olhando. Uns três centímetros abaixo do lábio inferior, bem no maxilar, vejo um hematoma, sombreado com tons de azul e roxo. É pequeno, do tamanho de uma moeda de cinco centavos, mas está lá, e ontem não estava.

"O que aconteceu aqui?", passo um dedo no hematoma.

"Escorreguei quando subi no balcão para pegar a manteiga de amendoim, e aí bati o queixo no balcão."

"Você sabe que não pode subir assim nos lugares."

"Eu não estava conseguindo pegar a manteiga de amendoim, mãe. Sou muito pequena", diz ela, afastando-se devagar.

"Seu pai poderia ter pegado para você."

"Ele não estava em casa", resmunga ela.

Inclino minha cabeça, olhando para ela.

"Como assim ele não estava em casa?"

"Papai disse que tinha que resolver uma coisa." Ela cruza os braços. "Mas isso significa que não preciso mais que Anne ou Natalie cuidem de mim, certo? Eu fiquei bem sozinha."

"Quanto tempo seu pai ficou fora?"

"Sei lá." Summer dá de ombros. "Deu pra ver alguns episódios de *Stranger Things*, então, foi tipo... umas três horas."

Aperto os lábios. Estou furiosa com Bob. Ele pediu para Summer passar a noite com ele em Washington e, então, a largou sozinha em casa — para fazer o quê?!

"Eu fiquei bem, mãe", ela suspira, percebendo meu descontentamento.

Relaxo a expressão em meu rosto, porque não é com ela que estou brava, e não quero que ela tenha medo de me contar as coisas, mesmo que sejam coisas que me irritem bastante.

"Por que você não vai desfazer a sua bolsa e, depois, fazer sua lição de casa?", digo com uma voz tranquila e feliz. Summer resmunga, mas, antes que ela possa protestar, eu ordeno: "Agora!". Ela relaxa os ombros e pende a cabeça para a frente, mas me obedece mesmo assim, catando a mochila do chão a caminho do quarto.

"Bob", digo assim que ele aparece no corredor. Minha voz está tomada de raiva, mas ele parece não perceber.

"Pronta para conversar?", pergunta ele, vindo até mim.

"Por que você deixou Summer sozinha em casa?"

Ele cerra os olhos, como se não soubesse do que estou falando, mas, depois, empina o queixo, me desafiando. "Isso não é da sua conta."

"O caralho que não é. Ela é minha filha."

"Ela é minha filha também!"

"Ah, é mesmo? Então, me diga que tipo de pai larga a filha sozinha em casa durante horas, sobretudo a filha que ele quase nunca vê?"

"Não foram horas, e ela ficou bem", diz ele, num tom de voz tranquilo.

"Não me interessa nem se foram vinte minutos. Ela está com um hematoma no queixo, Bob, então, ela não ficou bem, e poderia ter se machucado gravemente", eu grito.

"Sim, mas ela não se machucou. Você precisa mesmo parar de mimá-la."

"Mimá-la? Você quer dizer ser mãe, ficar de olho nela, garantir que ela esteja segura...? Ela tem 9 anos, cacete." Levanto o queixo para me equiparar a ele. "E o que foi que você precisou fazer de tão importante que teve de largar nossa filha sozinha em casa?"

"Nós não estamos mais juntos, Sarah, então, eu não tenho que dar satisfação a você."

"Não estamos juntos porque você não é confiável como marido nem como pai", digo, balançando a cabeça. "Quando eu terminar com você, Bob, você vai ter sorte se tiver algum direito a visitas supervisionadas."

"Até parece. Você não sabe com quem está se metendo." Ele aperta os olhos. "Eu vou entrar com uma petição para pedir a guarda total, para garantir que Summer não termine igual a você."

Dou um passo em direção a ele, encarando suas pupilas dilatadas. "Isso só vai acontecer se eu estiver morta."

Ele sussurra a resposta, mas não a registro assim de cara. Enrugo o cenho. "Como é que é?"

O sorriso mais ínfimo se instala no rosto dele. "Nada, Sarah. Nada mesmo."

Enfim, capto suas palavras. *Ou presa...* e por algum motivo estas duas últimas palavras me deixam furiosa. Talvez seja o medo. Medo do que acontecerá a Summer caso eu não esteja por perto. Medo de que ele a tire de mim.

"Saia da porra da minha casa, Bob!"

"Esta casa é nossa", diz ele com um ar de arrogância.

"Saia daqui!"

Estamos a poucos centímetros um do outro. Ele é um pouco maior que eu, mas neste momento parece tão pequeno...Talvez eu sempre o tenha visto assim, e esse foi meu erro.

A porta do deque é aberta bem no momento em que o mando sair de novo. Desta vez, minha voz está mais calma e controlada. Recuperei minha compostura, lembrando a mim mesma que, quando perdemos a paciência, perdemos a batalha.

"Ela mandou você sair", diz Alejandro, com firmeza.

Os olhos de Bob saltam entre mim e algum lugar atrás de mim, à minha esquerda, onde Alejandro está. Não preciso me virar para saber como está a expressão dele neste instante. Imagino que seja a mesma de quando ele me protegeu daquela horda de repórteres, outro dia. Peito estufado. Ombros aprumados. Queixo erguido. E um olhar tão intenso que parece mais uma ameaça do que mero escrutínio. Os olhos de Bob quase desaparecem atrás das pálpebras quando ele os semicerra, avaliando se deve desafiar Alejandro ou recuar.

"Enfim, eu tenho um compromisso." Ele olha para mim e sorri com malícia. "Algumas pontas soltas para amarrar."

Sei que é uma ameaça, mas não sei ao certo no que ela consiste ou o que ele tem na manga. As palavras "*Ou presa...*" rodopiam no meu cérebro. Eu sempre soube que ele não era confiável, mas isso só faz confirmar. Bob vai embora sem dizer mais nada, só ostenta o olhar altivo pelo tempo que consegue segurar. Então sai e fecha a porta com violência. Solto um suspiro profundo e me viro para Alejandro, que está do modo como imaginei que estaria. Assim que Bob sai, ele desinfla o peito, e seus ombros e seu queixo retornam a uma posição neutra.

"Obrigada", digo.

"Sem problemas. Na verdade, não queria me meter. É que eu estava entrando para usar o banheiro."

Gesticulo em direção ao corredor. "Segunda porta à direita."

Ele assente, contorna a mesa da cozinha e, então, segue por onde apontei. Dou um suspiro ainda mais profundo, tentando liberar toda a frustração reprimida dentro de mim. Mas ela ainda está lá.

Ouço uma batida na porta da frente. Três batidas, para ser exata. O calo voltou para me incomodar. Vou até a porta pisando duro, pronta para arrancar a cabeça de Bob.

Abro a porta com força e digo "Eu já mandei você...", mas paro no meio da frase, porque não é Bob que está parado em minha varanda. É alguém muito pior, alguém que tem sido meu calo por muito mais tempo do que meu marido.

"Olá, Sarah", ela me cumprimenta, dando seu clássico sorriso presunçoso.

"Eleanor."

25

XERIFE HUDSON

“Bom dia”, digo, entrando na ruidosa sala de instruções, que lembra qualquer sala de aula do ensino médio. Há fileiras de mesas com vários policiais sentados, todos virados para a frente. Eles ficam em silêncio e muito eretos enquanto me posiciono diante deles. Olson e Nagel estão postados ao meu lado, com as mãos entrelaçadas diante do corpo.

Eu me sento, ligo o computador e seleciono o documento, detalhando as atualizações sobre nossas investigações em aberto. A projeção mostra três itens no quadro branco atrás de mim.

- Assassinato de Ryan Stevens
- Reabertura do assassinato de Kelly Summers
- Desaparecimento de Stacy Howard

Levantando a cabeça, eu olho para a minha equipe.

“É claro que todos vocês já sabem que Ryan Stevens está morto. Ele foi assassinado enquanto dormia em seu leito de hospital, por volta de uma e meia da manhã.”

Mexo no mouse, e uma imagem borrada de um homem parado ao corredor do hospital surge no quadro branco. Ele usa uniforme de médico — um jaleco, touca e máscara cirúrgicas.

“Este homem cortou a garganta da vítima de orelha a orelha.” Aponto para a imagem renderizada de uma câmera de segurança.

É estranho me referir a Ryan como vítima. Ele foi xerife por um bom tempo; depois, um bêbado e, então, um pé no saco. Mas nunca foi vítima.

"Já localizaram a arma do crime?", pergunta um policial sentado na primeira fila.

Balanço a cabeça. "Não, mas o legista acredita que a arma foi um bisturi." Olho para Olson. "Olson, pode nos atualizar com os dados que sua equipe levantou até agora em relação às filmagens das câmeras e aos depoimentos de testemunhas?"

Ela assente e dá um passo adiante, dirigindo-se a todo o pessoal presente. "Ainda estamos no processo de revisão de todas as imagens, mas já sabemos que ele entrou no hospital por uma porta de acesso restrita apenas a funcionários, pouco antes de uma da manhã, e que saiu pelo mesmo local à uma e quarenta. Ele se manteve discreto e esperou Morrow deixar seu posto. Ficou de olho em Morrow enquanto entrava e saía de outros quartos nos arredores, simulando as rondas no hospital. Ele não tirou a máscara nem a touca em momento algum, então, vai ser difícil identificá-lo, mas estamos supondo que seja um homem branco, entre 1,80 e 1,90 de altura, constituição média, idade entre 35 e 55 anos. É difícil dizer, considerando o quanto do rosto dele estava encoberto."

"Como ele passou por uma entrada de funcionários? Eles não exigem algum código, um *token* ou um crachá?", pergunta um policial sentado nos fundos.

"Ele usou um crachá de funcionário, que pertencia a uma enfermeira. Ela disse que seu crachá sumiu em algum momento entre seu turno anterior, na quinta-feira, e seu turno da noite passada, mas ela ainda não havia relatado ao TI", diz Olson.

O sargento Lantz pigarreia. "E devemos acreditar nela?" Ele está na polícia há mais tempo que eu, mas é um cara meio turrão, por isso não subiu de patente — e talvez nunca subirá. Dá para ver pelo seu olhar triste, e ao mesmo tempo irritado, que ele não está aceitando bem a notícia do assassinato de Stevens.

"A história dela foi corroborada por outra enfermeira que usou o próprio crachá para liberar a entrada dela quando elas iniciaram o turno, ontem à tarde. Mas devo observar que ela ficou muito chateada quando a interrogamos", diz Olson.

"Por que ela não relatou o crachá perdido ao TI logo no início do turno? Stevens morreu por causa dela", vocifera o sargento Lantz. Seu rosto vai ficando vermelho.

"Ela está bem ciente disso, sargento." Olson franze os lábios. "No entanto, Stevens não morreu porque uma enfermeira teve o crachá perdido ou roubado. Stevens está morto porque alguém o assassinou." Ela volta sua atenção para os presentes de um modo geral. "Quem quer que seja esse homem, ele sabia o que estava fazendo. Ele agiu com tranquilidade, mantendo o ritmo, mesmo depois de matar Stevens. Entrevistamos várias testemunhas que passaram pelo suspeito por acaso nos corredores, e nenhuma delas conseguiu nos fornecer um único detalhe a respeito dele. Ele se misturou com perfeição, sem chamar atenção para si, então, identificá-lo vai ser muito difícil, se não impossível."

Alguém no fundo levanta a mão.

"Isso pode estar relacionado à mulher que Stevens atropelou?"

Olson olha para mim, em busca de uma resposta.

"Não estamos descartando nada", digo.

Olson assente.

"Minha equipe vai montar uma lista de possíveis suspeitos que se encaixem na descrição física do sujeito que esteve no hospital, bem como nas motivações e oportunidades. Stevens recebeu uma série de ameaças de morte, em especial pela internet, então, também acompanharemos cada uma delas."

"Vamos fazer uma declaração para a imprensa. Portanto, esperem mais cobertura da mídia e, é provável, alguma agitação civil", acrescento.

"Por que o público ficaria agitado? Eles não queriam Stevens morto?", zomba um dos meus agentes mais antigos. Ele está encostado na parede dos fundos, de braços cruzados.

"Alguns, sim, mas outros podem achar que fizemos isso para acabar com a investigação do caso Summers", explico.

Ele franze a testa. "*Pfff*. Isso é ridículo."

"Sim, é", confirmo, assentindo.

No momento, esta é uma investigação pouco sólida, e todo mundo sabe disso. É só um daqueles casos que vai exigir um golpe de sorte para ser decifrado. Na verdade, a maioria das investigações de assassinato, hoje em dia, é assim. Nos anos 1980, a taxa de esclarecimento de assassinatos era de cerca de 71%. Mas, agora, é metade disso. Nossa tecnologia e nossa perícia estão mais avançadas do que as tecnologias de quarenta anos atrás; mesmo assim, 50% dos homicídios terminam sem solução. Não faz sentido algum.

"Alguma outra pergunta ou algum comentário sobre o caso Stevens antes de prosseguirmos?" Observo a sala. Ninguém diz uma palavra, mas vários balançam a cabeça.

"Vamos passar, então, para o caso Kelly Summers." Clico no mouse, projetando um novo *slide* no quadro branco.

- Ryan Stevens — morto
- Jesse Hook — morto
- Scott Summers — paradeiro desconhecido
- Anne Davis — interrogada mais uma vez, sem novas informações
- Bob Miller — pendente
- Sarah Morgan — pendente
- Adam Morgan — morto

"Estes são os suspeitos ou as testemunhas da primeira investigação. Como vocês podem ver, vários deles já morreram, e isso dificulta ainda mais a reavaliação do caso. Também não tivemos a oportunidade de falar com Stevens sobre sua ocultação de provas de DNA e seu envolvimento com a vítima antes de sua morte precoce. Olson e eu entrevistamos Anne Davis outra vez, mas ela não forneceu nenhuma informação nova e, considerando a longevidade do homicídio de Kelly, é muito complicado verificar o depoimento dela."

"Jesus, que zona", comenta um policial.

"Está mais fácil resolver o caso JonBenét do que este", acrescenta o sargento Lantz.

A menção do infame caso não solucionado da família Ramsey deixa todo mundo alvoroçado, e as pessoas começam a lançar teorias.

"Todo mundo sabe que foi a mãe dela", diz um oficial.

"Não, foi o irmão. Os pais só ajudaram a encobrir", diz outro.

"Tudo bem, acalmem-se." Estico meus braços e aceno para silenciar a sala. "Vamos nos concentrar nos nossos casos não solucionados."

"E se já pegamos o cara? E se Adam Morgan matou mesmo Kelly?", pondera Lane.

"Pode ser, mas, apesar disso, ainda temos que reexaminar o inquérito, sobretudo porque o motivo número um de ele estar passando em apelação se deve à investigação de má qualidade conduzida pelo nosso departamento. Sei que a maioria de vocês não estava aqui e nem trabalhou nesse caso em questão, mas é nossa responsabilidade assegurar que tudo seja feito conforme as regras desta vez", digo com firmeza enquanto faço contato visual com meus oficiais mais expressivos. Eles assentem e comprimem os lábios, confirmando que, embora estejam frustrados, aceitam de bom grado.

Aponto para três dos meus patrulheiros sentados juntos a uma mesma mesa.

"Quero que vocês três reúnam todas as provas materiais relacionadas ao caso Summers."

Como homicídios não prescrevem, precisamos guardar essas provas para sempre, então, estão todas no último corredor do nosso depósito. As provas do caso Summers não veem a luz do dia há mais de doze anos, mas talvez uma reavaliação delas ajude a lançar novas teorias sobre a investigação.

Os três policiais aquiescem.

"Por enquanto, isso é tudo o que faremos sobre o caso Summers", digo, ciente de que não há nada de novo sobre o assunto. Outro caso sem muito rumo. Clico no mouse e olho para Nagel.

"Tenente, conte-nos sobre o desaparecimento de Stacy Howard." Olho para a foto projetada no quadro branco atrás de mim. É uma foto de Stacy usando um vestido preto justo alguns centímetros acima dos joelhos. Com uma taça de vinho branco na mão. Seu longo cabelo ruivo pende livremente em cachos soltos, e sua boca está entreaberta como se a foto tivesse sido tirada no meio de uma risada.

Nagel assente e dá um passo à frente.

"Só para recapitular, Stacy Howard foi dada como desaparecida por sua colega de apartamento, Deena. Os dados do celular rastrearam sua última localização perto de sua casa antes de o aparelho ficar sem bateria ou ser desligado. Faz seis dias que ninguém sabe o paradeiro dela. Seu último contato foi uma mensagem para Deena por volta das cinco da tarde da segunda-feira, dizendo que ia se encontrar com um homem com quem estava saindo, chamado Bob Miller. O xerife Hudson e a comandante--adjunta Olson entrevistaram o sr. Miller. Ele negou tê-la encontrado na noite do desaparecimento e disse que só se encontraram uma vez, cerca de quatro semanas atrás, quando ambos tiveram relações sexuais em uma determinada noite. Depois da recente descoberta do veículo abandonado de Stacy, o Departamento de Investigação Criminal foi acionado. Foi emitido um alerta de adulto desaparecido nesta manhã, além de terem sido feitas postagens nas redes sociais e ser divulgado um comunicado à imprensa."

"Já temos algum retorno da perícia?", interrompo.

"Sim, eles aceleraram o resultado dos testes de DNA. O sangue seco encontrado no volante foi comparado a uma mecha de cabelo de Stacy coletada de uma escova de cabelo fornecida pela colega de apartamento. As amostras corresponderam."

"E quanto à verificação de antecedentes que pedi?" Encontro os olhos de Nagel.

"Acabamos de receber também. Stacy já foi condenada por chantagem e extorsão de um funcionário federal."

Olson e eu nos entreolhamos, cada um erguendo uma sobrancelha.

"Conte-nos mais."

"De acordo com os documentos do processo, a srta. Howard teve um caso com um congressista, e ameaçou tornar o fato público, a menos que esse político lhe desse suporte financeiro. O congressista cumpriu suas exigências por um tempo, porém acabou denunciando as chantagens. Ela cumpriu dois anos de liberdade condicional, pagou uma multa pesada e teve de restituir os valores achacados."

"E o tal de Bob, aquele cara com o qual, segundo a colega, Stacy iria se encontrar? Ele é casado?", pergunta o oficial Lane.

"Sim, é casado", esclareço.

"E alguém sabe se Stacy estava chantageando ou extorquindo esse sujeito?", pergunta Lane.

"É uma possibilidade, mas ainda não confirmamos", respondo.

"Essa sem dúvida seria uma boa motivação", comenta outro oficial. "E a esposa de Bob? O que sabemos a respeito dela?"

“Na verdade, muita coisa. Bob Miller é casado com Sarah Morgan, que, como todos vocês sabem, era a esposa de Adam Morgan, então, temos essa sobreposição entre o desaparecimento de Howard e o caso Summers”, explico.

“Pelo visto, tem dedo da esposa nisso”, grita o sargento Lantz.

“Estamos analisando todas as possibilidades, mas não queremos tirar conclusões precipitadas, dada a natureza delicada da reabertura do caso Summers.” Olho para Nagel. “Por favor, prossiga com as questões do desaparecimento de Stacy Howard, tenente.”

“Conseguimos desbloquear o celular encontrado no veículo abandonado de Stacy, e ainda estamos analisando os dados”, continua Nagel. “Mas já posso adiantar que, na noite em que Stacy desapareceu, tinha uma mensagem de texto para um número salvo nos contatos como ‘Bob Miller’, confirmando que eles estavam se encontrando. No entanto, esse número de telefone não consta nos registros das operadoras.”

“Seria, então, de um celular descartável?”, pergunta um dos meus oficiais mais inexperientes.

Há acenos de cabeça por todos os lados.

Lane levanta a mão.

“Esse tal número respondeu à mensagem de texto de Stacy?”

Nagel faz que não.

“E as impressões digitais ou o DNA? A perícia encontrou algo no veículo, tenente?”

Olson olha para ele.

Ele continua balançando a cabeça. “Não. Estava limpo, exceto pelo vestígio de sangue de Stacy no volante.”

“Alguém falou com Miller de novo?”, questiona o sargento Lantz.

“Ainda não”, respondo.

Lantz cerra os olhos. “E a gente não deveria ter falado com ele outra vez?”

Paro para pensar por um instante. Não temos as impressões digitais nem o DNA dele no veículo. O número anexado ao contato salvo no telefone de Stacy não está registrado no nome de ninguém, por isso, não temos como confirmar se ele, de fato, pertence a Bob. Sei que não temos o suficiente para um mandado de busca, e Bob é um advogado experiente, então, não vamos conseguir arrancar a verdade dele como faríamos com qualquer Zé Ninguém.

"Não", digo, por fim. "Mas, tenente Nagel, quero que você coloque uma equipe para vigiar Bob Miller. Você e três agentes. Formem duplas em turnos alternados de doze horas, e já podem começar assim que você reunir o pessoal. Sejam discretos. Bob já sabe que está no nosso radar, e não quero que ele saiba que será acompanhado."

"Que tal grampear o telefone dele ou conseguir um mandado de busca?", pergunta Lantz.

"Não tenho provas suficientes para fazer com que um juiz assine um mandado, sargento." Aperto os lábios. "Vamos torcer para que Bob nos leve até Stacy."

Todos assentem.

"Dispensados", digo, enfim.

Todos seguem num bate-papo, e minha equipe sai da sala. Desligo o laptop e me levanto enquanto Olson se aproxima, de cabeça erguida.

"Precisamos convocar Sarah para um interrogatório", eu digo.

Ela franze a testa.

"Achei que você tivesse dito que gostaria de esperar, por causa da apelação."

"Eu disse, mas, com Stevens morto, estou ficando sem gente para interrogar. Além disso, preciso descobrir o que ela sabe sobre o relacionamento do marido com Stacy e, então, assim, definir se ela vai entrar na nossa lista de suspeitos."

E.L.A.S® JENEVA ROSE DIVÓRCIO PERFEITO

26
SARAH MORGAN

Seguro a porta da frente aberta para que Eleanor entre na minha casa. Se ela não fosse tão idosa e fraca, eu a teria expulsado sem dó, mas sei que isso pegaria mal para mim, dadas as circunstâncias. Ela trocou seus saltos Manolo Blahnik por sapatilhas, e tenho certeza de que ela as odeia, sobretudo agora que estou com vários centímetros a mais que ela. Seu perfume, o clássico Chanel N° 5, penetra em meu nariz, mas agora ela exagera na dose — provavelmente, tentando compensar seu cheiro de velha. É no mínimo nauseante. Faz pouco mais de um ano que a vi pela última vez, e ela envelheceu muito, desde então. Mas não estou surpresa. Deve ser difícil conviver com o fato de que ela viu seu único filho morrer e não pôde fazer nada. A pele de seu rosto está tão distendida que parece prestes a arrebentar a qualquer momento, como um elástico estirado além da conta. É evidente que ela tentou de tudo para retardar o processo de envelhecimento, mas seus esforços só deformaram sua cara.

Eleanor não pergunta se deve tirar os sapatos; em vez disso, flutua para dentro da minha casa como se fosse dona do lugar. Na cozinha, examina os arredores; suas mãos se firmam no encosto de uma cadeira para que ela consiga manter o corpo ereto.

"Pequenininho este lugar", ela observa.

Ignoro sua zombaria e ofereço algo para beber.

"Café", responde ela, projetando o queixo.

Pego uma xícara de um armário, enchendo-a com o bule que preparei de manhã. Estou lembrada de que ela gosta de café preto, amargo, igual ao seu coração frio e morto.

Ela para perto da mesa da cozinha e fica esperando sua bebida. Entrego a xícara e puxo uma cadeira para ela.

"Gostaria de sentar?"

Eleanor não responde, mas aceita minha oferta. Suas mãos tremem quando ela agarra a xícara e a leva aos lábios. A última coisa que desejo é ter uma conversa com ela, mas sei que ela não vai embora enquanto não me disser o que veio fazer aqui, então, puxo uma cadeira e me sento também.

Trêmula, ela pousa a xícara na mesa, fazendo uma careta para mostrar seu descontentamento com a bebida.

"Você está com problemas financeiros, Sarah? Este café está horroroso."

"Estou ótima, Eleanor. Então, o que trouxe você aqui, hoje?"

"Bem", ela começa, semicerrando os olhos. "Vi sua apariçãozinha no noticiário."

Imaginei mesmo que fosse esse o motivo de sua visita inesperada. Ela precisa sempre dar a última palavra, fazer a última crítica. Eu sabia que ela estava de olho e que ficaria furiosa. Mas não esperava que ela fosse aparecer à minha porta. Presumi que ela já estivesse velha demais para fazer a viagem. Por outro lado, ela sempre foi movida pelo despeito.

"E eu vi a declaração que você fez."

"Sarah, não é segredo para ninguém o que penso sobre a forma como representou meu filho durante o processo. Deixei isso claro há doze anos, e meus sentimentos não mudaram. Mas, é evidente, seus sentimentos por mim mudaram."

Eu me inclino para trás na cadeira, franzindo a testa.

"Não sei se entendi o que você quer dizer, Eleanor."

"Sei que tivemos nossas diferenças, mas você era minha nora, e sempre a tratei como tal." Ela empina o queixo um pouco mais.

Mantenho a compostura, me obrigando a não revirar os olhos ante a mais completa e absoluta ilusão no comentário dela. Ou ela está sofrendo de severa perda de memória ou está me sacaneando, tentando agir como se sempre tivesse sido a adulta do nosso relacionamento. Meu olhar pousa na mão enrugada dela, adornada com anéis chamativos e longas unhas escarlate. Eu me lembro desta mesma mão dando um tapão na minha cara, tão forte que chegou a tirar sangue. As palavras que ela proferiu antes do golpe ecoam na minha cabeça: *Você jamais vai saber o que é o amor de mãe, sua biscate.* Acho que é isso que ela considera o tratamento adequado para uma nora.

Ouço um coturno pisando forte no corredor, e Alejandro surge na cozinha, parando quando nos vê. Ele olha para mim e, depois, para minha ex-sogra, ou pelo menos para o perfil dela. Eleanor gira com rigidez em seu assento para olhá-lo. Então, balança a cabeça ao examiná-lo e retorna à sua posição original.

"Vejo que seu gosto por homens decaiu muito, Sarah", diz ela, tentando erguer uma sobrancelha com uma expressão crítica. Agora, suas sobrancelhas ficam sempre arqueadas, travadas em uma posição de surpresa constante.

Alejandro cerra os olhos, mas eu balanço a cabeça de modo discreto, sinalizando que mesmo não tolerando as grosserias dela, não acho que vale a pena retrucar. Ele percebe minha deixa não verbal e relaxa a expressão em seu rosto. Comprimindo os lábios, assente e se dirige para a porta.

"Por que você está aqui, Eleanor?", pergunto de uma forma seca, com minha paciência se esgotando. Acho que já estava por um fio desde que coloquei os olhos nela.

A porta de vidro é aberta, sugando todo o ar da cozinha. Alejandro pisa no deque e então fecha a porta de novo atrás de si.

Ela espera para falar só depois que ele sai.

"Por alguns motivos."

"Então, vamos ouvi-los", digo.

"As notícias recentes sobre as intimidades do ex-xerife com Kelly Summers foram bem decepcionantes, para dizer o mínimo, e era algo que *você*, como advogada de Adam, deveria ter descoberto."

"Era um fato desconhecido pela promotoria e pelo..."

Ela levanta sua mão frágil. "Não quero saber de pretextos, Sarah. É tarde demais para isso."

Se Eleanor soubesse a verdade — que eu já havia descoberto o caso entre Stevens e Summers no meio do julgamento, e que escolhi mantê-lo em segredo —, tenho certeza de que cairia mortinha de puro choque e ódio. Mas não posso contar com isso. Como eu disse, ela é movida pelo despeito e pelo ressentimento que nutre por mim.

"Ok", digo. "E por qual outro motivo você está aqui?"

"Quero saber o que você está fazendo pelo caso do meu filho."

Não lhe devo explicações, mas darei alguma coisa a ela se isso servir para encurtar esta visita.

"Já entrei com um recurso em virtude da ocultação das provas absolutórias por parte do gabinete do xerife do condado Prince William. O processo foi acelerado por causa da corrupção no departamento e do péssimo manejo da investigação, e também das minhas boas conexões lá, então, devemos ter uma resposta muito em breve. Com a atenção da imprensa, presumo que será a nosso favor", digo com naturalidade. "E, se houver um novo julgamento, a Fundação Morgan vai cuidar do caso."

"Então, o mundo enfim vai saber que meu Adam era inocente?" Seus olhos desenvolvem um brilho.

"Um recurso por si só não prova a inocência dele. É só um pequeno passo no processo legal, que pode levar anos. Mas temos sorte por estarem revisando isso tão rápido."

"Sorte?", zomba ela. "Meu filho está morto, ou você já se esqueceu disso?"

"Não, Eleanor, eu não me esqueci."

"Mãe", chama Summer do outro lado da casa. Seus passos ressoam no piso de madeira, cada vez mais altos. Ela me chama de novo enquanto vira a esquina usando calça *legging* e uma blusa simples de manga comprida, e para a trinta centímetros na minha frente.

Eleanor aperta as pálpebras enrugadas, fitando-a com desconfiança. Não há um pingo de gentileza em seu rosto, e eu sei bem o que ela está pensando.

"Acabei meu dever de casa bem a tempo", diz Summer.

"Bem a tempo de quê?"

Meu olhar continua se revezando entre minha doce filhinha e a bruxa perversa que a fita com desprezo, só por causa de sua mera existência. Summer é um lembrete do que nunca dei a Eleanor e algo que ela nunca terá: um neto.

"Eu falei pra você, na semana passada, que a mãe da Courtney ia levar a gente ao cinema hoje. É o aniversário dela." Sua voz sai mais aguda, cheia de frustração.

Enrugo a testa. "Não me lembro de você ter dito isso."

"Mas eu disse!", resmunga ela.

"A mãe da Courtney vai assistir ao filme com vocês?"

"Sim, mãe." Ela revira os olhos.

"O que eu já falei sobre revirar os olhos, Summer?", repreendo-a com suavidade.

"Desculpa", diz ela, olhando para os pés.

Uma buzina de carro toca duas vezes em rápida sucessão.

"Ela chegou." Summer levanta a cabeça e sorri. "Posso ir?"

Retorço a boca de um lado a outro, avaliando. Ela me falou mesmo desse compromisso? Talvez, sim. Tenho andado com a cabeça tão cheia que mal tenho conseguido raciocinar. Não posso dizer "não" se eu já disse "sim", e ela precisa ter uma vida tão normal quanto possível. Além disso, a última coisa de que necessito agora é uma briga com minha filha na frente de Eleanor. A bruxa já me julga o suficiente. Não quero que ela julgue minha capacidade de educar.

"Sim, pode ir."

"Obrigada, obrigada, obrigada", grita Summer ao envolver os braços em volta do meu pescoço para me dar um abraço. Então, ela se afasta e corre em direção à porta da frente para calçar seus sapatos.

"Pegue dinheiro na minha bolsa para o ingresso e para comprar doces para você e Courtney", eu grito.

Ouço o zíper da minha bolsa abrindo e se fechando.

"Tchau, mãe. Eu te amo", ela diz, antes de sair.

Volto minha atenção para Eleanor. Seus lábios murchos estão apertados, e ouço seus dentes — na verdade, sua dentadura — rangendo enquanto ela cerra a mandíbula num movimento para a frente e para trás.

"Quem é o pai?", pergunta ela.

"Meu marido."

Eleanor faz uma careta.

"Você por acaso *um dia* amou meu filho?"

"Claro que sim", respondo. "Mas ele se foi há muito tempo."

"Não, não faz muito tempo. Faz pouco mais de um ano." Ela semicerra os olhos e balança a cabeça em sinal de desgosto.

"Você entendeu o que eu quero dizer, Eleanor."

"Não, não entendi, Sarah. A coisa que Adam mais queria era ser pai, e você tirou isso dele. Além do mais, que tipo de nome é esse... Summer? Não é nem nome de gente."

Não respondo, porque ela não entenderia, e também não quero explicar. Dei à minha filha o nome Summer como um presente a Kelly Summers, uma forma de homenageá-la e ao seu filho nascituro. Afinal, ela foi só mais uma vítima na minha guerra contra Adam, além de ser quem de fato me libertou dele. Serei para sempre grata por seu sacrifício, embora ela não tenha tido escolha. Lugar errado, hora errada, como dizem. E esse lugar errado era o pau do meu marido; e essa hora errada era a vigência do nosso casamento. Bob, que é incapaz de somar dois e dois, nunca questionou minha escolha. Me limitei a lhe dizer que o verão era a minha estação predileta, e que achava bonita a palavra em inglês para verão — *summer* —, e por isso o nome.

"Já explicou todos os motivos para ter vindo aqui, Eleanor?"

"Não", diz ela, empinando mais o queixo. Sua mão ossuda desaparece em sua bolsa de grife imensa e reaparece com um envelope pardo. "Pensei em fazer a cortesia antes que se tornasse oficial."

Aperto os olhos enquanto ela estende o envelope para mim.

"O que é isto?", pergunto.

Ela sorri. "Abra."

Não quero lhe dar essa satisfação, mas pego o envelope, levanto a aba, retiro uma pequena pilha de papéis e os examino por alto.

"Você está me processando por difamação?", pergunto, encontrando seu olhar alegre.

Ela assente.

"Isso mesmo. Você fez falsas declarações sobre meu estado mental, o que é prejudicial para o processo civil que estou movendo contra o gabinete do xerife do condado Prince William. Eu teria processado você por negligência jurídica no caso de Adam, mas, para sua sorte, esse crime já prescreveu."

"Você sabe que não pode me notificar legalmente, pois é uma das partes no processo", digo, inclinando a cabeça.

"Sei disso." Eleanor se levanta e pega sua bolsa, ajeitando as alças. "Você vai receber a notificação oficial em breve. Eu só queria lhe dar a cortesia de saber o que está por vir." Ela se vira e segue em direção à porta da frente, sinalizando que seu trabalho aqui está feito.

"Acho que você só queria se divertir", comento.

Eleanor faz uma pausa, olhando de relance para trás.

"Isso também." Ela sorri, maliciosa, de novo.

Não digo nada, pois sei que, se eu me manifestar, ela continuará falando. A porta da frente bate, pontuando sua saída. Dou um suspiro, aborrecida, e atiro os papéis sobre a mesa da cozinha. Vou deixá-la ter a última palavra, porque é só o que lhe resta neste mundo.

27
BOB MILLER

Caminhar pelo centro de Manassas à noite me lembra de como a cidade tem pouco a oferecer, sobretudo se a compararmos a Washington. Mas o que Washington tem de vida noturna, restaurantes, entretenimento e tudo o mais que você esperaria da sétima maior metrópole do país, Manassas compensa em outros aspectos. É tranquila, pacífica, segura (para alguns) e oferece sua boa dose de solidão. O som dos meus passos ecoa nas fachadas de tijolos, e ouço até o zumbido dos poucos postes de luz que iluminam as lojas fechadas. Levo um susto quando meu celular toca. Eu me atrapalho para pegá-lo no bolso. O nome *Brad Watson* ilumina a tela.

"Ei, Brad", atendo enquanto entro em um beco próximo e me encosto na lateral de um prédio.

"Como estão as coisas, Bob?"

"Como você acha que estou? Minha esposa pediu o divórcio e está tentando tirar minha filha de mim, e a mulher com quem transei desapareceu do nada." Agito a mão livre, embora ele não consiga ver.

"Olha, eu sei que não é fácil, mas você só precisa ficar tranquilo. Perder a cabeça não vai ajudar a conseguir a guarda da Summer. Preciso que você tenha juízo, ok?"

"É fácil falar."

"De fato, mas você também sabe que estou certo."

"Muito bem. Mas preciso de respostas, então preciso encontrar Stacy."

"Como assim? Mesmo que ela reapareça do nada, não vai ser bom se você for visto perto dela enquanto seu divórcio não for concluído."

"Entendo que isso causaria problemas, sobretudo se eu fosse visto com ela..."

"Problemas? Bob, seria um desastre. Você está tentando alegar que foi um erro cometido uma única vez e que, no fundo, você ainda é o marido e o pai amoroso de sempre. Como é que você vai provar isso se for visto se achegando à mulher que é exatamente parte desse caso sórdido? Já te adianto como vai ser: Sarah vai te comer vivo, e aí vamos ter que jogar a toalha em todas as suas exigências." A voz de Brad vai crescendo até chegar a quase um grito.

"Mas Stacy é a única pessoa que pode me dizer a verdade sobre o que Sarah fez."

"O que Sarah fez? Do que você está falando?" Sua raiva agora se transformou em confusão.

"Sarah contratou Stacy."

"Sim, já sabemos disso, ou pelo menos alguém da equipe dela a contratou para trabalhar no tal baile beneficente. Isso é notícia velha."

"Não, não estou falando do baile. Sarah contratou essa mulher para transar comigo."

"Opa, opa, opa. Você acha que sua esposa contratou uma garota de programa para dormir com você?" Brad começa a rir, suas gargalhadas ecoam pelo alto-falante. "Qual é, cara!?"

"Estou falando sério! Acho que ela contratou Stacy para me seduzir. Ela armou tudo só para me derrubar. Talvez tenha dado dinheiro para ela desaparecer também."

"Por que Sarah faria uma coisa dessas?"

"Para pegar a guarda total de Summer, é claro."

"Não, quero dizer, por que ela faria isso? Qual seria o catalisador para ela armar uma arapuca para você a trair?"

Suspiro com pesar. "Sei lá, cara. Ainda estou tentando descobrir isso."

"Desculpe, Bob, mas isso não faz sentido. Sarah só pediu o divórcio porque você teve um caso. Se você não a traísse, não haveria divórcio. Então, por que ela criaria um cenário para você a trair? Você não está vendo que tudo isso não se encaixa?"

"Você não entende. Sarah está sempre tramando. Ela está dois passos à frente em todas as situações." Estou quase cuspindo de tanta raiva.

"Não, eu entendo. Você quer fazer parecer que sua esposa é uma mente maligna querendo te pegar, e você nem sabe explicar o motivo. Eu te amo, cara, e me dói dizer isso, mas acho que você só não está querendo assumir a responsabilidade da sua própria cagada. E foi só isso, você só fez uma merda. E daí? Você traiu. Você não é o primeiro cara a fazer isso e certamente não será o último."

"Brad, me escute. Você não faz ideia do que Sarah é capaz."

"Neste momento, acho que ela é capaz de conseguir a guarda unilateral de Summer e mais da metade de todas as suas coisas se você não botar a cabeça no lugar."

Soco a parede de tijolos e faço uma careta de dor.

Brad não consegue entender. Ele não entende o escopo do que está acontecendo de verdade. Ele não sabe o que Sarah fez ou o que está disposta a fazer para se proteger. Olho para o meu relógio e percebo que estou atrasado para meu compromisso com o salão onde marquei de cortar o cabelo.

"Preciso desligar", digo.

"Tudo bem, mas onde você pretende chegar ao compilar todos os seus...?" Brad começa a perguntar, mas eu tiro o telefone do ouvido. Sua voz vai ficando distante enquanto encerro a ligação.

Chego ao salão seis minutos atrasado, o que não é do meu feitio. Sou sempre pontual e me orgulho disso. É um prédio pequeno com fachada de vidro. Uma caligrafia branca na vidraça diz *Cortes por Carissa*, acompanhada do desenho de uma tesoura imensa que parece prestes a cortar as palavras ao meio. Puxo a maçaneta da porta e descubro que o local está trancado.

As luzes estão acesas lá dentro. Espio pelo vidro, procurando sinais de movimento, mas não há nenhum. Pergunto-me se ela já fechou. Já passou do horário. Pego meu celular do bolso e estou prestes a ligar para ela quando um movimento na minha visão periférica chama a minha atenção. Carissa emerge da sala dos fundos, meio trotando, com um pedido de desculpas estampado no rosto. Ela parece mais a vocalista de uma banda de punk rock do que uma cabeleireira, com sua infinidade de *piercings* nas orelhas e longos cabelos rosa-choque. Ela destranca a porta e a abre.

"Desculpe! Esqueci que tranquei a porta depois do meu último cliente. Por favor, entre." Carissa gesticula.

"Não se desculpe. É você quem está mantendo o salão aberto depois do horário para mim." Tiro meu paletó, penduro-o no cabideiro e abro o botão de cima da minha camisa Oxford.

"Você é meu cliente mais fiel. É o mínimo que posso fazer." Carissa sorri e fecha a porta, trancando-a de novo.

Eu me sento, e ela se posiciona atrás da cadeira, me olhando através do imenso espelho pendurado na parede.

Carissa joga uma capa sobre os meus ombros e prende o velcro em volta do meu pescoço.

"Então, o que vai ser hoje? Arrepiado? Moicano? Talvez umas cores descoladas?" Ela sorri enquanto passa os dedos pelo meu cabelo, verificando o comprimento.

"Ao gosto da cabeleireira." Sorrio de volta.

"Um arrepiado verde, então." Ela pega a máquina zero e começa a fazer o pezinho do meu corte. "E aí, como estão Sarah e Summer?"

Entro num debate interno pensando em como responder à pergunta, mas decido manter a resposta-padrão. A resposta esperada. Não posso e não vou despejar nela toda a merda que vem acontecendo na minha vida. Além disso, este é um lugar para eu relaxar e fugir do mundo por uma horinha, e não para chafurdar nas questões do meu divórcio.

"Elas estão bem", eu digo. "Sarah está ocupada com a fundação, como sempre, e Summer está indo bem na escola e empenhada na natação. Na verdade, ela acabou de vencer a última competição."

"Que beleza", diz Carissa, sem parar o trabalho.

"Com certeza, ela não puxou isso de mim." Forço uma risada. "E você?", pergunto para tirar os holofotes da minha pessoa. "Quais são as novidades?"

"Tudo na mesma. Só aqui trabalhando. Quando não estou cortando cabelo, estou limpando o salão ou verificando o estoque, ou equilibrando as contas, pagando boletos, cuidando da folha de pagamento." Ela desliga a máquina e dá uma olhada rápida para a porta trancada à sua direita. "Adoraria poder tirar férias, um dia desses."

"Sim, eu entendo. Desde que me tornei sócio da minha empresa, é só trabalho, trabalho, trabalho."

“Hummm”, responde Carissa, balançando a cabeça bem de leve. “Vamos lá lavar os cabelos, e aí vou fazer uma bela massagem neste couro cabeludo para aliviar sua cachola.”

Dou risada enquanto me levanto e a acompanho.

“Eu sei que já te obriguei a ficar até depois do horário, então, você pode pular a lavagem, se quiser, embora a massagem no couro cabeludo pareça uma ótima ideia, agora.”

“Tá tranquilo.” Ela gesticula. “Até porque não tenho nenhum lugar importante para ir.”

É bom conversar com uma mulher que não esteja doida para pular na minha garganta a qualquer oportunidade. Sarah poderia aprender uma coisinha ou duas com Carissa. Enquanto cruzamos o salão, percebo que ela examina a porta dos fundos, que dá no banheiro e no escritório. Ela verifica o relógio e dá uma olhada na entrada outra vez.

“Tem certeza de que não tem compromisso nenhum? Não quero te atrasar.”

Ela abre a boca, mas as palavras demoram um pouco a sair.

“Sim, tenho certeza. Vá em frente e acomode-se.”

Ela parece nervosa ou, talvez, ansiosa, mas não insisto.

“Avise se estiver muito quente”, diz Carissa, abrindo a torneira do lavatório.

A água morna jorra sobre meu cabelo, encharcando-o todo.

“Está perfeita”, respondo, fechando os olhos e esvaziando a mente.

Devo ter cochilado, porque, de repente, sinto um toque no meu ombro, e Carissa se inclina, sussurrando: “Prontinho. Vamos voltar lá para a cadeira!”.

Pisco várias vezes e me levanto devagar, observando-a enquanto ela caminha para a estação de cortes. Ela ainda verifica de novo o escritório, a porta dos fundos, a entrada. Acompanho-a até a cadeira.

Ela acaricia os pelinhos do meu pescoço com o polegar.

“Vai querer se barbear com a navalha hoje?”

“Claro! Por que não?”

Carissa pega uma navalha e olha para a lâmina, sentindo o fio. Então, coloca uma toalha quente e úmida no meu pescoço e diz: “Apenas encoste e relaxe...”. Aí, inicia o processo, passando óleo e massageando com delicadeza meu pescoço. Ouço o raspar da lâmina enquanto os pelos cedem, deixando apenas a pele lisinha em seu encalço. Se isso se prolongar mais um pouco, logo, logo, tirarei um novo cochilo. O cheiro do óleo de barbear misturado ao toque relaxante... De repente, uma dor aguda atinge minha garganta, logo abaixo do queixo.

"Merda!" Carissa deixa escapar antes de cobrir a boca. "Ai, meu Deus. Sinto muito."

Estendo o braço até o local onde senti a dor e, então, olho para minha mão e vejo sangue nos dedos. Mais sangue escorre pelo meu pescoço, por baixo da capa, sem dúvida manchando minha camisa. Um pouco de sangue escorre pela capa e pinga no chão. De imediato, não imagino um corte tão feio, mas aí minha pele esquenta, amolece, e o pescoço parece estar vertendo litros de sangue.

"Traga uma toalha e alguma coisa gelada!", grito em pânico. "Agora!"

"Desculpe!" Ela corre para seu escritório, aparecendo não mais do que um instante depois com uma toalha seca enorme e uma lata de água com gás. "Aqui", diz Carissa, pressionando a toalha contra meu pescoço e estendendo a lata para mim.

"O que vou fazer com isso?"

"É a única coisa gelada que eu tenho aqui."

Alterno a toalha e a lata fria contra minha pele enquanto Carissa se mantém em pé ao meu lado, me observando e roendo as unhas ansiosamente.

Ela fecha os olhos por um instante, respirando fundo várias vezes, inspirando pelo nariz e expirando pela boca.

"Eu sinto muito, muito mesmo, Bob."

"Está tudo bem", eu suspiro. "Acidentes acontecem, mas você teria aí um kit de primeiros socorros?"

Carissa me lança um olhar estranho antes de concordar e sair correndo.

Ouço um burburinho, coisas sendo derrubadas e arrastadas, e então ela retorna com um pequeno kit.

São necessários dois Band-Aids para cobrir o ferimento inteiro.

"Se você quiser pular o corte de cabelo, eu entendo", diz ela, com os olhos marejados.

"Eu já estou aqui mesmo, então, não faz sentido ir embora sem cortar os cabelos. Apenas mantenha a tesoura longe do meu pescoço", eu brinco, tentando deixá-la à vontade.

Ela ri de um jeito nervoso.

"Tem certeza?", ela pergunta.

"Sim."

"Ok, mas é por conta da casa."

Não posso aceitar isso, porque sei que ela mal segura as pontas com os lucros do salão. Além disso, ela já teve sua cota de problemas e circunstâncias injustas.

"Que tal se a gente fizer o seguinte...?" Olho para ela através da imagem do espelho. "Eu pago o corte de cabelo e você paga a lavagem a seco da minha camisa."

Os olhos dela oscilam em volta do meu reflexo, até que, por fim, ela diz: "Combinado".

Eu fico observando Carissa, me perguntando por que ela hesitou ou por que parou para avaliar minha oferta generosa.

28
SARAH MORGAN

"Tem certeza de que você quer fazer isso?", pergunta Jess, pegando o envelope da minha mão. Ela está sentada à minha frente, usando um terninho discreto. "Se seguirmos este caminho, não terá volta."

"Tenho certeza." Eu me inclino para trás na minha cadeira, olhando as grandes janelas que margeiam a parede lateral do meu escritório. O céu da manhã é um mar de nuvens cinzentas e carregadas, prontas para explodir a qualquer momento. Até elas têm um limite do que aguentam antes de estourar.

"Eu só quero confirmar, mesmo", diz Jess. "Eu sei que, a princípio, seu objetivo era manter sua separação discreta e silenciosa, mas, se a gente tomar esse rumo, não vou poder garantir mais isso. Na verdade, vai acontecer quase o oposto. Vai ser uma bagunça."

Desvio o olhar da paisagem na janela e digo: "Já está uma bagunça!".

"Muito bem, então, vou entrar com o pedido de imediato e solicitar uma audiência de emergência para agilizar o processo." Ela coloca o envelope na pasta e se levanta. "Entrarei em contato", acrescenta enquanto se dirige à porta.

Antes de sair do meu escritório, ela faz uma pausa e me lança um olhar empático.

"Cuide-se, Sarah."

"Eu sempre me cuido."

Jess dá um sorriso forçado e sai da sala, me deixando sozinha de novo. Eu não queria ter que seguir esse caminho, mas Bob não me deixou escolha. Sei que ele tem algo na manga, que está tramando algum plano. O aviso que ele sussurrou baixinho — *Ou presa...* — mudou tudo. Além do mais, não posso confiar nele para cuidar de nossa filha. Na única noite em que ele ficou com Summer, ela se machucou por causa da negligência dele, e eu não posso correr esse risco outra vez — não com a minha filha. Eu queria que essa separação fosse rápida e discreta. Mas não... Bob precisava dificultar as coisas.

Isso me lembra... Pego meu celular na mesa e digito uma mensagem.

Oi, Alejandro. É a Sarah. Acabei de me lembrar que esqueci de te pagar pelo seu trabalho.

Três pontinhos aparecem na tela segundos depois, indicando que ele está digitando.

Você esqueceu de propósito, só para me ver de novo?

Você esqueceu de propósito de pedir o pagamento, para poder me ver mais uma vez?

A mensagem dele aparece na minha tela antes mesmo de eu fazer uma pausa na conversa.

... Talvez ;)

Retorço a boca, decidindo o que dizer.

Posso passar aí hoje.

Só se não te der trabalho. Caso contrário, posso ir até sua casa.

Tudo bem. Eu vou até você.

Precisa do meu endereço?

Já tenho.

Está me perseguindo??? ;)

Eu que te dei as chaves do seu apartamento...

Ouço duas batidas suaves à porta do meu escritório e, então, Natalie, a recepcionista da fundação, bota a cabeça para dentro.

"Sarah, desculpe incomodá-la, mas tem dois policiais pedindo para falar com você."

Mantenho a compostura enquanto tento pensar em todos os motivos para eles estarem aqui. Sei que Bob andou aprontando alguma, mas será que ele envolveria a polícia ainda mais nesse caso? Ele não seria tão estúpido assim, seria? E tem também a reabertura no inquérito de Kelly Summers. Sei que eles precisam falar com todo mundo de novo, mas imaginei que seria muito mais formal, tipo... marcar um horário para eu comparecer à delegacia. Bem... Seja qual for o motivo de estarem aqui, não posso mandá-los embora.

"Vá em frente e mande-os entrar, Natalie."

Ela assente e desaparece da porta. Soltando um suspiro pesado, eu me sento ereta na cadeira e alongo o pescoço de um lado para o outro, estalando-o. *Vamos resolver isso logo.*

29
XERIFE HUDSON

Há alguns minutos, a recepcionista da Fundação Morgan saiu daqui apressada para ver se Sarah estava disponível para falar conosco. Eu disse a ela que estávamos dispostos a aguardar o tempo que fosse necessário. Preciso de respostas e não posso voltar outra hora. Olson e eu resolvemos, então, aparecer no escritório dela em vez de levá-la para interrogatório, porque imaginamos que, em uma visita menos formal e no território dela, Sarah seria um pouco mais comunicativa. O elevador apita e as portas se abrem atrás de nós. Eu me viro e flagro um homem vestido de calça cáqui e camisa social. Seus olhos se arregalam quando ele tira o foco do celular e nota nossa presença. Ele força um sorriso e acena antes de passar bem rápido por nós. Essa não é uma reação incomum quando chegamos a algum lugar sem avisar, e é por isso mesmo que eu quis vir de surpresa. Sarah sempre tem todas as respostas prontas, e a última coisa que eu quero é dar tempo a ela para que consiga preparar respostas ainda mais perfeitas.

“Acha que ela vai nos dar um chá de cadeira?”, pergunta Olson.

“Não, eles nunca fazem isso.”

Com base na minha experiência, posso afirmar que as pessoas sempre querem que a gente vá embora o mais rápido possível. Dois policiais bem equipados e parados no meio de um escritório por um bom tempo só tornam as coisas mais desconfortáveis para todo mundo. Esse é o tipo de coisa que alimenta fofocas e teorias sobre o motivo de estarmos aqui.

A recepcionista retorna e acena para que a acompanhemos.

"Sarah pode ver vocês agora", diz ela. "Algum de vocês aceita uma bebida?"

"Não", respondo.

"Estou bem assim", acrescenta Olson.

"Têm certeza? Temos café, água mineral, chá e *kombucha*. E também cerveja, vinho e *prosecco*."

Olson e eu balançamos a cabeça, mas trocamos um olhar de inveja. Não temos esse tipo de seleção de bebidas na delegacia. Ou é café Folgers ou água do bebedouro. Acho que estamos do lado errado nesse negócio de justiça.

Serpenteamos pelo espaçoso escritório de conceito aberto, contornando mesas, escrivaninhas e até mesmo áreas de estar com cadeiras ridículas em formato de bola. O *layout* e a decoração são mais adequados para uma empresa de tecnologia do que para uma organização sem fins lucrativos. Cabeças se erguem das telas dos laptops enquanto os funcionários espiam os dois policiais uniformizados circulando em seu espaço de trabalho.

A recepcionista bate com suavidade à porta do escritório de Sarah e, então, estende um braço, nos guiando para dentro. Sarah não nos dá atenção quando entramos; em vez disso, mantém os olhos na tela do computador e continua digitando. Ao contrário do restante de seus funcionários, ela não se incomoda com nossa aparição aqui — ou, pelo menos, finge não se incomodar.

Com um gesto, ela nos convida para que nos aproximemos mais, mantendo os olhos ainda no monitor. "Por favor, sentem-se", ela diz, apontando para as duas cadeiras posicionadas em frente à sua mesa.

A recepcionista sai e fecha a porta.

"Sarah, esta é a comandante-adjunta Olson", eu a apresento enquanto nos sentamos.

Ela por fim tira os olhos da tela e olha para Olson e, depois, para mim.

"Prazer em conhecê-la, Olson, e prazer em vê-lo mais uma vez, xerife Hudson."

Todos assentimos em saudações recíprocas.

"A que devo o prazer de receber dois oficiais da lei tão estimados nesta visita pessoal ao meu escritório?"

Olson teve pouca ou nenhuma interação com Sarah, e pelo seu olhar, percebo que ela está confusa com a mistura de suprema confiança misturada a sarcasmo e sagacidade da mulher diante de nós. Mas eu conheço Sarah muito bem e, se eu quiser alguma informação que preste sobre o desaparecimento de Stacy Howard e sobre o caso Kelly Summers, terei de fazer o joguinho dela — caso contrário, ela vai nos deixar à deriva. Pode ser que ela já tenha conseguido seu intento. Como advogada, ela sabe que conhecimento é poder, e é por isso que retém muito bem suas informações.

"Tenho certeza de que você já está ciente de que reabrimos a investigação do caso Kelly Summers", afirmo, imaginando que devo começar com o provável motivo para estarmos aqui, na dedução dela.

"Você se refere ao assassinato que fez com que seu departamento condenasse meu marido sem que ele fosse culpado? O mesmo no qual um de seus colegas escondeu provas que indicavam que meu marido não praticou o crime, bem como seu envolvimento sexual com a vítima? Essa investigação?" Ela inclina a cabeça para o lado, observando nossos rostos.

"Só porque uma prova foi..." Levanto a mão para deter Olson.

"Não, xerife Hudson, por favor, deixe-a continuar." Sarah gesticula.

Olson olha para mim em busca de orientação sobre como proceder. Balanço a cabeça de modo suave, sinalizando para ela desistir. Se Sarah quer fazer desse jeito, então, precisamos diminuir o ritmo.

"É claro que à luz de tudo o que aconteceu desde que a prova retida foi tornada pública..."

"Sim, a tentativa de suicídio mais as acusações pelo atropelamento de uma civil de fato não ajudam em nada a imagem do condado", interrompe Sarah. "A propósito, como está o ex-xerife? Espero que esteja se recuperando rápido, porque tenho muitas perguntas para ele."

"Na verdade, esta é uma das coisas sobre as quais gostaríamos de falar com você, além das questões sobre o novo inquérito de Kelly Summers."

"Eu já respondi a todas as perguntas que o seu departamento poderia me fazer há uma dezena de anos. Se quiserem saber mais sobre o caso Kelly Summers, sugiro que perguntem ao cara que escondeu as provas."

"Não podemos", retruco.

"E por quê?"

"Porque ele está morto", responde Olson antes de mim.

A boca de Sarah se abre, mas logo se fecha. Seus olhos oscilam entre nós, ligeiramente semicerrados.

"Então, vocês estão me dizendo que o homem que liderou a investigação do homicídio de Kelly Summers, e a única pessoa que poderia responder pela ocultação de provas importantes, está morto? Isso pouco antes de o condado correr o risco de ser atingido por uma montanha de processos em consequência do seu trabalho policial de má qualidade? Se vocês querem saber, isso me parece bastante conveniente para o gabinete do xerife do condado Prince William", diz ela, recostando-se na cadeira.

"Na verdade, não é nada conveniente para nós", refuto, semicerrando os olhos para equiparar ao gestual dela.

Sarah vira a cabeça para mim bem devagar.

"Ah, sim, e por que não seria, xerife?"

"Porque Stevens foi assassinado. Alguém cortou sua garganta enquanto ele dormia."

Só estou revelando isso a ela porque preciso que Sarah entenda a gravidade da situação. Que se dane o sigilo.

"Muito bem, então, o que isso tem a ver com o caso Summers?", ela pergunta, indiferente aos detalhes horríveis que acabei de revelar. Por outro lado, ela é advogada; já ouviu a descrição detalhada de muitos assassinatos sangrentos ao longo dos anos, incluindo um na própria casa.

"Não sabemos se tem algo a ver com isso, mas, com a investigação reaberta e Stevens morto, estamos ficando sem testemunhas para interrogar, então, eu agradeceria sua cooperação." Aperto os lábios e sustento o olhar dela.

Sarah assente e gesticula, me incentivando.

"Por favor, prossigam, então."

Saco uma caneta e um bloco de papel do meu bolso da frente.

"Na noite em que Kelly Summers foi assassinada, você declarou que estava em um bar em Washington, bebendo com sua então assistente, Anne Davis. Isso está correto?"

"Sim, está correto, e Anne confirmou essa informação também. Na verdade, ela ainda trabalha aqui comigo e pode atestar isso de novo se você quiser." Ela começa a se levantar da cadeira.

"Não, não. Isso não será necessário." Olson gesticula para que ela volte a sentar-se.

É evidente que Sarah ainda está brincando conosco. Ela está puta da vida e quer que saibamos disso — então, ela vai continuar a esfregar isso na nossa cara em todas as oportunidades possíveis.

"A que horas você foi para casa?", pergunto.

"Não tenho como me lembrar do que eu disse há doze anos."

Olho para o bloco de papel.

"Pouco depois da meia-noite", digo.

"Parece-me correto."

"E onde você e a srta. Davis beberam?"

Ela dá de ombros.

"Não tenho como me lembrar do que eu disse há doze anos."

Cerro os lábios. Essa linha de questionamento vai ser um beco sem saída. Para ser sincero, toda essa investigação vai ser desse jeito. Já faz muito tempo, e o trabalho anterior foi uma bagunça e ficou quase todo incompleto, graças a Stevens. Pelo amor de Jesus, ele nem mesmo perguntou a Sarah ou a Anne *onde* elas estavam bebendo.

"Você já forneceu provas do seu paradeiro ou elas foram verificadas?", pergunta Olson.

"Além de uma declaração direta e do testemunho ocular de uma cidadã honesta e sem antecedentes criminais?"

"Sim, você tem alguma nota fiscal dos bares em que esteve naquela noite?"

"Se tenho uma nota fiscal de um bar onde estive há doze anos?" Sarah revira os olhos e começa a balançar a cabeça. "Para minha infelicidade, só guardo meus recibos por onze anos."

Olson continua: "Antes do assassinato de Kelly Summers, você sabia que Adam estava tendo um caso?".

"Você acha que ainda estaria casada com ele se soubesse?"

"Sabemos que pediu o divórcio do seu atual marido, Bob Miller", eu digo, mudando de assunto para o que interessa de verdade. "Essa informação está correta?"

Os olhos de Sarah se voltam para mim, semicerrados.

"Sim, está correta."

"Você se importa de compartilhar o motivo da sua separação?", pergunto.

"Eu preferiria não contar, mas, se vocês querem saber, Bob teve um caso", diz ela, empinando o queixo e se acomodando em seu assento.

"Você conhece uma mulher chamada Stacy Howard?"

"Não pessoalmente, mas sei que esse é o nome da mulher com quem meu marido transou", diz Sarah, sustentando meu olhar.

"Pode nos dizer onde você esteve na segunda-feira passada, entre cinco da tarde e dez da noite?", pergunto.

Ela fica quieta por um instante, pensando na resposta.

"Fiquei aqui no trabalho até, mais ou menos, às seis. Então, fui para casa e jantei com Bob e minha filha. Depois, arrumei a cozinha, brinquei com a minha filha, li um pouco e, às dez, eu já estava na cama."

"A que horas Bob chegou?"

"Por volta das sete e meia."

"Com sua filha?", Olson pergunta.

"Sim. Ele a buscou na casa de uma amiga e a levou para casa", ela esclarece.

"E a que horas Bob saiu?"

"Pouco depois das nove. Há alguma coisa que eu deva saber, xerife?" Sarah inclina a cabeça.

"Stacy Howard foi dada como desaparecida e, pelo que sabemos, Bob pode ter sido a última pessoa a vê-la. Você sabe se os dois ainda estavam se encontrando?"

"Não sei. Você teria de perguntar a ele."

"Bob disse que não vê Stacy há semanas. Você acredita nisso?", intervém Olson.

"Não acredito em nada do que meu marido diz."

Meu rádio estala, nos trazendo à vida. *Bzzzzzz.*

"Tenente Nagel para o xerife Hudson, câmbio."

"Pode atender, xerife Hudson."

"Senhor, precisamos da sua presença num salão de beleza na Center Street."

"Por quê? O que houve?"

"Um arrombamento e uma invasão foram informados. Na verdade, é um possível 187."

Merda. Justo agora, quando as coisas não pareciam suscetíveis a piorar.

"Desculpe, mas vamos ter que abreviar nossa conversa", digo, já me levantando. "Agradeço a sua cooperação hoje, Sarah. Voltaremos a entrar em contato se tivermos mais alguma dúvida."

"Sou uma mulher muito ocupada, xerife, então, eu gostaria de receber um aviso da próxima vez que vocês resolverem aparecer", alerta ela, já desviando sua atenção de volta para seu computador.

"Vou manter isso em mente." Eu aceno e me viro para sair com Olson logo atrás de mim.

No elevador, aperto o botão do saguão. Quando as portas se fecham, pergunto a Olson: "O que você acha?".

"Sarah é um verdadeiro deleite." Olson sorri.

"Eu avisei. Ela é osso duro de roer."

"Sim, tipo isso."

"Sabe... O depoimento de Sarah se alinha ao de Bob, mas ainda deixa uma lacuna no paradeiro dele antes das sete e meia da noite e depois das nove, então, tem uma janela de oportunidade aí."

"Mas também não sabemos a hora exata em que Stacy desapareceu. Podemos supor que foi pouco depois das cinco, enquanto ela estava nas proximidades de casa, a última localização conhecida com base nos registros do celular, ou talvez tenha sido mais tarde da noite, quando o celular apagou ou foi desligado", diz Olson.

"Verdade. Bem, já estamos de olho em Bob desde hoje de manhã, então, espero que consigamos alguma pista."

"Tem uma coisa na conversa com Sarah que achei estranha."

Inclino minha cabeça.

"O quê?"

"Ela não perguntou como Stevens morreu." Olson arqueia uma sobrancelha.

"Hein?"

"Você disse a ela que Stevens estava morto, e a primeira resposta de Sarah foi insinuar que sua morte foi conveniente para o nosso departamento. Ela não ficou nem um pouco chocada."

"Então, você acha que Sarah já sabia que Ryan tinha sido assassinado", digo.

"Com certeza, e só teria um jeito de Sarah saber..."

"Ela foi avisada", interrompo.

"Ou ela está metida nisso", arremata Olson.

30
BOB MILLER

Meu joelho estremece duas vezes por segundo. Estou sentado em uma pequena recepção diante do escritório do meu chefe Kent, esperando que ele me chame. Ontem à noite, ele ligou pedindo para conversarmos logo de manhã. Disse que queria discutir uma coisa comigo, e que precisava ser pessoalmente. Não tenho certeza do que pode ser. Admito que tenho andado um pouco ausente no trabalho nos últimos tempos, mas minha equipe júnior está a par de tudo. Nada passa despercebido. Tenho me certificado disso.

Candace, a assistente de Kent, me fita de sua mesa com desdém. Ela tem um olhar azedo, como se estivesse chupando limão, mas essa é sua cara normal e essa é a sua postura. Eu não ficaria surpreso se me dissessem que já saiu do útero franzindo a testa, decepcionada porque a sala de parto não estava na temperatura adequada ou porque o médico não usou produtos caros de *skincare* nas mãos que a traziam a este mundo. O sobrenome dela é Williamson, como em Williamson, Miller & Associados — mas esse é o nome do tio dela, não o dela. Meu nome também está lá, mas vem logo depois de Williamson e, ao que tudo indica, depois do nepotismo também.

Arregaço a manga, verificando as horas no meu Rolex. Já estou sentado aqui há quinze minutos, então, sei que não vai ser uma conversa agradável. Kent gosta de fazer as pessoas esperarem quando está chateado. É um dos seus joguinhos de poder. Fazer a vítima suar e marinar sob todas as elucubrações do que está por vir, fazendo-a rememorar todas as coisas ruins que já fez e todas as maneiras como Kent pode tê-las descoberto. Mas não sei mesmo o que pensar aqui.

"Você sabe quanto tempo mais vai demorar?", pergunto.

Candace me espia, semicerrando os olhos.

"Eu não sei", diz ela, baixando o queixo para se concentrar em seu trabalho.

"Você pode verificar?"

Ela suspira, levantando a cabeça como se fosse o maior feito físico que um ser humano já realizou.

"Ele vai te ver quando estiver pronto para te ver." Ela arremata seu comentário com um sorrisinho. Então, volta sua atenção para o celular, inclinando seu corpo para longe de mim. Sussurro um *piranha* bem baixinho.

Passam-se mais dez minutos até que, por fim, a secretária/sobrinha de Kent me dá sinal verde, indicando que ele está pronto para me ver. Solto um suspiro profundo enquanto me levanto da cadeira.

"Boa sorte", diz Candace, botando ênfase na palavra *sorte* quando passo por ela rumo ao escritório de Kent.

Ignoro seus votos sarcásticos e fecho a porta atrás de mim. Kent está sentado em uma cadeira giratória gigantesca, a melhor que o dinheiro pode comprar. Seu escritório está todo arrumado, não há nenhum item fora do lugar, e seus olhos estão fixados em seu laptop.

"Bom dia, Kent", eu o cumprimento, repuxando os lábios e juntando minhas mãos na frente do quadril.

Kent levanta a cabeça. "Bob, exatamente o homem que eu queria ver", diz ele com indiferença, fechando seu laptop e apontando para uma das duas cadeiras posicionadas diante de sua mesa. "Sente-se."

Assinto e faço o que ele diz. Quando estou acomodado, Kent apoia os cotovelos na mesa e se inclina para a frente, entrelaçando os dedos. Ele ostenta uma cabeleira prateada, um rosto endurecido e um olhar atento. Está se aproximando da idade de se aposentar, mas nunca vai fazê-lo. A empresa é sua vida, seu legado. Tirar isso dele seria o mesmo que desligar o suporte de vida de alguém. É provável que ele venha a morrer aqui mesmo, nesse escritório. É quase um caixão à espera do corpo.

"Então, como você está, Bob?", pergunta ele em um tom jovial — bem, jovial para ele.

Eu sei o que Kent está fazendo. Ele está tentando agir como se tudo estivesse bem e perfeito, ele quer que eu baixe as defesas, para reacender meus alertas apenas no segundo em que a conversa desandar. Só que nada está bem, e eu já testemunhei essa tática diversas vezes. Estou só esperando ele bater o martelo.

"Estou bem, e você?"

Kent se recosta na cadeira, girando para lá e para cá.

"Então, eu estava bem até receber algumas ligações lamentáveis, ontem à noite, de dois dos nossos maiores clientes. Você tem ideia do motivo de eles estarem me ligando, Bob?"

Engulo em seco e digo: "Não!".

"Eu já imaginava." Ele inclina a cabeça. "Eles me disseram que não estão muito felizes com a pouca atenção que andam recebendo da equipe sênior. Pelo que ouvi falar, no último mês, eles só tiveram contato direto com nossos membros juniores, ou algo assim."

"Sim, isso é verdade", confirmo, e me recomponho em seguida. "Achei que seria uma boa ideia dar mais responsabilidade à equipe iniciante, que uma interação mais direta com o cliente e com tarefas em geral reservadas à liderança sênior aceleraria o crescimento deles. Jogá-los na fogueira, por assim dizer."

"A dedicação aos nossos maiores clientes não é uma responsabilidade que você transfere para a equipe júnior sem maiores cuidados."

Kent decifra o que ocorre por trás da minha besteira. Com toda sinceridade, eu sabia que estava escorregando no trabalho por estar focado demais no divórcio, e depois nas coisas que aconteceram por causa daquela mulher desaparecida. No entanto, não achei que tivesse derrapado o suficiente a ponto de alguém perceber.

"Você está certo, Kent. Peço desculpas."

Ele solta um suspiro profundo, exalando pelo nariz, sinalizando que está só começando. Eu já sei que um pedido de desculpas não vai resolver. Ele quer que eu implore perdão, rasteje a seus pés.

"Sabe, Bob, levei muito tempo para encontrar alguém que eu achasse digno de se tornar sócio da minha empresa. Quero dizer, os saltos altíssimos de Sarah Morgan eram bem difíceis de alcançar." Ele solta uma risadinha.

Mordo minha língua para me controlar. É preciso dar espaço a Kent para que conclua seu raciocínio, pois ele vai fazer questão de expressar cada palavra almejada, você queira ou não. Minha interrupção só fará diferença na entrega de seus comentários, e eu prefiro a condescendência à raiva.

"Mas escolhi você, apesar de sua personalidade espinhosa. Porque, quando chega a hora da verdade, você sempre revida com mais força." Ele assente com veemência. "No entanto, nas últimas semanas... Tenho me questionado se tomei a decisão certa."

"Você tomou a decisão certa, Kent. Eu sou seu funcionário mais esforçado. Eu provei isso a você e provarei de novo. Peço desculpas por ter cometido falhas recentes. Considere isso. Não foi minha intenção." Faço uma pausa, esfregando minha têmpora. "Andei lidando com uns problemas pessoais, mas..."

"Eu sei tudo da sua vida pessoal, Bob." Ele ergue uma sobrancelha e continua com seu discurso ensaiado. "Mas isso não é desculpa para não aparecer no escritório ou para incumbir a equipe júnior de conduzir as reuniões com os principais clientes da minha empresa. Você tem sido um espectro por aqui. O eco dos seus mocassins baratos e o cheiro persistente disso que você chama de colônia são as únicas coisas que me fazem lembrar que você já foi um bem valioso neste lugar." A raiva de Kent está começando a transbordar, e sua voz está fazendo jus. Agora não seria o momento de contestar que meus mocassins Ferragamo são tudo, menos baratos, e para reafirmar que meu Creed Aventus é, de fato, uma colônia. "Agora, eu só ouço seu nome neste escritório quando seus colegas perguntam 'Cadê o Bob?' ou 'Alguém viu o Bob?'. Eu botei seu nome na porra deste prédio!" Kent soca a mesa, sacolejando o conteúdo sobre o tampo como num terremoto. "Isso significa que você deveria estar quase morando aqui, sobretudo pelo valor que eu te pago!"

Mantenho contato visual direto com ele para mostrar que estou atento, mas na verdade não estou — porque ainda estou preso em uma frase que ele disse. E que está ecoando na minha cabeça. *Eu sei tudo sobre a sua vida pessoal, Bob.*

"O que você quer dizer ao afirmar que sabe tudo sobre a minha vida pessoal?", pergunto, cerrando os olhos.

Kent fica sentado ali em silêncio, me encarando. Deixando os segundos se acumularem até quase se tornarem minutos. Por que ele não responde? Ele nunca fica sem palavras, pois gosta muito de ouvir a própria voz. A menos que...

"Você", digo, apontando um dedo para ele. Ele não reage. Permanece calmo, mantendo contato visual constante. "Foi *você* quem contou para Sarah. Como diabos você pôde fazer isso comigo?"

"Calma, calma. Acalme-se." Seu tom é tão condescendente quanto seus comentários. Suas mãos se agitam em um movimento para baixo, como se esperasse que meus nervos seguissem seu gestual.

"Não acredito nisso." Balanço a cabeça. "Sou seu sócio. Somos... camaradas. Devemos cuidar um do outro."

"Sou um multimilionário de 65 anos. Tenho um prestigioso escritório de advocacia. Sou formado por Princeton e Yale. Sou membro da ordem dos advogados e participo de vários conselhos nesta cidade. Sou pai, avô e um marido amoroso. Você percebeu o que não está nessa lista? Um camarada. Eu não sou a porra do seu camarada, Bob!"

"Não havia nenhum motivo para você contar a ela. Foi um evento único, um erro imenso, mas você e sua boca grande detonaram a minha família. Por que diabos você fez isso?" Agora, estou aos berros.

Kent olha para suas janelas do chão ao teto por um instante e, então, encontra meu olhar.

"Porque Sarah é como uma filha para mim."

"O cacete! Quando ela trabalhava aqui, vocês dois viviam querendo se matar. Ela te achava um babaca arrogante que agia como se fosse melhor que ela."

"Eu *sou* um babaca arrogante, e eu *era* melhor que ela. Talvez não como advogado, mas sem dúvida como empresário. Fui duro com Sarah por um motivo. Eu a moldei para que virasse a advogada que eu sabia que ela era capaz de se tornar. Como você acha que ela conquistou a sociedade, sendo tão jovem? Você acha que isso acontece porque eu pego leve com alguém, porque nunca faço pressão para a pessoa atingir seu máximo potencial? Foi à base da porrada, porque esse é o meu jeito de demonstrar amor. Eu me importo muito com Sarah, e eu não ia ficar parado e permitir que *você* a fizesse de idiota."

"Você não tem ideia do que fez", declaro, cerrando os punhos, que nesse momento estão apoiados no meu colo. Preciso de todas as minhas forças para não voar por sobre a mesa.

"Você fez isso. Não eu. Foi você que não conseguiu manter seu pau longe de uma garçonete gostosa. Eu fui apenas o mensageiro." Kent empina o queixo.

"Ah, vá se foder. Como se você não tivesse comido a maioria das suas secretárias. Todos nós ouvimos as fofocas."

"Cuidado, Bob", ele alerta.

"É por isso que a vagabunda da sua sobrinha é sua secretária agora? Sua esposa resolveu bater o pé e te forçou a contratar alguém que você não teria como foder?"

"Já chega", anuncia ele, batendo o punho na mesa. "Você está suspenso. Três semanas remuneradas. Vá resolver suas merdas e volte quando melhorar essa postura."

"Eu sou sócio. Você não pode me suspender."

"Ah, sim, eu posso, ou você se esqueceu de que meu nome está nesta porra deste prédio?"

"O meu também", rebato, cerrando os dentes.

"Continue assim e não vai mais."

Começo a ranger os dentes. Um calor irradia de cada centímetro do meu corpo enquanto gotas de suor escorrem pelas minhas costas. Eu me obrigo a engolir todas as palavras que desejo gritar para ele porque não quero perder este emprego. Kent me encara com os olhos semicerrados e o queixo erguido. Ele nunca mais teve o prazer de bater boca numa audiência, então, sei que este é um momento de emoção para ele, um retorno aos seus dias de glória. Um fogo arde sob suas pálpebras carnudas e, com certeza, não irá se extinguir tão cedo. Então me levanto bem rápido da cadeira, fazendo-a cair e bater no chão, mas não me dou ao trabalho de recolhê-la.

Abro a porta do escritório dele, fazendo a maçaneta bater na parede.

"Agora, são seis semanas!", Kent grita.

Candace não tira os olhos do celular.

"Aproveite seu tempo livre, Bob", diz ela com uma voz alegrinha.

Mostro meu dedo médio para ela enquanto saio do escritório.

31
XERIFE HUDSON

"O que temos aqui?" Dou um passo largo, tentando não esmigalhar o vidro quebrado; está espalhado por todo o piso, é quase impossível de evitar. Minhas botas trituram alguns cacos conforme adentro o salão de cabeleireiro Cortes por Carissa.

A cena diante de mim é mais do que uma mera vidraça quebrada, conforme fora relatado a princípio. O lugar foi saqueado — cadeiras derrubadas, suprimentos de salão espalhados pelo chão, espelhos estilhaçados. Eu me abaixo, observando várias manchas vermelhas perto de uma das estações dos cabeleireiros, bem como aparas de cabelo marrom-escuras, quase pretas, pelo chão. Há sangue, muito sangue, e é por isso que estou aqui. A equipe forense já está no local, coletando provas e fotografando cada centímetro quadrado deste lugar.

"Não sei bem, xerife", diz Nagel. "Lane veio atender a ocorrência de um suposto arrombamento, mas, quando percebeu que talvez fosse mais do que isso, solicitou um supervisor. Assim que entramos e vimos todo o sangue, bem... eu liguei para você." Ele aponta para uma tesoura sobre uma poça de sangue. Um rastro de líquido carmesim leva aos fundos do salão, começando como gotas molhadas e depois virando gotículas, e aí se transforma em borrões, como se algo ou alguém tivesse sido arrastado.

"Quem chamou a polícia?", pergunto.

"Um funcionário da cafeteria ao lado. Eles viram a vidraça quebrada quando chegaram para trabalhar."

"Já sabemos a quem pertence este sangue?"

"Meu palpite seria a dona do salão, Carissa Brooks. A bolsa e o celular dela estão no escritório, e tem um Kia Sorento estacionado nos fundos, que está no nome dela."

Examino a cena, absorvendo cada detalhe, tentando juntá-los para recriar a história do que pode ter acontecido aqui. Sigo o rastro de sangue até chegar aonde estão os borrões, e então percebo que eles cessam junto à porta dos fundos. Abro a dita porta e observo o local. O Kia Sorento está parado em frente a uma placa que diz *Funcionários Cortes por Carissa*, e há uma câmera de segurança na parede externa, voltada para a porta de saída.

"E aquela câmera?", pergunto, apontando para ela.

"Foi a primeira coisa que verifiquei. Está desconectada. É só uma câmera falsa, para assustar possíveis ladrões."

Balanço a cabeça. Esse é o problema das cidades pequenas. Ninguém se acha suscetível a episódios de violência, então, as pessoas recorrem a sistemas de segurança que visam apenas a dissuadir, e que nunca funcionam de fato. Retorno acompanhando a trilha de sangue de dentro, verificando de novo se deixei de notar algo incomum — bem, algo mais incomum do que um rastro de sangue.

"O que acha, xerife?"

"A explicação mais óbvia e simples é que uma pessoa entrou para roubar a loja sem esperar que ainda houvesse alguém aqui. Houve luta, o caos se instalou, alguma pessoa se machucou, talvez ela tenha ferido o criminoso com uma tesoura..." Contorno uma cadeira virada, tomando cuidado para não pisar no sangue. Em cima do balcão, abaixo do espelho quebrado, há uma navalha. A lâmina está manchada de sangue. "... ou com uma navalha. Bem, seja quem for que tenha se machucado, fugiu pelos fundos." Continuo examinando o cômodo, sem acreditar na minha própria explicação.

"Foi o que imaginei", diz Nagel.

Coço o queixo. "Mas isto não me parece um roubo que deu errado."

"Você acha?"

"Não acho, eu sei. Se fosse, Carissa estaria aqui... ou pelo menos o corpo dela estaria."

"Talvez a pessoa que fez isso a tenha levado", postula Nagel.

"De roubo a sequestro é um salto grande, e eles não levaram a bolsa nem o celular dela."

"Então, você está achando que foi sequestro?"

"Pode ser. O que sabemos sobre Carissa?"

O tenente Nagel não responde, então fica evidente que não sabemos nada ainda.

"Emita um alerta com os dados dela e faça uma verificação de antecedentes. Solicite que alguns policiais da patrulha procurem amigos, colegas de trabalho e qualquer parente dela. Veja se tem alguma câmera de segurança funcionando nesta área comercial e, se houver, peça a um policial para revisar as filmagens. E quero que os resultados do laboratório sejam rápidos, para que possamos descobrir ao certo com o que estamos lidando aqui."

"Sim, senhor", diz Nagel. "Quer que eu mesmo fale com o Departamento de Investigação Criminal?"

Deixo escapar um suspiro.

"Sim, pode fazer isso."

"O que eu perdi?", grita Olson ao entrar.

Eu me viro e vejo que ela chega tentando não pisar nos cacos de vidro e já calçando um par de luvas de látex enquanto examina a cena.

"Possível sequestro."

Ela franze as sobrancelhas. "Mais um? Acha que eles estão relacionados?"

"Quem sabe? Afinal, foi um depois do outro", digo, balançando a cabeça.

Stevens está morto, assassinado por sabe Deus quem. Stacy Howard está desaparecida por possível sequestro. E, agora, temos mais uma mulher desaparecida. Além disso, o caso Kelly Summers está sendo enfiado na minha goela pelo público e pela mídia.

Algo chama minha atenção no balcão da recepção. O lugar inteiro está revirado, mas a agenda com os horários dos clientes segue intocada, em seu devido lugar. Vou até ela, folheando a lista de marcações da semana anterior, até chegar ao último cliente, de ontem à noite, às oito.

"Ah, que porra", exclamo.

"O quê? O que é?", pergunta Olson.

"Você não vai acreditar quando eu disser quem foi o último cliente ontem."

Nagel e Olson se entreolham, confusos, e então encontram meu olhar.

"Bob Miller."

32

SARAH MORGAN

A faca corta a carne como se fosse um tablete de manteiga, o sangue se acumula no meio. Cravo meu garfo na fatia que cortei e levo o pedaço de bife à boca, mastigando-o sem pressa, para curtir o sabor.

Bob está sentado à minha frente, serrando seu bife em vários pedaços menores. Ele espeta seu garfo em um pedaço e o mergulha em seu purê de batatas antes de enfiá-lo goela abaixo. Uma tigela cheia de macarrão com queijo está posicionada na frente de Summer, que está sentada à minha esquerda. Preparei especialmente para ela porque é seu prato favorito. Bife e purê de batatas são os favoritos de Bob. E o Cabernet Paso Robles servido de modo generoso nas taças é o meu. Imaginei que, já que o tópico da conversa não seria agradável para nenhum de nós, pelo menos, a comida e a bebida teriam de ser. É uma espécie de última ceia para nossa família, porque Bob e eu, enfim, vamos contar a Summer que iremos nos divorciar — antes que as coisas piorem ainda mais.

"Como foi seu dia na escola, querida?", pergunto.

"Foi bom... Mas não tão bom quanto este macarrão com queijo", diz ela com a boca cheia de comida.

Em regra, eu diria a ela para não falar de boca cheia, mas agora não é o momento.

Sorrio e olho para Bob. "E como foi seu dia no trabalho?"

Ele levanta a cabeça e força um sorriso. Seus lábios tremem em todas as direções. "Isso é ótimo! E como foi o seu, querida?" Seu tom é puro sarcasmo.

"Maravilhoso como sempre", digo, pegando minha taça de vinho e levando-a aos lábios.

Engulo em seco, já me preparando para contar a Summer, porque não consigo adiar mais. Eu não era muito mais velha do que ela quando minha mãe me recrutou para uma conversa semelhante. A única diferença é que estou contando a Summer que seu pai e eu estamos nos separando, enquanto minha mãe teve de me informar que meu pai estava morto. A notícia que recebi foi muito pior, e um dia eu superei, então, sei que ela também vai superar.

Pouso minha taça na mesa e limpo os cantos da boca com um guardanapo.

"Summer", eu começo. "Seu pai e eu temos uma coisa para te contar."

Seus olhos se voltam para ele e, depois, para mim. Bob larga os talheres no prato e apoia os cotovelos na mesa, juntando as mãos na frente do rosto. O pescoço dele fica avermelhado como se uma cortina de raiva estivesse sendo fechada ali. Não lhe contei que essa conversa seria hoje à noite, pois eu sabia que, se adiantasse o assunto, ele argumentaria em sentido contrário ou então não apareceria. E, a meu ver, era importante tê-lo aqui, pelo bem de Summer.

Minha filha franze a testa, mas não diz nada.

"Seu pai e eu estamos nos divorciando. Você entende o que isso significa?"

Seus olhinhos marejam instantaneamente e sua boquinha treme.

"Summer?", pergunto.

"Sim", a palavra sai meio forçada. "Os pais da Courtney são divorciados, e ela diz que é uma droga."

"Sim, não vai ser fácil no começo, querida, mas, em algum momento, será normal, e você nem vai pensar mais nesse assunto."

"Eu não quero que vocês se divorciem", ela choraminga. Lágrimas escorrem por suas bochechas.

"Eu sei. Mas é o melhor para todos nós."

"Não, não é", grita Summer. "Por que você está fazendo isso?"

Bob permanece em silêncio, com seu queixo ainda apoiado em suas mãos entrelaçadas. Está nítido que ele não vai me ajudar aqui, muito embora ele seja o responsável pela separação. No entanto, de algum modo, ele está se colocando como a vítima. Não estou surpresa, claro. Um narcisista ou tem razão ou é injustiçado. Não há meio-termo.

"Às vezes, os casamentos não dão certo, Summer, e quero que você saiba que nossa decisão de nos separar não tem nada a ver com você. Você não fez nada de errado." Estendo minha mão para pegar a dela, mas ela se afasta, escondendo a própria mão debaixo da mesa.

"Por que vocês não podem fazer dar certo?", grita ela.

"Nós tentamos, mas não conseguimos."

De soslaio, flagro Bob revirando os olhos. Olho feio para ele e, então, volto a atenção para minha filha chorosa.

"Sinto muito que isso seja difícil para você, querida. É difícil para nós também."

Summer se levanta da cadeira. "Não é difícil pra vocês. Se fosse, vocês ficariam juntos. Eu te odeio", ela berra para mim. "E eu também te odeio", diz ela para o pai antes de sair correndo para o seu quarto. "Eu queria poder me divorciar de vocês dois", grita, por fim, antes de sair e bater a porta.

Um instante depois, ouvimos uma música da Taylor Swift tocando nas alturas.

Tomo um gole caprichado do vinho tinto, detendo-o por um breve momento na boca para sentir os taninos e saborear as notas de cereja preta madura e cacau defumado.

"Está feliz agora?", escarnece Bob enquanto crava o garfo em um pedaço de bife. Ele ostenta um olhar presunçoso.

"Não, não estou, mas teríamos que contar a ela, mais cedo ou mais tarde."

"Ah, e tinha que ser agora? Bem antes de me incriminarem pelo desaparecimento de Stacy?" Seus olhos brilham de raiva enquanto ele mete a comida na boca, mastigando de uma forma desagradável. Talvez ele esteja mastigando de seu modo habitual, mas é que tenho achado tudo nele desagradável.

Lanço a ele um olhar penetrante e tomo mais um gole do meu vinho, recusando-me a reconhecer sua pergunta. Enfim, não importa o que eu disser, ele não vai acreditar em mim — assim como eu não vou acreditar nele. Uma vez que você perde a confiança em alguém, jamais a recupera de verdade. Mesmo que você pense que sim, sempre haverá aquele pensamentozinho incômodo alojado em sua mente, questionando: "*Será que estão mentindo para mim... de novo?*".

Como eu não respondo, ele diz: "Eu teria apreciado se você tivesse me avisado que ia contar para ela hoje à noite!".

"E eu teria apreciado se você não tivesse me traído. Nem sempre podemos ter o que desejamos, não é, Bob?"

Viu? O ressentimento que sinto por ele e aquele pensamentozinho incômodo são elementos permanentes no meu cérebro agora.

"Já me desculpei inúmeras vezes, mas não importa o que eu diga, porque você nunca vai me perdoar. Você é assim."

"Você está enganado. Já te perdoei. Eu apenas escolhi te esquecer também." Olho para ele por sobre a borda da minha taça enquanto bebo sem pressa. Meu jantar já foi abandonado.

Ele permanece sentado, com o rosto impassível e imóvel. "Acho que você vai ter dificuldade para me esquecer, Sarah."

Sufoco uma risada. "Ah, sim. Por quê, mesmo? O que te faz ser tão inesquecível?"

Bob sempre teve complexo de Deus. A maioria dos narcisistas tem. Ele se acha mais importante, mais memorável, mais charmoso, mais interessante, mais tudo do que realmente é.

"Alguma vez Adam se esqueceu de você?", ele pergunta, inclinando a cabeça. "Não esqueceu, não é? Ele pensou em você todos os dias durante onze anos enquanto estava trancafiado em uma cela de dois por três metros, uma cela na qual você o colocou sem que ele tivesse ciência disso. E ele com certeza pensou em você em seus momentos finais, quando o pouco de vida que lhe restava estava sendo arrancado dele, uma agulha por vez. Então, sim, Sarah, acho que você vai ter muita dificuldade para se esquecer de mim." Ele sela sua ameaça velada com um sorrisinho ameaçador.

"Eu não sou seu Adam, Bob, e você definitivamente não é a minha Sarah."

"Tem certeza? Você acha que, naquela época, eu já não estava consciente de que precisava ter algum tipo de apólice de seguro com você? Algo para garantir que você não fizesse comigo o que fez com Adam...?"

Forço a vista, observando cada centímetro do rosto dele, procurando uma pista, algo que indique que ele está blefando. Mas ele permanece estoico.

"Você está blefando", digo.

Cerro as mãos sob a mesa, e meu coração está tão frenético que poderia atravessar minha caixa torácica e pular direto no meu prato. Se isso acontecesse, tenho certeza de que Bob não hesitaria em comê-lo. Respiro fundo várias vezes — tentando manter a calma. Não sei o que ele tem contra mim. Meu cérebro agora é uma engrenagem rotativa, repassando nossas lembranças juntos, momentos em que posso ter me colocado em situações de vulnerabilidade. No entanto, nada se destaca. Sempre fui cuidadosa, mas talvez eu não tenha sido cuidadosa o suficiente.

"Então, chame de blefe", diz Bob. "Tenho sido paciente com você, Sarah, e tenho sido muito legal. Mas já passamos dessa fase. Se Stacy Howard não reaparecer de repente, minha apólice de seguro vai direto para a polícia." Ele empina o queixo, aprofundando o ardor em seus olhos.

"Não sei do que você está falando." Bebo o restinho do meu vinho.

"Claro, não sabe." Ele sorri, mastigando com calma um pedaço de bife. "Não diga que não avisei."

Brinco com a haste da taça, girando-a enquanto meus olhos permanecem em Bob. Ele enfia em sua boca glutona a comida que comprei, cortei e cozinhei — e nesse momento só consigo pensar que eu *deveria tê-lo matado quando tive a oportunidade*.

33

PESSOA DESCONHECIDA

O som de um choramingo me desperta. Demoro um pouco para abrir os olhos e me sentar. Mesmo assim, minha cabeça é pura confusão, atordoamento, como se eu estivesse voltando à consciência depois de uma farra de vários dias. O choro vem do outro lado do cômodo, ou pelo menos do que eu acho que é o outro lado do cômodo. É o primeiro barulho que ouço além das botas sapateando no piso acima, da garrafa de água ou do sanduíche embrulhado em plástico batendo no chão, ou da porta no topo da escadaria se fechando. Não consigo ver as escadas, mas sei que elas estão ali.

"Olá?", chamo.

O choramingo cessa e vira uma tomada de fôlego, e então o ambiente fica em silêncio.

"Tem alguém aí?", pergunto.

"Olá?", responde uma voz trêmula e fraca.

"Ai, graças a Deus. Você tem que me ajudar. Minha perna está..."

O som familiar de uma corrente se arrastando no concreto preenche o porão. A mulher grita em pânico: "Por que você está fazendo isso comigo?". Sua voz falha e um soluço irrompe.

"Eu não fiz nada para..."

"Me solta!", grita ela. Para mim ou para o cômodo, não sei dizer...

"Não posso", respondo. "Meu tornozelo também está acorrentado."

Eu me lembro do momento em que acordei aqui embaixo. Um instante de pânico, desorientação, pavor. Nem sei quanto tempo faz. Mas, se eu fosse ela, também estaria desconfiada de mim.

"Você viu ele?", pergunto.

A mulher não responde de imediato, mas, quando o faz, por fim, ela diz: "Quem?".

"O homem que botou a gente aqui."

"Não", choraminga ela. "Você viu?"

Balanço a cabeça, mas percebo que ela não consegue me ver na escuridão.

"Não. Não vi. Ele joga comida e água do alto da escada, sempre quando estou dormindo. Mas nunca desce."

"Quanto tempo faz que você está aqui?", pergunta ela.

"Não sei. Não tem claridade nenhuma aqui, então, não faço ideia de quantas vezes o sol nasceu e se pôs desde que eu fui acorrentada nesta porcaria desse poste." Sacudo minha corrente, que chacoalha no chão enquanto solto um grito longo e frustrado. Quando me calo, ouço apenas minha respiração ofegante, e temo ter assustado a mulher ainda mais.

"Desculpe", digo, soltando um suspiro. "Você está machucada?"

Ela demora um pouco para responder, até que diz: "Minha cabeça dói, e estou tonta e enjoada, como se eu não fosse real. Não sei se isso faz sentido...".

"Faz. Foi assim que me senti quando acordei aqui embaixo", digo, tentando consolá-la, mas não há nada de reconfortante em nossa experiência compartilhada afora o fato de ainda não termos morrido.

Ela funga. "Por que ele está fazendo isso com a gente?"

"Não sei."

É claro que ela não gosta da minha resposta, pois logo começa a gritar de novo. Sua corrente bate contra o concreto várias vezes enquanto ela a puxa, dá trancos e sacode.

"Shhh. Shhh. Ninguém vai ouvir a gente", digo. "Poupe sua energia."

"Eu não quero morrer." Ela pronuncia as palavras em meio ao choro.

"Eu também não, mas não vamos deixar isso acontecer, ok?" Talvez ela esteja assentindo no escuro, mas não ouço nada, exceto seu choro contínuo. "A propósito, eu me chamo Stacy. Qual é o seu nome?"

Ela hesita antes de falar. "Carissa... Meu nome é Carissa."

34

BOB MILLER

Quando chego na manhã seguinte, Brad não está na delegacia, então, eu me flagro sentado sozinho na sala de interrogatório, recusando-me a falar com qualquer pessoa sem a presença do meu advogado. Mais uma vez, não sei por que estou aqui, mas não vou dar a eles a oportunidade de distorcer nenhuma das minhas palavras; portanto, vou aguardar em silêncio até que ele chegue. Hudson e Olson não me algemaram à mesa de metal, o que é bom, pois significa que esta conversa é voluntária e que eles não têm nenhuma argumentação para me prender aqui... pelo menos, ainda não.

Não consigo ver o que está além do espelho falso à esquerda, mas sei que eles estão me observando do lado de lá, vendo como reajo. Estou em pânico? Pareço tenso? Estou suando? Estariam meus olhos disparando pela sala a quilômetros por hora enquanto contorço as mãos até quase despelá-las de tanto medo? Não. Estou calmo, sentado aqui, olhando para a frente, esperando o momento certo. Eles acham que me enjaularam, que têm vantagem em seu território. Mas estão errados. Esta não é a minha primeira vez, e tenho certeza de que não será a última.

A porta se abre emitindo um rangido e Brad entra.

"Você disse alguma coisa para eles?", pergunta ele, indo direto ao assunto, antes mesmo de se sentar. Ele usa um elegante terno azul-marinho, camisa branca impecável recém-engomada e uma gravata vermelha com desenhos extravagantes ao longo de todo o comprimento, sinalizando sua grife de maneira bem óbvia. Ele parece um advogado poderoso, que é tudo o que preciso agora.

"Não", digo, balançando a cabeça.

Um instante depois, a comandante-adjunta Olson entra na sala, seguida pelo xerife Hudson. Ele fecha a porta, e ambos se acomodam diante de mim e de Brad.

"Vocês se importariam de me dizer por que solicitaram que meu cliente comparecesse para interrogatório duas vezes em uma semana?" Brad saca um bloco de notas e uma caneta de sua pasta de grife.

O xerife Hudson olha para Brad. "Chegaremos nessa parte", diz ele e, então, volta seu foco para mim. "Bob, você conhece Carissa Brooks?"

Com meu cenho franzido, olho para Brad em busca de orientação. Ele assente, indicando que eu posso responder, se quiser. Tenho a noção exata do que eu mandaria um cliente fazer, mas estou pagando Brad por um motivo. Porque, às vezes, a gente precisa de ajuda para enxergar aquilo que está bem na nossa cara.

Não sei aonde eles querem chegar com isso nem por que Hudson está me perguntando sobre uma cabeleireira. Pensei que tivesse sido convocado para falar mais uma vez sobre Kelly Summers, ou que eles fariam mais perguntas relacionadas ao desaparecimento de Stacy Howard.

"Sim, eu conheço Carissa. Ela corta meu cabelo."

"Quando foi a última vez que você a viu?", pergunta Olson.

"Domingo à noite."

"Mais ou menos que horas?"

"Marquei um corte com ela às oito, mas cheguei alguns minutos atrasado."

Hudson assente. "E a que horas você saiu?"

"Nove e quinze, talvez nove e meia. Não tenho certeza", respondo.

"Como ela estava quando você saiu?", pergunta Hudson.

Olho para Brad, para que ele fique ciente de que pode intervir.

"Meu cliente não tem como lhe dar uma avaliação do estado de espírito da srta. Brooks."

"Deixe-me reformular, então. Ela estava bem quando você saiu?"

"Defina *bem*", diz Brad.

Hudson solta um suspiro exasperado, e Olson interrompe: "Aconteceu algo estranho ou fora do comum durante seu atendimento com ela?".

"Não", respondo, só querendo que isso acabe logo... seja lá o que for *isso*.

“Você e Carissa discutiram?”

Respondo não de novo.

“Vocês já discutiram?”

“Não”, reitero com firmeza.

“Você e Carissa já foram íntimos?”, pergunta Hudson.

“O quê? Não, absolutamente não”, digo, incrédulo.

O xerife Hudson torce os lábios. “Como estava o salão quando você saiu?”

“Igual a quando cheguei.”

Brad pigarreia.

“Meu cliente é um advogado de alto renome e está aqui por vontade própria, então, com todo o respeito, xerife Hudson e comandante-adjunta Olson, vocês podem ir direto ao ponto?”

“Já estamos chegando lá, sr. Watson”, diz Hudson a Brad e, então, ele olha para mim. “Sr. Miller, recebemos uma ligação de alguém nos informando que houve um arrombamento no salão Cortes por Carissa ontem de manhã e, quando chegamos lá, descobrimos que o lugar havia sido destruído. Nada foi levado, mas havia sangue por todos os lados. A bolsa, o celular e o carro da srta. Brooks foram deixados para trás. De acordo com a agenda de clientes do salão, você foi o último atendimento de Carissa na noite de domingo e, é provável, a última pessoa a vê-la.”

Arregalo os olhos. Não é possível. Estava tudo bem quando saí... Quer dizer, tirando o fato de que Carissa parecia um pouco apreensiva. Ela sabia que algo estava por vir? Estava esperando alguém? Hudson se inclina para a frente na cadeira, apoiando os cotovelos na mesa.

“Considerando sua conexão com o sumiço de Stacy Howard, isso me parece um pouco estranho, não acha? Duas mulheres desaparecidas na mesma semana, e Bob Miller foi o último a ter contato com ambas.”

“Isso é especulativo, na melhor das hipóteses. Não há como provar que meu cliente foi a última pessoa a ver qualquer uma dessas mulheres antes de elas desaparecerem”, argumenta Brad. Ele está empertigado, sentado na ponta da cadeira e gesticulando para desdenhar da implicação.

“Sempre há um meio de se provar qualquer coisa, sr. Watson”, diz Hudson com frieza.

“Meu cliente já declarou que não teve nenhuma comunicação com a srta. Howard em semanas. Se vocês puderem provar o contrário, eu gostaria de ouvir. Quanto ao fato de a srta. Brooks ter marcado um horário em seu salão, não é prova de nada senão de que meu cliente foi ao cabeleireiro, e disse que fez uso dos serviços lá, inclusive é possível notar que ele cortou o cabelo há pouco tempo." Brad aponta para mim.

O xerife se inclina para trás, coloca as mãos atrás da cabeça e olha para Olson.

"Encontramos o carro de Stacy abandonado", diz ela, encarando meus olhos. "E, dentro do carro dela, encontramos seu cartão de visita e o celular dela. Havia mensagens de texto trocadas para um contato chamado *Bob Miller*. Você sabe alguma coisa a respeito disso?"

"Qual número está vinculado a esse contato no celular dela? Ele está registrado em nome do meu cliente?" Brad empina o queixo.

Hudson desinfla um pouco o peito e abaixa as mãos. "Ainda estamos investigando isso."

"Estamos, sim", diz Brad. "Vocês não têm nada."

A sala fica em silêncio enquanto o xerife e sua colega compartilham o que parece ser um olhar presunçoso. *Porra*. Já sei o que está por vir. Meu estômago embrulha e minha garganta seca, tornando quase impossível engolir.

"Mas Stacy enviou uma mensagem para um número de telefone registrado em nome de seu cliente, algumas semanas atrás. Não é mesmo, Bob?" Hudson inclina a cabeça.

Antes que eu possa me explicar, Olson já está pegando um pedaço de papel e deslizando-o sobre a mesa. *Merda!*

"Eis aqui uma conversa que pegamos do celular de Stacy. É de três semanas antes de seu sumiço, e é entre ela e o número de telefone *registrado* do seu cliente", diz Olson. "Você se lembra dessa interação, Bob?"

Brad força uma baforada de ar pelo nariz, nitidamente frustrado por eu não ter mencionado isso a ele.

STACY HOWARD

Ei, Bob, tenho uma proposta para você.

BOB MILLER

Quem é?

STACY HOWARD

Stacy, sua transa de uma noite favorita ;-)

BOB MILLER

Como você conseguiu meu número?

STACY HOWARD

Eu sabia que teríamos negócios para resolver no futuro, então, peguei um dos seus cartões de visita quando saí.

BOB MILLER

Sim, junto com meu Rolex e todo o dinheiro da minha carteira. Você tem sorte por eu não ter feito um boletim de ocorrência.

STACY HOWARD

Eu imaginei que você não abriria um B.O. porque você não ia querer que sua esposa soubesse da gente, né?

BOB MILLER

O que você quer de mim?

STACY HOWARD

O que todo mundo quer. Dinheiro.

BOB MILLER

Quanto?

STACY HOWARD

Me diga você. Quanto vale seu casamento?

BOB MILLER

Não brinque comigo, porra. Você é uma ladra e uma prostituta. Você não significa nada e, se eu não estivesse bêbado, aquilo nunca teria acontecido. Você sabe disso tão bem quanto eu.

STACY HOWARD

A única coisa que sei é que você traiu sua esposa, Bob. Agora, quanto meu silêncio vale para você?

BOB MILLER

Foi um erro. Você se aproveitou de mim.

STACY HOWARD

Kkkkk... Eu acho que, nessa brincadeira, eu tirei o palitinho menor. Literalmente. ^^

BOB MILLER

Vai se foder, sua puta!

STACY HOWARD

Você já me fodeu.

"Você deve ter ficado furioso, Bob", diz Hudson, arqueando uma sobrancelha. "Ora, Stacy estava tentando extorquir você, até mesmo zombando da sua masculinidade. Isso deve ter feito seu sangue ferver."

"Não diga nada", instrui Brad, franzindo os lábios.

Hudson está tentando me encurralar, mas eu não fiz nada de errado... Bem, pelo menos, nada que ele saiba. Sei que não mandei mais mensagem nenhuma para Stacy depois disso, embora ela tenha continuado a insistir. Parei de responder a ela por um tempo porque eu estava em audiência e, quando resolvi responder, Sarah já tinha descoberto tudo.

"Essa prova é contundente", observa Olson, apontando para o pedaço de papel.

"É circunstancial, na melhor das hipóteses", diz Brad. "Cadê o restante da conversa? Ou vocês só têm isso aí? A única coisa que isso prova é que Stacy tentou fazer extorsão."

"Também foi encontrado sangue no volante do veículo de Stacy. A perícia está examinando o DNA de ambas as cenas enquanto conversamos aqui. Tem algo que você queira desabafar antes de os resultados saírem, Bob?", questiona Hudson.

"Não", só digo isso, porque sei que é importante sempre dizer o mínimo possível ao lidar com a polícia. Quanto mais palavras você diz, mais eles podem distorcê-las, criando uma história totalmente nova, sobretudo no tribunal.

O xerife cerra os olhos enquanto me observa. "Esse corte no seu pescoço parece bem recente. Como aconteceu?", ele pergunta, apontando para minha garganta.

Num reflexo, estendo a mão e sinto a casquinha comprida e fininha no meu pescoço. *Merda*. Eu tinha me esquecido disso. Eu deveria ter mencionado esse incidente logo de cara. Eles vão encontrar meu sangue no salão.

"Carissa cortou minha pele quando estava me barbeando."

Brad me lança um olhar tenso. É fácil notar que está consternado por eu só estar trazendo isso à tona agora.

"Deve ter sido doloroso. Isso te deixou bravo, Bob?", pergunta Olson.

"Não, foi só um acidente."

"Eu ficaria muito bravo se alguém me cortasse", diz Hudson.

Eles não disfarçam que estão tentando me guiar por um caminho especulativo em que eu sou um lunático enfurecido que explodiu num ímpeto de raiva, mas não vou cair nessa. Só preciso manter a calma e dar a eles o oposto completo do que pensam que sou.

"Eu não fiquei. Carissa em geral é muito boa. Ela só estava meio avoada no domingo à noite."

Olson me lança um olhar penetrante. "Como assim avoada?"

"Estava diferente do habitual. Parecia quase paranoica, como se estivesse observando algo ou alguém. E, quando cheguei, a porta estava trancada, o que não é comum. E ela a trancou de novo assim que eu entrei. Acho que foi por isso que ela acabou me cortando por acidente. Ela estava distraída, preocupada até."

Percebo que Olson está começando a acreditar na minha história, mas Hudson ainda está decidido a não crer em uma única palavra que sai da minha boca.

"Será que *você* a deixou preocupada, Bob?", incita ele.

"Não. Ela já estava ansiosa antes de eu chegar."

"Mas ninguém pode atestar isso, exceto você..." Hudson aperta os olhos.

"Meu cliente já lhe contou tudo o que sabe", interrompe Brad.

"Você tem algum celular descartável, Bob?" O xerife Hudson se levanta da cadeira.

"Um o quê?"

"Um temporário. Um celular descartável. Chame como quiser. Aqueles telefones pré-pagos que você compra nessas lojinhas de conveniência. Você tem algum assim?" Ele se desloca para a lateral da mesa, apoiando um quadril na quina ao mesmo tempo em que se posiciona bem na minha frente.

"Não. Eu só tenho um celular comum com um plano pós-pago, pela Verizon. Tenho certeza de que vocês têm como verificar isso", replico, arrastando minha cadeira para trás, a fim de criar distância entre mim e o xerife.

"Sim, claro que podemos verificar. Mas não temos como verificar um número descartável. Essa é a razão exata pela qual eles atraem tantos criminosos. Você é advogado, Bob. Tenho certeza de que sabe tudo sobre telefones descartáveis, não é?"

É uma pergunta capciosa, então, não respondo. Algo lampeja nos olhos de Hudson.

"Já acabamos aqui", intervém Brad. Ele guarda seu bloco de notas de volta na pasta e se levanta.

"Ainda não terminamos, sr. Watson." Olson se levanta.

"Ah, acho que terminamos, sim, e vou simplificar. Vocês estão acusando meu cliente de alguma coisa?"

"Ainda não, mas ele admitiu que seu DNA está na cena do crime", diz Hudson.

"Vocês se referem ao cabelo no piso depois de um corte feito no salão?" Brad solta uma única risada bem pontuada.

Hudson aponta um dedo na direção do meu pescoço. "Não vamos nos esquecer do sangue também."

Brad balança a cabeça e se dirige a mim. "Vamos, Bob", diz ele, caminhando em direção à porta.

O sangue é um problema. Brad sabe disso, e eu também. É por isso que ele ignorou o comentário de Hudson.

Eu me levanto da cadeira, fazendo contato visual com Hudson e Olson. É óbvio que eles acham que sou o principal suspeito do desaparecimento não de uma, mas de duas mulheres.

"Já contei tudo o que sei. Compreendo que as circunstâncias pareçam... suspeitas, mas é só isso, uma questão de ponto de vista... e é bem isso o que Sarah quer." Eu não pretendia dizer esta última parte em voz alta, mas acabei dizendo, só que mais baixinho.

Brad vira a cabeça na minha direção.

Hudson e Olson trocam um olhar de pura confusão.

"Como assim?", pergunta ela.

"É... O que você quer dizer com 'é bem isso o que Sarah quer'? Por que sua esposa iria querer algo assim?" Hudson inclina a cabeça.

Antes que eu possa dizer qualquer outra coisa ou dar uma pista sobre o que de fato está acontecendo, Brad me interrompe — e talvez seja melhor assim.

"Já chega!", grita, me conduzindo em direção à saída. "Meu cliente está sob muita pressão e estresse agora, tanto no plano pessoal quanto no profissional. Se tiverem mais perguntas, podem entrar em contato com o meu escritório." Ele me guia até a porta, a abre e me empurra para sairmos.

Continuo andando pelo corredor, pelo saguão, até a portaria principal. O ar fresco é agradável, como se um pedaço de vida estivesse sendo bombeado de volta ao meu corpo. Fecho os olhos e volto o rosto para o céu azul, inspirando pelo nariz e expirando com parcimônia pela boca, deixando a tensão nos meus ombros se dissipar. De repente, sinto uma mão contra os meus ombros, me empurrando.

"O que diabos foi aquilo?" Eu me viro para Brad, seu rosto está vermelho e seus olhos, agitados, procurando respostas.

"Eu já tentei te dizer isso. Sarah está armando para mim."

Ele bufa.

"Mesmo que isso seja verdade, não é algo a ser dito para a polícia, sobretudo porque você não tem nenhuma prova. Você está no meio de um divórcio e fica lá tagarelando que sua esposa armou para parecer que você é um sequestrador de mulheres? Meu Deus, Bob, isso é loucura, e você sabe disso." Brad faz uma pausa e esfrega a testa, soltando um suspiro de frustração. "Eu vim aqui hoje com a missão de fazer com que você não precisasse responder nada, e aí você resolve apresentar teorias ridículas para a polícia, a mesma que já está rotulando *você* como um bandido."

"Estou te dizendo... Isso é tudo coisa dela. Só pode ser." Eu me afasto dele, desviando o olhar para nada em particular. Sei que isso é coisa de Sarah, mas como ela está fazendo isso? Como posso provar? Como as peças se encaixam? Consigo imaginar que ela tenha dado uma grana a Stacy para que ela saísse da cidade. Mas a invasão da barbearia não faz sentido algum.

"O que você acha que ela está fazendo, Bob? Ajude-me a entender."

"Nem eu sei direito."

Brad dá um passo à frente e coloca a mão no meu ombro. "Desculpe, cara, mas acho que você está paranoico."

Eu me desvencilho da mão dele. "Eu não estou paranoico. Você só precisa confiar em mim."

"Tudo bem. Eu confio em você, ok? Mas minha confiança em você não facilita sua situação. Se você acha de verdade que Sarah está por trás de *tudo* isso, então, precisa de algo concreto, algo definitivo. Porque, agora, você só está parecendo um babaca perturbado e paranoico, incapaz de lidar com as consequências das próprias ações."

"Não é nada disso."

"Eu não disse que era, mas essa é a visão geral, agora. E aquelas mensagens trocadas com Stacy? Por que você não me contou?"

"Eu nem me lembrava daquilo", digo, dando um suspiro pesado.

"Jesus, Bob. Meu melhor conselho jurídico para você, agora, é baixar a bola, deixar sua esposa em paz e ficar longe dessa investigação."

"Não, eu vou provar que Sarah está por trás disso. Estou de olho nela, e ela vai acabar escorregando", retruco, apertando os lábios.

"Espere aí." Brad levanta a mão. "Como assim você está de olho em Sarah?"

"É isso mesmo o que você está pensando. Botei um rastreador no carro dela. Então, sigo Sarah o tempo todo, e se ela fizer algo fora do comum..."

"Bob!", ele me interrompe, rangendo os dentes. "O que diabos você pensa que está fazendo? Se ela descobrir, você vai ficar ainda mais ferrado do que já está!"

"Como isso pode ficar pior do que já está?"

Brad gesticula como se estivesse lendo o letreiro de um teatro. "*Depois de a esposa do marido infiel pedir o divórcio, ela encontra um rastreador em seu carro, colocado lá pelo já referido marido infiel.* O que você acha? Você acha que, desse jeito, vai ter alguma chance de ficar com a guarda de Summer?"

"Eu só preciso descobrir uma coisa, só isso, e então acabou, para sempre."

Brad franze o rosto, olhando para mim. "Não sei o que você está aprontando, então, ao menos, seja rápido e discreto. Como seu amigo, entendo esse seu descontrole, mas, como seu advogado..." Brad se aproxima e dá um tapinha na lateral do meu braço "... você precisa se recompor, ou o divórcio será a menor das suas preocupações."

Faço que sim com a cabeça. Sei que ele está certo; sei que devo estar parecendo o marido louco, desesperado e decadente, mas ele não sabe o que eu sei. Ele não sabe até onde Sarah é capaz de ir para conseguir o que deseja. Só preciso vencê-la no jogo que ela mesma criou, e o único jeito de fazer isso é me adiantando, fazendo o que ela acha que eu seria incapaz de fazer. Porque se tem alguém capaz de superar Sarah, esse alguém sou eu.

Brad se vira para voltar ao seu carro. "Ei, você se lembra daquele lance que me contou?" Ele para e estala os dedos. "Que tinha algo que garantiria a guarda total de Summer. O que é?"

"É uma prova irrefutável, que vai criar um rastro direto para Sarah. Mas..." Eu paro, decidindo se devo ou não envolver Brad nisso.

"Mas o quê, exatamente?"

"Tem muito mais implicações do que apenas o ganho da guarda de Summer."

"Ok, mas quero saber o que é!"

Solto um suspiro pesado, olhando para o chão por um instante antes de encontrar o olhar de Brad.

"É melhor eu te mostrar."

35

XERIFE HUDSON

Olson termina de pregar as fotos das duas mulheres desaparecidas no quadro de cortiça na sala de reuniões. Stacy Howard e Carissa Brooks olham para mim, sorrindo, ambas com pelo menos mais de cinquenta anos de vida pela frente... assim espero. As fotos delas agora estão penduradas em um lugar em que ninguém gostaria de ver a própria imagem. Os indícios que temos de seus desaparecimentos até agora são mínimos — um salão de beleza destruído; dois carros abandonados, um deles vazio, o outro contendo um telefone celular; o cartão de visitas de Bob Miller; e muito sangue, cuja análise ainda estamos aguardando vir da perícia. É uma pena que não houvesse ninguém seguindo Bob na noite em que Carissa desapareceu. Isso teria ajudado muito, mas estamos com pouco pessoal e temos muitos incêndios a apagar.

Meus agentes de plantão entram devagar na sala, e eu espero todos se sentarem e se acomodarem.

"Muito bem, pessoal, terça-feira atribulada; temos muito trabalho de base para fazer e estamos ficando sem tempo, então, vamos começar logo."

Vou até o quadro de cortiça e aponto para as fotos de Stacy e Carissa; suas imagens estão suspensas, assim como seu bem-estar.

"Stacy Howard e Carissa Brooks. Estes dois nomes já devem ser muito familiares para vocês. Casos de pessoas desaparecidas são dos mais urgentes, e não preciso dizer que cada segundo conta. O que temos até agora? Sendo sincero, muito pouco. Não houve atualizações sobre o caso

Stacy Howard desde o último resumo, e ainda estamos esperando os resultados forenses da cena do crime no salão." Pigarreio. "Assim como no caso de Stacy, o Departamento de Investigação Criminal realizou a publicação de um alerta de desaparecimento para Carissa Brooks, bem como um comunicado à imprensa e postagens nas redes sociais. Esperamos conseguir alguma pista sólida junto ao público."

Pego uma fotografia da mesa à minha frente e a prendo no quadro de cortiça, ao lado das fotos das duas mulheres.

"Bob Miller", digo, apontando para a foto profissional que pegamos no site da Williamson, Miller & Associados, "parece estar envolvido em ambos os casos. De acordo com nossas descobertas, ele foi o último a ter contato com ambas as mulheres antes de elas sumirem."

"Por que ele não foi detido?", pergunta o sargento Lantz. Como de costume, ele está encostado na parede dos fundos, com os braços cruzados.

"Ainda não temos o suficiente para acusá-lo. Neste momento, tudo é circunstancial. Olson e eu o trouxemos para interrogatório nesta manhã, mas seu advogado bloqueou nossas tentativas, e o sr. Miller não apresentou nada de substancial. Ele admitiu que íamos *encontrar* seu sangue no salão, mas sua justificativa para o sangramento foi um tanto plausível. No entanto, ainda temos de esperar pelos resultados da perícia, em todo caso."

Um policial levanta a mão antes de falar.

"O que sabemos sobre Carissa Brooks? Além de ser cabeleireira de Bob, de que outra forma ela está ligada a ele?"

"Esta pergunta nos leva a uma transição perfeita." Eu me afasto e estendo um braço. "Olson, você pode nos contar algo sobre a verificação de antecedentes de Carissa Brooks?"

"Claro, xerife." Ela se adianta e abre a pasta que estava segurando. "A srta. Brooks tinha uma medida protetiva contra seu ex-namorado, George Carrigan. Essa ordem expirou há quase dois anos, mas foi concedida uma extensão. No entanto, chegou tarde demais, porque, nesse meio tempo, George atacou Carissa, e ela foi parar no hospital. Ele foi preso por agressão, mas cumpriu apenas um terço da pena. Há três semanas, ele recebeu liberdade provisória em virtude de seu bom comportamento."

"Quando a extensão da medida protetiva deve expirar?", pergunto.

Olson vira uma página. “Mês que vem”, ela responde.

“Sabemos se Carissa entrou com uma moção solicitando a extensão da ordem?” Eu franzo a testa.

Ela balança a cabeça. “Não consegui encontrar nenhum dado disso no tribunal.”

“O ex-namorado de Carissa teve algum contato recente com ela?”, pergunta Lantz.

Olson e eu trocamos um olhar, mas nenhum de nós tem resposta.

“Acho que esse cara é o suspeito número um”, acrescenta Lantz.

A porta da sala de reuniões é aberta, e Nagel entra com um olhar satisfeito, como se tivesse algo bom para compartilhar.

“Você está certo, sargento Lantz. Dado seu histórico com a srta. Brooks, George Carrigan é um alvo na investigação, então, precisamos trazê-lo para interrogatório.”

“Já me adiantei, chefe.” Nagel dá um passo à frente. “Vários funcionários e amigos de Carissa mencionaram o ex-namorado dela, então, entrei em contato com a agente de condicional dele e informei a situação. Neste exato instante, George está sentado na nossa sala de interrogatório número um.”

“Excelente trabalho. Antes de encerrarmos, alguma atualização sobre o caso Stevens?”, pergunto.

“Não, senhor, infelizmente, não”, diz ele. “Ainda estamos conduzindo entrevistas com as pessoas que ameaçaram Ryan de morte em *posts* na internet, e estamos no processo de revisar câmeras de trânsito no entorno do hospital. No entanto, com o assassinato de Stevens, o desaparecimento de Howard, a reabertura do caso Summers e, agora, a investigação de Carissa Brooks, estamos no limite de tempo e orçamento.”

Todos assentem coletivamente, e eu observo o rosto dos meus policiais. A maioria deles ostenta olheiras e bolsas ao redor dos olhos. Todos estão munidos de xícaras de café ou bebidas energéticas.

“Eu sei que vocês estão todos exaustos. Acreditem, eu também estou, mas há vidas humanas que dependem de nós. Então, tentem avançar, só mais um pouco. O Departamento de Investigação Criminal está auxiliando nas investigações dos casos de Stevens, Howard e Brooks, mas a liderança pertence a nós. Vou ver se consigo mais apoio. Agradeço o empenho de todos. Continuem assim. Vamos resolver esses casos e trazer Howard e Brooks para casa."

A sala inteira irrompe, e boa parte da energia que perdemos em consequência da exaustão e da falta de progresso está de volta, pelo menos por enquanto. Cadeiras se arrastam no chão enquanto minha equipe se levanta. Há aplausos e cânticos de *Vamos lá* e *Vamos conseguir*, acompanhados de uma saraivada de "toca aqui" e tapinhas nas costas. Era disso que estávamos precisando agora.

Eu me viro para Olson. Ela sorri, satisfeita com meu pequeno discurso motivacional.

"Quer vir comigo e bater um papo com George?"

"Acho que eu gostaria de fazer algo mais do que apenas bater um papo com ele", ela provoca, cerrando os olhos.

Sinto o mesmo. Homens que agridem mulheres são a escória da Terra, e vou precisar reunir toda a minha força de vontade para não fazer com ele o mesmo que ele fez com Carissa.

Através do espelho de observação, vemos George Carrigan sentado à mesa na sala de interrogatório número um, usando camiseta branca, jeans rasgado e um par de coturnos militares. Tem uma jaqueta de couro preta pendurada nas costas da cadeira, e seu cabelo loiro está preso em um rabo de cavalo apertado.

"Alguém aqui se acha o motociclista barra pesada", digo a Olson.

"Nah. Olha o rabo de cavalo dele, não caberia sob o capacete." Ela sorri.

Entramos na sala, e deixo Olson sentar-se diante dele enquanto fico no canto. Ele foi fichado por ser agressor de mulheres, então, quero ver como vai lidar ao ser interrogado por uma.

"Bom dia, George. Agradeço por vir falar conosco", diz Olson.

"Parte dos meus requisitos de liberdade condicional é cooperar com vocês sempre que me chamarem, então, não tive lá muita escolha." Ele olha para ela.

"Bem, agradecemos do mesmo jeito." Ela está mantendo o tom leve... por enquanto. "Quando foi a última vez que você teve contato com Carissa Brooks?"

George se recosta na cadeira, apertando o olho esquerdo e franzindo o lábio.

"Não tenho permissão para falar com ela nem para ficar perto dela, senão, vão me jogar de volta na cadeia."

"Sim, estamos cientes das restrições impostas pela medida protetiva contra você. Pode nos falar mais a respeito?"

"Não."

Olson se vira para trás e me dá uma olhada rápida. Todo interrogatório tem aquele momento em que você percebe se o seu interrogado vai ser cooperativo ou não, e acabamos de receber nossa resposta.

"Você viu Carissa ou falou com ela recentemente?", pergunta Olson.

"Acabei de dizer que não tenho permissão pra isso."

"Certo, mas *não ter permissão* e *não fazer* são duas coisas diferentes, não é?"

George projeta o queixo para a frente, e os primeiros sinais de uma carranca se formam.

"Você está me acusando de alguma coisa?"

"Por quê? Você fez algo digno de acusação?" Ela inclina a cabeça para o lado.

George aponta um dedo para ela. "Não comece com esses joguinhos idiotas de policial. Eu não fiz nada, está bem?" Ele mantém o dedo firme no ar, como se, quanto mais apontasse, maior fosse a chance de encerrar logo este interrogatório.

"Então, se limite a responder à pergunta", incentiva ela. "Quando foi a última vez que você teve contato com Carissa?"

"Faz algumas semanas. Mas foi ela quem me mandou mensagem, ok? Eu não quebrei as regras." A voz de George falha, ele está em pânico. Sua pose de machão vai descorando como o couro de sua jaqueta.

"Por que ela mandou mensagem para você?", pergunto, com meus braços cruzados e as costas apoiadas na parede.

Ele se vira na minha direção, surpreso, como se tivesse se esquecido da minha presença. "Ela perguntou se eu tinha mesmo sido solto."

"E por que ela perguntaria uma coisa dessas? Ainda mais depois que você a agrediu a ponto de ela ir parar no hospital, e depois de ela fazer tanto esforço para conseguir uma medida protetiva contra você, não apenas uma, mas duas vezes?", provoco.

"Sei lá." Ele dá de ombros. "Talvez ela ainda se importe comigo."

"Certo. E o que mais foi dito?", insiste Olson.

"Nada de mais. Eu respondi à pergunta dela. Eu disse pra ela que fui solto antes do tempo, aí pedi desculpas e falei que virei outro cara depois da prisão. Falei pra ela que amava ela e que sempre irei amar." George baixa os olhos.

"Um pouco intenso, não acha?", diz Olson.

Ele não reage.

"E Carissa respondeu à sua mensagem?", ela insiste.

"Não, não respondeu."

"Você deve ter ficado muito bravo por ter sido rejeitado de novo, né? Sobretudo depois de abrir seu coração e encarar todas aquelas mudanças enquanto passava meses atrás das grades. Você deve ter ficado furioso."

O dedo de George está de volta ao ar, apontando para Olson. "Eu sei o que você está tentando fazer, porra. Cala a boca ou..."

Eu dou um passo à frente, por instinto.

"Ou o quê? Você vai me bater?" Olson inclina a cabeça.

"Não! Eu não vou... Arghhh... Olha só, é isso que vocês da polícia fazem. Vocês fazem as pessoas..."

"Perderem a paciência? Mostrarem quem são de verdade?", diz ela.

"Eu não vou perder a paciência!" George bate o punho na mesa. O som do metal reverbera na sala.

O barulho vai diminuindo até se amalgamar ao silêncio, que só não é total por causa da respiração ofegante de George. Seus olhos disparam entre mim e Olson, o olhar em seu rosto vai migrando de raiva para choque e constrangimento.

"Desculpem", diz ele, baixando a cabeça e esfregando o punho.

Olson se inclina para a frente, pousando as duas mãos na mesa.

"Onde você estava na noite de domingo, entre nove da noite e duas da manhã?", ela pergunta.

"Em casa."

"Tem alguém que pode confirmar isso?", pergunto.

"Sim, eu." George levanta a cabeça, encontrando meu olhar.

"Mais alguém?"

"Não. É obrigatório ter outra pessoa em casa enquanto estou descansando?", desafia ele.

"Descansando? Não", respondo. "Mas para atestar um paradeiro? Sim, ajudaria."

"Não sei o que dizer pra vocês. Eu estava em casa com uma pizza congelada e um fardinho de seis cervejas."

Olson pega seu bloco de notas e faz algumas anotações. "Você não saiu de casa entre nove da noite e duas da manhã no domingo à noite?", ela pergunta.

Ele balança a cabeça. "O que tá rolando, afinal?" A voz de George demonstra irritação de novo, sua paciência está se esgotando. "Não vou responder mais perguntas até vocês me falarem por que diabos estou aqui."

Olson olha para mim, erguendo as sobrancelhas em sinal de indagação: *Deveríamos?* Assinto, dando sinal verde a ela.

"Recebemos uma ligação, ontem de manhã, relatando uma invasão no salão de Carissa. Mas, quando chegamos lá, parecia mais do que apenas um roubo-padrão."

Uma onda de rubor percorre o pescoço e o rosto dele.

"Como assim? Ela tá bem?"

"Não sabemos, porque ela está desaparecida."

Seu olhar se intensifica, alternando entre mim e Olson.

"Por que vocês estão aqui falando comigo, então? Vocês deviam estar procurando ela!"

"Você mesmo disse, sr. Carrigan, que jamais deixaria de amá-la. Como ela não correspondeu, você resolveu o problema com as próprias mãos? Assegurou que, se não pudesse tê-la, ninguém mais teria?" Caminho devagarinho em direção à mesa.

Ele tomba a cabeça para trás.

"Vocês acham que *eu* fiz alguma coisa com Carissa?"

"Não sei. Você fez?"

George semicerra os olhos e se levanta de supetão.

"Vou ficar detido?"

"Não. Estamos só conversando", confirmo.

"Estou sendo acusado de alguma coisa?"

"Ainda não", responde Olson.

"Então, ou me dão um advogado, ou vou embora."

Olson e eu trocamos um olhar frustrado. Ele sabe das coisas, porque já passou por isso várias vezes.

"Você está livre para ir, sr. Carrigan. Nós entraremos em contato, se for preciso", eu digo, me afastando.

George sai pisando duro em direção à porta e agarra a maçaneta, puxando-a para baixo, mas sem sucesso. Ele luta por alguns segundos antes de eu intervir.

"Só abre com o cartão de acesso", explico, retirando o meu cartão do cinto enquanto atravesso a saleta. "É uma medida de segurança." Passo o cartão, e a tranca estala.

George exibe um olhar aborrecido e, ao mesmo tempo, amedrontado. Ele empurra a porta e sai disparado, sem dizer mais nada.

Eu me viro para Olson enquanto ela se levanta.

"Então, o que você acha?", pergunto.

"Acho que ele é um babaca, mas, fora isso, não sei."

Suspiro e balanço a cabeça. "Pelo menos, nossa opinião está sincronizada."

36

SARAH MORGAN

É verdade o que dizem. Você é capaz de se acostumar com qualquer coisa — tipo repórteres se aglomerando e berrando perguntas ou comentários quase toda vez que chega ao escritório. Por sorte, eles só ficam por ali de manhã e vão embora logo depois que entro no prédio. Mas eles permanecerão por aqui enquanto houver material para reportagem, e eu sei que essa história ainda não acabou. Saio do meu carro e mantenho a cabeça erguida porque não tenho nada do que me envergonhar. Meus saltos estalam no pavimento enquanto câmeras piscam sem parar e os microfones nas mãos dos repórteres superzelosos são enfiados na minha cara.

Sra. Morgan, tem alguma opinião sobre a morte de Ryan Stevens? Está feliz por ele ter morrido? Desejou que ele morresse depois do que ele fez com você e seu marido? Você teve algum envolvimento na morte dele? Acha que Ryan matou Kelly Summers? O que seu atual marido pensa a respeito de tudo isso?

O gabinete do xerife divulgou uma declaração sobre o assassinato de Ryan ontem à noite — acompanhada de uma foto granulada de um homem usando uniforme hospitalar e touca e máscara cirúrgicas —, além de um apelo ao público para apresentar quaisquer informações que os ajudem a identificar o suspeito. Não respondo nem dou atenção a nenhuma das perguntas, mesmo as mais histéricas. Qualquer advogado que se preze sabe que, às vezes, a melhor coisa a fazer é se calar; e a segunda melhor é mentir.

"Droga", resmunga Roger quando chego ao saguão. A imprensa sabe que não tem autorização para entrar, mas isso não impede os jornalistas de ficarem batendo no vidro. Roger se levanta e contorna o balcão da recepção. Sua mão paira a cerca de trinta centímetros da arma aninhada em seu coldre. Isso deveria me trazer segurança, mas, na verdade, a arma só me deixa mais arredia.

"Saiam. Saiam", grita Roger, gesticulando para eles. Ele se vira para mim. "Você está bem, Sarah?"

Balanço a cabeça. "Sim, estou bem. São só uns mosquitinhos", digo, sacudindo meu pulso. "Só um leve incômodo, nada demais."

Roger resmunga. "Mosquitos matam mais pessoas por ano do que qualquer outro animal, incluindo humanos." Seus olhos se voltam para os repórteres escandalosos e, depois, retornam para mim. "Então eu diria que foi uma definição muito precisa." Ele sorri.

"Não estou preocupada com eles." Sorrio com firmeza enquanto continuo pelo saguão e chamo o elevador. "Tenha um bom dia, Roger", digo, entrando.

"Você também, Sarah."

Natalie se levanta da recepção assim que abro a porta da Fundação Morgan.

"Bom dia, Sarah."

"Bom dia, Natalie."

"Aqui está seu café", diz ela, estendendo um copo descartável de uma cafeteria local.

Pego e agradeço.

Anne aparece na esquina. "Aí está você", diz ela, dando um suspiro de alívio.

Ela está usando saia lápis e um *blazer* combinando, e carrega uma pasta debaixo do braço.

"Sim, aqui estou eu." Gesticulo com meu copo de café na mão antes de levá-lo aos lábios e tomar um gole rápido.

Anne me acompanha, e nós andamos pelo escritório. Sigo sorrindo e cumprimentando meus funcionários quando passo por eles.

"Eu soube que a polícia esteve aqui ontem", sussurra Anne.

"Então está bem informado", digo, destrancando a porta do meu escritório e acendendo as luzes. "O xerife Hudson e a comandante-adjunta tinham alguns questionamentos sobre o caso Kelly Summers", acrescento enquanto largo minha bolsa ao lado da minha mesa e me sento.

“Onde você esteve ontem?”, pergunto, olhando para Anne, percebendo que não a vi. Eu apenas presumi que ela estivesse aqui; afinal de contas, ela sempre está aqui.

“Tirei um dia de folga porque fiquei doente”, diz Anne, sentando-se. “Eu não estava me sentindo bem.”

“Mas já melhorou?”

Ela assente. “Sim, foi só uma enxaqueca. Você viu as notícias sobre Ryan Stevens?”

“Em resumo”, digo, tirando coisas da minha bolsa. “Mas Hudson já tinha me falado ontem, antes de a notícia sair.”

“Não acredito que ele morreu.” Anne mordisca a unha do polegar, olhando para o canto como se estivesse muito concentrada. “Quem iria querer matar Stevens?”

“Muita gente nesta cidade queria Stevens morto.” Boto uma pilha de pastas na minha mesa.

Ela franze as sobrancelhas. “Então, ele passou aqui para falar com você sobre o caso Summers, mas depois mencionou o assassinato de Stevens. Ele acha que eles estão relacionados?”

Anne está fazendo muitas perguntas, e não sei se gosto disso.

“Ele não disse. Qual é o status do nosso recurso?”, pergunto, mudando de assunto.

“Ah, desculpe. Foi por isso que corri para vir falar com você. Acabamos de receber a notícia: o tribunal deferiu o recurso.”

Forço um sorriso. É uma boa notícia... Quero dizer, se eu quisesse que o caso fosse reaberto, coisa que não quero. Mas eu sabia que era inevitável.

“Ótimo”, digo. “Eles vão reverter e solicitar um novo julgamento ou vão rejeitar a ideia completamente?”

“Ainda está sendo decidido. Acho que eles concederam o recurso rápido por causa da imprensa e da pressão do público. Além disso, nossa fundação mexeu uns pauzinhos. O que você acha que eles vão resolver?”

“Acho que vão reverter e requerer novo julgamento. Rejeições são raríssimas.”

Ela assente e me encara em silêncio por uns segundos.

“Como estão as coisas no divórcio? Bob ainda está te dando trabalho?”

"Sempre. Além disso, ele não é nem um pouco confiável. Eu o deixei levar Summer para Washington, para passar uma noite com ele, no último fim de semana, e ele a largou sozinha por horas."

"O quê!?!" Anne eleva a voz. "Por quê? O que diabos ele estava fazendo?"

"Sei lá. Quando perguntei, ele disse, abre aspas: 'Isso não é da sua conta!'."

"Isso é ridículo. Ela é sua filha. *Claro* que é da sua conta."

"Foi o que eu falei para ele, mas Bob é muito cabeça-dura para entender isso."

Anne balança a cabeça, consternada. "Pena que quem matou Stevens não conseguiu matar Bob também." Ela ri.

"O divórcio está sendo mais sofrido para ele do que a morte." Dou um sorrisinho.

Anne para de rir, ela está séria de novo. "E como Summer está lidando com tudo isso?"

"Nada bem. Ontem à noite, enfim, contamos que vamos nos separar, e ela não aceitou bem. Agora, está se recusando a falar comigo." Suspiro.

"Ela vai mudar de ideia. Meus pais se divorciaram quando eu tinha 13 anos, e no início eu fiquei odiando os dois, até que percebi como era melhor viver em uma casa sem brigas e gritaria." Anne aperta os lábios.

"Espero que sim, porque não suporto a ideia de ser odiada pela minha filha. Tudo o que faço é por ela. Ela só não percebe isso."

"Nenhuma criança percebe, mas, um dia, ela vai perceber."

Meu celular vibra contra a mesa, e o identificador *Número desconhecido* aparece na tela.

"É melhor eu atender."

Anne assente, se levanta da cadeira e vai até a porta. Antes de sair, no entanto, ela se vira. "Se precisar de alguma coisa, qualquer coisa, é só me avisar."

Eu sei que ela está senso sincera.

"Pode deixar", digo.

Ela fecha a porta bem no momento em que clico em *Aceitar*.

"Sarah Morgan."

"Sarah, é o xerife Hudson. Posso falar com você um minutinho?"

"Você teve mais do que um minutinho do meu tempo ontem."

"Não liguei para falar sobre Kelly Summers ou Stacy Howard", diz ele.

"Então, do que se trata?"

“Carissa Brooks. Olha, pelo que vi, sua empresa ofereceu consultoria jurídica *pro bono* para ela, está correto?”

“Sim”, confirmo. “Mas existe um sigilo advogado-cliente aqui, xerife.”

“Eu sei, Sarah.”

Ouço o longo suspiro dele, talvez de frustração, talvez de exaustão. Não tenho certeza. Mas reverbera no alto-falante do celular, me obrigando a afastar o telefone do ouvido por um segundo. Ele parece desesperado, e não estou surpresa, considerando as coisas todas com as quais está lidando nos últimos tempos — ou que vem tentado lidar. Dou uma breve arfada, e resolvo lhe fazer um agrado.

“Do que você precisa, xerife?” Meu tom de voz muda de defensivo para cordial, então, ele percebe que estou disposta a me arriscar por ele só desta vez, ignorando o sigilo advogado-cliente.

“Você sabe se Carissa tinha algum familiar fora do estado, a quem pudesse recorrer?”, pergunta ele.

“Que eu me lembre, não. Eu sei que tinha um ex-namorado que a tratava como um saco de pancadas.” Minha mão livre se fecha ao pensar naquele arremedo de homem. E eu sei que isso é até maduro vindo de alguém como eu. No entanto, todos nós temos um código moral. Alguns são apenas mais relaxados que outros.

“E sua fundação ajudou Carissa a conseguir uma medida protetiva contra o ex-namorado, George Carrigan, certo?”

“Isso, em duas ocasiões, na verdade”, digo, girando na minha cadeira.

“E a segunda delas estava programada para expirar no mês que vem, correto?”, pergunta Hudson.

“Acho que sim. Elas valem por dois anos, então, sim. Não tenho certeza da data exata, no entanto... Na verdade, estou surpresa por não ter recebido mais notícias dela. Imagino que ela queira entrar com uma nova moção para estender a proteção outra vez.”

“Quando foi a última vez que você teve notícias dela?”

“Na época em que demos entrada na última medida. Quero dizer, eu a vi pela cidade algumas vezes desde então, cumprimentei-a de longe, disse oi e tal, mas não cheguei a conversar com ela sobre as medidas restritivas... Por quê? Ela está bem?”

Ele solta outro suspiro pesado. “Não sei, porque ela está desaparecida.”

"Desaparecida!? Você falou com o ex-namorado dela? Se algo aconteceu com ela, ele deve estar metido nisso."

"Nós já falamos com ele. Ele não tem um álibi sólido, mas não temos nada ainda que o relacione à invasão."

"Como assim invasão?"

Hudson fica calado e, por um instante, eu penso que a ligação caiu. Tiro o telefone do ouvido, verificando a tela. O cronômetro de duração da ligação está correndo.

"Você ainda está aí, Hudson?"

"Sim", diz ele. "Com certeza, eu não deveria estar te contando isso, porque é uma investigação vigente, mas você foi advogada dela, então, sabe mais sobre o relacionamento entre ela e o ex-namorado do que qualquer outra pessoa."

"O que é?"

"O salão de Carissa foi invadido na noite de domingo. Nada foi roubado. O carro, a bolsa e o celular foram largados lá, e... tinha sangue em todos os cantos."

"Jesus! Você tem que ir atrás daquele ex-namorado imbecil dela."

"Concordo, mas tem outra questão: não sabemos se o sangue que encontramos no salão pertence a ela porque o DNA dela não está em nosso sistema, e não conseguimos encontrar alguém da família para comparar."

"Pelo menos, vocês já sabem que ela está desaparecida."

"Sim, sabemos disso, e se o ex-namorado dela teve algo a ver com isso, vamos descobrir."

"Ótimo. É bom que descubram, mesmo."

"Agradeço a sua cooperação, Sarah."

"Eu poderia dizer que estou às ordens, xerife, mas você sabe que não é o caso."

"Ah, eu sei", ele ri, e eu quase consigo ouvir seu sorriso do outro lado da linha. "Cuide-se."

"Você também."

Antes mesmo de eu botar o celular na mesa, alguém bate à porta do meu escritório.

"Entre", convido.

A porta é aberta lentamente, revelando Alejandro, usando jeans e camisa social.

"Você não apareceu ontem, então, pensei em vir te ver." Ele sorri com mansidão.

"Ah, me desculpe. Fiquei atolada com algumas coisas e, então, apenas me esqueci. Entre", digo, acenando para ele.

Alejandro fecha a porta e dá alguns passos em minha direção, examinando a sala.

"Belo escritório. Combina com você."

"Combina mesmo." Aponto para uma cadeira. "Sente-se."

Ele se acomoda e cruza as pernas, apoiando o tornozelo no joelho.

"Você se esqueceu de passar lá de propósito?"

"De jeito nenhum", retruco, pegando meu talão de cheques em uma gaveta. Pego uma caneta no porta-lápis, clico para baixar a ponta e começo a preencher o valor.

"Achou que eu fosse dar um calote?" Olho para ele.

Alejandro me fita.

"Não, eu só fiquei pensando que você não queria me ver de novo."

"Como eu disse, fiquei atolada e acabei me esquecendo." A caneta desliza pelo papel.

"Eu poderia cobrar juros, sabia?" Ele sorri, malicioso. "Por estar atrasando o pagamento."

"Pois é, poderia", eu digo. "Mas que tal jantarmos, em vez disso?"

Seu sorriso se expande.

"Acho que vou aceitar essa condição. Quando?"

"Amanhã à noite, às sete."

Arranco a folha do talão, estendendo-a para ele. São algumas centenas a mais do que combinamos, não porque incluí juros, mas porque sei que ele precisa mais do que eu — e ele mereceu mesmo... ou, pelo menos, vai merecer. Ele pega o cheque, se levanta, dobra a folha ao meio e o enfia no bolso de trás sem nem conferir o valor.

"E como eu sei que você não vai me deixar esperando de novo?", pergunta ele.

"Você não tem como saber. Mas podemos jantar na minha casa, assim, não terei como te deixar esperando."

"E se você não estiver em casa?"

"Eu estarei", digo. "Prometo."

37

BOB MILLER

Permaneço ao lado de Brad, observando sua reação enquanto ele rola o objeto nas mãos enluvadas. Ele está sentado à sua mesa, com os olhos arregalados enquanto balança a cabeça bem devagar.

"Pode me dizer o que é isto que estou vendo aqui?", Brad pergunta.

"É a faca que foi usada para assassinar Kelly Summers."

Ele olha para mim incrédulo.

"Como você sabe? E por que ela está com você?"

"Porque Sarah me deu, onze anos atrás. Ela me pediu que eu me livrasse dela, para garantir que ninguém nunca a encontrasse."

"Mas você a guardou."

"Isso." Sorrio. "Eu precisava de algum tipo de garantia contra ela, caso ela tentasse fazer a mesma coisa comigo."

"A mesma coisa o quê?", Brad pergunta, mas eu não respondo. Deixo que ele absorva a gravidade do que acabei de afirmar. Então, seu olhar vai da curiosidade para o horror. "Deixe-me ver se entendi. Você está querendo me dizer que Sarah matou Kelly Summers... e você estava ciente disso?"

"Sim."

"Mas... por quê? Por que você..." Ele se cala quando percebe que já tem a resposta. "Porque Kelly ou Jenna, ou sei lá qual é o nome dela, matou seu irmão."

Assinto e digo: "Olho por olho!".

Brad larga a faca e se levanta da cadeira. Ele começa a andar de um lado para outro no escritório.

"Jesus, Bob, você tem noção do que acabou de me dizer? Você entende as implicações disso?"

"Claro que entendo. Estou convivendo com elas há mais de uma década."

Quase consigo enxergar as engrenagens girando na mente dele. Com certeza, isso é demais para ele processar.

"O que você está pensando, cara? Quer pular do barco?", pergunto.

"Não... Não, não. Eu entendo. Kelly matou seu irmão... E eu nem conheci a moça. Então, o que me importa? Mas porra. Agora, tudo faz sentido. As merdas que estava dizendo sobre Sarah e o tanto que você tem andado paranoico." Ele volta a se sentar, esfregando as têmporas enquanto se inclina para trás na cadeira. "Como?"

"O que você quer saber?", eu me sento de frente para ele.

"De que modo você vai provar que Sarah usou esta faca no assassinato?"

"Bem, tem sangue seco nela. Uma análise de DNA pode provar que é de Kelly Summers, e eu tenho um álibi incontestável da noite em que ela foi assassinada."

"Ok, isso ajuda a provar que não foi você quem matou Kelly. O sangue na faca a solidifica como a arma do crime, mas como é que vamos provar que esta faca esteve nas mãos de Sarah naquela noite?"

"Não tem como. E a menos que esta coisinha aí..." Aponto para a faca apoiada sobre a pasta na mesa de Brad "... esteja coberta com as impressões digitais dela, e a essa altura do campeonato duvido muito que esteja, então, só nos resta usá-la para mexer com os brios de Sarah. Talvez esta faca encontre seu caminho de uma forma mágica até o departamento do xerife do condado Prince William com um bilhetinho anônimo." Arqueio minhas sobrancelhas em rápida sucessão agitando meus dedos.

Brad começa a coçar o queixo com o polegar e o indicador. "O caso foi reaberto, e eles vão reexaminar cada prova, então, o momento seria bem... propício."

"Bastante."

Ele se inclina para a frente e aponta para a faca. "Mas isto não basta para condená-la, mesmo que o sangue seja de Kelly."

"Eu sei disso, mas não preciso de uma condenação. Só preciso dos holofotes em cima de Sarah. Cada movimento dela seria examinado sob um microscópio, então, o que quer que ela esteja tramando no momento se tornaria dez vezes mais difícil de se realizar. Talvez ela até vacile e seus planos sejam completamente arruinados por causa de toda a pressão."

"Que planos?", ele pergunta.

"Ainda não sei bem, mas sei que ela quer me derrubar, então, preciso derrubá-la primeiro."

"Ela vai saber que foi você quem entregou isto", alerta Brad, apontando para a arma.

"Ótimo. Eu quero mesmo que ela saiba." E estou sendo sincero. Quero que Sarah aprenda a temer o que precisa temer... eu.

Ele bate os nós dos dedos na mesa, suga os lábios e expira de leve pelo nariz, como um touro pronto para atacar. "Bem, odeio te dizer isso agora, mas..."

"O quê?", pergunto, sentindo um pânico em minha voz. "O que foi?"

"Fiquei sabendo por intermédio de um dos funcionários do gabinete do juiz. Sarah..." Brad faz uma pausa. "Ela requisitou com uma medida protetiva contra você."

"Com base em quê?"

"Alegou que você a ameaçou e a agrediu fisicamente."

"Isso é mentira!" Eu fervo de raiva.

Que golpe baixo, até mesmo para Sarah. Ela não só está tentando armar para mim em relação ao caso de Stacy como também está me pintando como um marido abusivo, alguém que não lhe passa segurança. Pelo amor de Deus! Sou eu quem não deveria me sentir seguro perto dela.

"Sarah anexou as mensagens que você mandou para ela e também forneceu fotos dos ferimentos que ela alega terem sido causados por você ao agarrar o braço dela na competição de natação da sua filha."

"Eu mal toquei nela. Olha o que ela fez comigo!" Ergo a mão, mostrando a crosta de cinco centímetros na palma.

"Achei que você tivesse dito que foi acidental."

"Eu menti. Eu só estava tentando minimizar o ocorrido, mas ela me cortou com a porra de uma faca."

"De propósito?"

"Sarah nunca faz nada por acaso."

Brad solta um suspiro pesado. "Olha, eu não sei de todos os detalhes, mas eu só queria te dar um aviso. Até agora não deferiram o pedido dela, e ainda tem uma audiência pendente, mas não se surpreenda quando isso acontecer."

"Isso significa que não vou poder chegar perto de Summer?"

"Em termos estritos, não. A medida protetiva só valeria para Sarah, mas..."

"Mas o quê?"

"Se Summer estiver com Sarah, então... você vai ter de evitar as duas."

"Minha própria filha, Brad. Minha própria filha, porra. Não vê o que ela está fazendo?" Eu me levanto da cadeira e começo a andar a esmo, minhas mãos estão cada vez mais cerradas. Se ela está fazendo uma jogada dessas, é porque seu desespero é imenso. Mas por quê? Talvez eu a tenha assustado com a ameaça da *apólice de seguro*. Com certeza, eu deveria ter guardado isso para mim, sabe como é... Sun Tzu, a arte da guerra e coisa e tal, mas gostei de vê-la angustiada. Foi a primeira vez que eu de fato a vi nervosa, no limite, preocupada... era quase como se ela fosse humana, só por um segundo. Paro de andar e olho para Brad.

"O que eu faço agora?", pergunto, já sabendo o que vou fazer, o que preciso fazer. Eu não queria que chegasse a este ponto, mas Sarah não me deixou escolha.

"Como seu advogado, eu o aconselharia a evitá-la, mesmo que a medida protetiva ainda não tenha sido concedida. Aja como se tivesse sido. Não dê a ela mais munição do que ela já tem." Ele olha para a faca. "O que você vai fazer com isto?"

"Eu? Nada. Mas você vai colocar esta faca nas mãos do xerife Hudson. Acredito que você consiga fazer isso com discrição."

"Você sabe que eu consigo", diz Brad. "E você quer que isso aponte para Sarah?"

Eu adoraria esfaqueá-la bem no coração... mas não digo essa parte em voz alta, mesmo ciente do sigilo advogado-cliente.

"Sim, atrele isso a ela do jeito que for possível."

Brad assente, e então eu saio do escritório dele e vou para o meu carro. Quando chego lá dentro, examino o estacionamento para me assegurar de que não tem ninguém me olhando. Há vários veículos ao meu redor, vazios. Eu me abaixo e pego um celular *flip* que está debaixo do meu banco. Há um pequeno recuo ali com duas barras de metal cruzadas, grandes o suficiente para alocar o objeto despretensioso.

Abro o telefone e o ligo. Vejo a tela se iluminando, de volta à vida. Meus dedos passeiam pelo teclado enquanto digito uma mensagem. Quando termino, envio a mensagem para o único contato salvo no telefone.

Os planos mudaram. Me encontre amanhã naquele hotel boutique na 28, perto da Sudley. 11h. Quarto 518.

Imediatamente, recebo a resposta. É curta e rápida.

Anotado.

Desligo o telefone e solto um suspiro profundo.

Até que a morte nos separe, Sarah. A sua... não a minha.

38
STACY HOWARD

"Ei, Carissa, está acordada?", sussurro na escuridão.

Ela passa a maior parte do tempo dormindo, e eu não a culpo por isso. Afinal de contas, eu seguia esse mesmo ritmo quando cheguei aqui — bem, e também gritava e tentava fugir. Mas é difícil encontrar uma saída quando se está preso num breu danado, sem nenhum guia ou referência. A própria Carissa passou um bom tempo gritando e chorando, até que se cansou, esgotando o pouco de energia que ainda tinha. Depois, ela ficou tão silenciosa que pensei que ela estivesse morta. Fiquei à espera, tentando ouvir sua respiração, um gemido, qualquer sinal de vida. Quando por fim ouvi um ronronar suave, fiquei aliviada por saber que ela ainda estava viva, porque, pelo menos, havia outra pessoa aqui comigo.

Depois que ela adormeceu, comi o sanduíche e bebi a água que foram jogados pela escada. Eu ia oferecer um pouco a ela, mas ela estava dormindo, e eu estou aqui há mais tempo, então, eu precisava mais. Além disso, tenho certeza de que ela vai ganhar a própria comida e a própria água. Desmaiei, pouco depois de comer. A comida sempre me deixa sonolenta. Meu sistema digestivo sem dúvida carece de mais energia para processar os nutrientes do que tenho a oferecer neste momento.

"Carissa", sussurro mais uma vez.

Sua corrente raspa no pavimento. Ouço um bocejo e, então, eu bocejo também. Mesmo na escuridão total, sem que eu consiga enxergá-la, um bocejo ainda é contagioso.

"Você está bem?", pergunto.

Sua voz sai rouca. "Não. Onde eu estou?"

Fico igualzinha toda vez que acordo neste porão, tendo que me lembrar onde estou e como cheguei aqui. Imagino quanto tempo vou levar para me acostumar. Tenho certeza de que, em algum momento, vou me acostumar. Um dia, vou abrir os olhos e respirar fundo, acolhendo o cheiro mofado e úmido. Meu ambiente preto, escuro demais até para as sombras, vai ser minha referência e minha calmaria. Não vou mais sentir a grossa corrente de metal bem firme em volta do meu tornozelo, pode ser até que eu me esqueça de sua presença por completo. Os guinchos das criaturas que vêm e vão lá fora, buscando calor, e o ranger da fundação não mais vão me sobressaltar ou me surpreender. Vou encontrar consolo em seus sons familiares. E, quando tudo isso acontecer, saberei que meu cérebro se reconectou e me convenceu com sucesso de que este é o meu lar. Assim é a alma humana. Somos capazes de tolerar as piores coisas no mundo físico e, ainda assim, perseverar, porque, no fim das contas, é só um corpo. E é por isso que, quando morremos, nossa alma se vai e nosso corpo fica. Eu me pergunto se alguém, algum dia, encontrará o meu.

A respiração apavorada de Carissa me traz de volta à realidade.

"Está tudo bem, Carissa", digo. É mentira, mas é o que ela precisa ouvir. "Vamos sair daqui." Outra mentira, porque não sei se eu vou embora subindo aquelas escadas ou se sairei daqui carregada, com meus membros inertes balançando sobre o ombro de alguém.

"Onde *é* aqui?", pergunta ela.

"Não sei."

Sua respiração desacelera conforme o pânico por acordar em um lugar desconhecido vai se dissipando.

"Acho que me lembro de uma coisa", ela sussurra na escuridão.

Eu me aproximo mais de onde sua voz está, mas só consigo me deslocar alguns metros antes de a corrente se esticar e machucar minha pele fragilizada. Meu cérebro de imediato envia sinais de dor por todo o corpo. Estremeço e absorvo a agonia em silêncio. Não faz sentido chorar. É só desperdício de energia, e eu preciso reter o máximo possível de vigor se quiser ter alguma chance de escapar daqui.

"Do que você se lembra, Carissa?"

Na verdade, ainda não me lembro de nada... bem, de quase nada. Eu estava sentada no meu carro, lendo uma mensagem de texto no celular. A porta do motorista se abriu e, então, algo macio e úmido cobriu meu rosto. O cheiro era doce, até agradável, na verdade — só que a pressão contra minha boca e meu nariz foi tudo, menos isso. Tentei gritar, mas saiu abafado, como se eu estivesse gritando em um travesseiro. Senti um beliscão na lateral do meu braço também. Eu me debati um pouco antes de o meu mundo escurecer. E, quando acordei, meu mundo ainda estava escuro.

"Eu estava no trabalho", ela diz.

"Onde... Onde você trabalha?"

"Em um salão de beleza. Meu último cliente do dia chegou e, então, teve todo aquele sangue."

"Eles machucaram você?"

"Não... Eu machuquei meu cliente, mas foi sem querer. Eu estava barbeando o pescoço dele com uma navalha e errei o corte."

"O que aconteceu depois disso?"

"Eu o limpei, terminei de cortar o cabelo dele e então... não sei mais."

"Ele foi embora? Alguém mais entrou? Você chegou a sair do salão?" Minhas perguntas saem disparadas, uma atrás da outra.

"Acho que ele não chegou a sair."

"Quem é esse cliente?"

"Bob. O nome dele é Bob."

O nome atinge algo fundo dentro de mim, como se uma peça de quebra-cabeça tivesse acabado de cair no meu colo; no entanto, ainda não sei bem onde encaixá-la.

"Miller?" A palavra sai lenta e trêmula.

Carissa fica quieta por um instante. O ar úmido e parado abafa todos os sons, até que, por fim, ela pergunta: "Como você sabe o nome dele?".

Se ela pudesse me ver, nesse momento, estaria vendo o branco dos meus olhos enquanto pisco muito lentamente. Meu coração dispara, ensandecido. Eu não ficaria surpresa se ela me dissesse que consegue ouvi-lo ecoando no concreto e na tubulação. Talvez ela até mesmo esteja sentindo a vibração pelo piso. Uma onda de choque após uma explosão nuclear.

“Eu estava saindo com ele... Bem... Eu tive uma transa com ele, foi uma vez só”, eu digo, enfim.

Carissa arqueja.

“O quê? O que você disse?”, pergunto.

“Eu me lembro de outra coisa. É confuso, parece quase um sonho, mas acho que foi real. Eu estava no banco de trás de um carro, amarrada, ou talvez eu não estivesse presa. Sei lá. Só sei que não conseguia me mexer.”

“Do que mais você se lembra?”

“Ele estava conversando com alguém, ou talvez estivesse falando sozinho. Algo sobre não deixar alguém escapar impune. Que não queria deixar ela escapar impune... sua esposa ou *uma* esposa. E disse que ia acabar com ela primeiro...” Carissa se cala.

“Você o viu?”

“Não no carro. Eu não conseguia me mexer. Não conseguia nem levantar a cabeça... Mas antes, no salão, eu consegui. No entanto, só ouvi a voz dele no carro.”

“Tem certeza de que era Bob Miller?”

“Parecia ele. Só não entendo por que ele faria isso comigo!” Ela chora.

Abaixo a cabeça, consciente de que ele tinha um bom motivo para fazer isso comigo. Afinal, eu ameacei contar à esposa dele sobre a gente. Ele me disse que foi um erro, um evento único, que estava bêbado, que tirei vantagem dele, que eu era uma puta e uma ladra. Bem, errado ele não estava. Eu roubei dele. Tirei vantagem do seu estado de embriaguez. E mirei nele porque sabia que ele tinha dinheiro e era casado. É esse tipo que eu sempre pego. Ser modelo de eventos não paga as contas, mas ferrar com a vida das pessoas, com certeza, paga. É um negócio arriscado, que já me enfiou em problemas com a justiça, mas nunca pensei que poderia me colocar a sete palmos debaixo da terra — e a essa altura do campeonato, só se eu tiver muita sorte.

“Ameacei contar para a esposa dele caso ele não me desse dinheiro”, confesso.

“Tipo uma chantagem?”

“Isso, tipo uma chantagem”, confirmo.

“E você contou para ela?” A voz de Carissa carrega um traço de esperança, como se essa pudesse ser a nossa saída.

"Não, não contei."

"Então, ele te pagou?"

"Não, ele também não pagou. Eu nunca conto para as esposas, na verdade."

"O quê...? Como assim?"

"Bob não é o primeiro cara que ameacei desse jeito. Ele só é o primeiro que resolveu o problema com as próprias mãos."

Sinto o pânico se instalando na voz de Carissa de novo. Sua respiração fica entrecortada enquanto ela tenta sugar grandes lufadas de ar.

"Carissa."

Ela ofega ainda mais enquanto o medo se mistura a soluços incontroláveis.

"Nós vamos ficar bem. Fique calma", digo, tentando ajudá-la a relaxar antes que ela tenha um ataque de pânico ou algo pior.

"Não", grita ela. "Nós não vamos ficar bem. Nós vamos morrer aqui embaixo, e é tudo culpa sua, sua puta de merda."

Abro minha boca para gritar com ela, para discutir, para convencê-la de que vai dar tudo certo... mas então desisto. Porque acho que ela pode estar certa.

39

XERIFE HUDSON

Esfrego os olhos para aliviar um pouco da tensão acumulada de tanto ficar lendo na tela do computador sentado na penumbra. Levanto o braço para verificar as horas, e o mostrador do meu G-Shock marca 2h28. É impossível ficar na cama aninhado sob as cobertas e dormindo com tranquilidade quando sei que duas mulheres estão desaparecidas e que há um assassino à solta.

Estou analisando as filmagens das câmeras de segurança do hospital há mais de uma hora. Pedi à nossa equipe técnica para juntar todas as cenas do suspeito em um vídeo editado para me poupar de ficar revezando entre os arquivos. Mesmo com as filmagens mais coesas e a qualidade um pouco mais elevada, o vídeo não me diz nada. Mas deve haver pelo menos uma pista. No meu íntimo, sinto que estou deixando passar alguma coisa.

Estou prestes a reiniciar o vídeo quando ouço a porta do meu escritório rangendo ao ser aberta. Virando na minha cadeira giratória, flagro Pam parada ao batente, usando uma das minhas cuecas boxer e uma camiseta branca, esfregando os olhos para espantar o sono.

“São tipo... três da manhã. O que você está fazendo acordado?”, pergunta ela, dando um bocejo.

“Não consigo dormir. Então, pensei em rever a filmagem do hospital.”

“Já botamos meia dúzia de agentes para revisar esse vídeo uma centena de vezes. E eles não encontraram nada.”

“Eu sei. Mas talvez eles tenham deixado passar alguma coisa”, comento enquanto estendo a mão para ela, convidando-a a se juntar a mim.

Pam se arrasta pela sala com languidez e segura minha mão, permitindo que eu a puxe para o meu colo. Giro nós dois na cadeira, ficando de frente para o monitor.

Ela arrasta o mouse e clica no *Play*. O vídeo recomeça.

"Nós nunca vamos identificar esse cara. Ele está de avental, touca e máscara cirúrgica." Ela aponta para o monitor, a voz dela é um choramingo misturado à frustração. "E este não é um cara qualquer. É um profissional. Talvez um ex-militar ou um policial, ou até mesmo um assassino de aluguel. E é possível afirmar que essa não é a primeira vez que ele mata alguém e sai sem deixar vestígios."

Detectar o sujeito em questão vagando pelo hospital, até para que a equipe de TI pudesse juntar as filmagens, foi fácil; pelo menos, no início. Bastou verificarmos a lacuna na segurança, o horário em que Morrow deixou seu posto, e rastrear aquele trecho. Menos de um minuto depois, um homem usando trajes cirúrgicos entrou no quarto de Stevens e saiu — com sangue cobrindo suas luvas e seu avental. Então, ele foi até um armário do almoxarifado e se trocou, botando roupas limpas, para não despertar a atenção de ninguém — e de fato não despertou. Depois que ele virou só mais um "médico" na multidão, ficou difícil rastreá-lo, pois nem todas as câmeras do hospital são atualizadas de modo sequencial. Afinal de contas, não estamos falando de um banco ou de um cassino. A única coisa estranha, pelo menos para mim, foi que ele entrou no hospital já trajado para a cirurgia. Embora não houvesse muitas pessoas pelos corredores naquela hora da noite, ele parecia tão... comum.

"Não vai ser fácil, mas todo mundo comete erros", digo, olhando a filmagem, observando o homem saindo do hospital. Ele nunca modifica seu ritmo. Mesmo quando já está perto da saída, ele não se apressa. É tranquilo, sereno e controlado — como se estivesse à vontade naquele lugar. Algo em seu jeito de andar me parece familiar, mas não é o suficiente para identificá-lo. Uma das coisas complicadas de se ter carreira longeva na polícia é que, ao longo dos anos, as imagens das pessoas vão se misturando. Claro, temos nossos reincidentes de alta frequência, os caras que vivem dirigindo embriagados, os caras que parecem não conseguir parar de espancar suas esposas, os pequenos traficantes que voltam à ativa logo depois que saem da cadeia. Mas até esses vão virando um borrão, considerando que são todos oriundos da mesma malha suja e nojenta.

Uma vez fora do prédio, o homem retira as luvas cirúrgicas e as atira em uma lata de lixo. Sua mão se movimenta de forma rápida no ar quando ele solta as luvas e as observa cair no buraco negro. A luz de um poste ilumina sua mão, agora exposta.

"Espere! Pause aí", digo a Pam.

Ela clica no mouse.

"Pode dar um *zoom* na mão dele?"

"Claro, mas vai ficar borrado."

"Não tem problema. Só faça isso, por favor." Forço a vista quando a imagem amplia, mais e mais, até ocupar a tela inteira. "Puta merda."

"O que foi?"

"Eu sei quem é."

Uma lembrança toma conta da minha mente. É tão intensa que é como se estivesse passando no monitor à minha frente.

Bang! Bang! Bang! Bang!

Tiros ecoam pelas paredes da zona de tiro e cartuchos caem no chão enquanto eu o observo atirar em uma folha de papel. Algumas balas atravessam o alvo, outras não passam nem perto — só atingem a parede do fundo. Ele deveria mirar entre os olhos e na garganta. Essa região é conhecida como triângulo fatal, a área em que um tiro é mais eficaz para atingir o cerebelo, o tronco cerebral ou as partes cervicais da medula espinhal. Policiais não são ensinados a "atirar para matar", mas somos ensinados a "atirar para deter". A diferença é sutil, mas o resultado é o mesmo. Em um alvo estático de papel, sem a ameaça de perigo, ele deveria acertar seu alvo todas as vezes; mesmo assim, está errando.

"Você precisa de mais fisioterapia, mano. Não é pra mirar no pau", grito.

"O quê!?", ele grita de volta. Graças aos protetores auriculares, minhas palavras devem ter sido apenas um sussurro. Ele os retira.

"O que você disse?"

"Eu disse que não é pra mirar no pau."

"Eu sei disso. É por isso que estou treinando, para que eu possa ser liberado e enfim largar o trabalho burocrático. Isso está me matando." Ele sacode a mão, flexionando-a e a apertando, fazendo caretas durante o gesto.

Houve um incidente infeliz com o meu colega. Durante uma inspeção de trânsito rotineira, ele instruiu um motorista a sair do veículo por suspeita de embriaguez; em vez de obedecer, o motorista acelerou. Na confusão, ele teve a mão esmagada na porta e sofreu uma série de fraturas. Ele passou por cirurgia e meses de fisioterapia, por isso, agora, precisava refazer todo o treinamento com armas de fogo outra vez, para poder voltar às ruas.

"Você não concluiu o teste de aptidão física há três semanas?", pergunto.

"Sim, e não sei por que estou demorando tanto para recuperar minha mira", diz ele, sacudindo a mão de novo, com mais força desta vez.

"Provavelmente, por causa dos seus dedos estranhos", provoco.

"Qual é o problema dos meus dedos, porra?" Ele olha para sua mão enquanto continua a sacudi-la.

"Seu dedo indicador é mais longo do que o dedo médio. Por isso é provável que você esteja puxando o gatilho de um jeito meio torto e errando a pegada."

"Cala a boca. Antes da minha lesão, minha pontaria já era melhor do que a sua justamente por causa desse dedo", diz ele, fazendo um gesto de arminha com a mão.

"Bem, não mais. Acho que você deve ir a um médico e perguntar se dá para raspar seu dedo indicador. Ou, melhor ainda, pode pegar um alicate e cortar a ponta." Dou risada enquanto faço uma mímica de corte.

"Nem um nem outro, ô bestão. Vou continuar treinando e, em algum momento, vou voltar a ser o que era. Espero que isso aconteça logo. Como eu disse, cara, não aguento mais ficar no escritório."

"É bom mesmo, porque, se eu precisar de você nos reforços, estou lascado."

"Tá aqui o lascado, ó." Ele infla o peito e me mostra o dedo médio. "Senta aqui e roda, vadia."

"Sentar onde? Não consigo ver nada por trás desse dedo alienígena aí. Você está tentando ligar para casa?"

Nós dois começamos a rir enquanto ele faz uma imitação do E.T., andando pela zona de tiro com o dedo indicador erguido. "Telefone minha casa. Telefone minha casa."

"Marcus", Pam me chama, me arrancando do meu devaneio. "Quem é o cara?"

Olho para a mão na tela outra vez. O dedo indicador possui um tamanho bem maior do que o dedo médio, e, de repente, o andar familiar faz sentido. Eu o reconheci no meio da multidão também, no dia em que dei minha declaração à imprensa. A barba me confundiu, porque eu nunca o tinha visto usando barba, mas era ele, sim. Ele deve tê-la raspado antes de decidir matar Stevens, mas, agora, consigo enxergá-lo como se não estivesse usando nenhum disfarce, andando por aí com o rosto limpo para todas as câmeras.

"É Scott Summers", digo. "Ele voltou."

40
SARAH MORGAN

“Por favor, você pode baixar os pés, Summer?”, peço, segurando o volante enquanto dirijo por uma estrada secundária, rumo à cidade. Está um dia ensolarado e bonito, sem uma nuvem à vista, e eu poderia aproveitá-lo muito mais se não fosse a minha passageira emburrada. Ela continua me dando um tratamento de silêncio. Mas, hoje, sua postura está muito mais sarcástica — batendo portas, pisando duro, bufando e suspirando de modo aleatório, se recusando a tomar café da manhã e fazendo toda e qualquer coisa ao seu alcance para me irritar ou me frustrar.

Summer bufa. *Percebe?* Como eu disse, bufando e suspirando de modo aleatório. A contragosto, ela retira os pés do painel e os coloca no chão do carro.

“Obrigada”, digo, olhando para ela e forçando um sorriso.

Seu cabelo loiro está caído sobre o rosto como se fosse uma cortina, portanto, não consigo ver sua expressão, mas tenho certeza de que ela está carrancuda, ainda mais para mim.

“Por que você arrumou uma mala pra mim?” O tom de voz dela é áspero, quase acusatório. Mas, pelo menos, agora, ela está falando comigo. Summer cruza os braços, afundando mais no banco do carona.

“Você vai ficar com a tia Anne por alguns dias.”

“Por quê?”, rosna ela.

“Porque você disse que queria o divórcio de mim também.”

Ela bufa de novo, soprando uma mecha de cabelo do rosto.

"Anne vai te buscar na escola e te levar para a casa dela. Vai ser bom para você ter espaço e tempo para processar essas novas mudanças."

É só uma meia-verdade. Sim, eu adoraria que ela se acalmasse, e acho que vai ser benéfico para ela conversar com alguém que cresceu com pais divorciados. Anne consegue se identificar com Summer de maneiras que eu não consigo. Além disso, não sei o que Bob está aprontando, e tenho certeza que, assim que souber da medida protetiva, ele vai virar o cão. Não é bom que Summer esteja por perto se isso acontecer. Ontem à noite, sonhei que Bob havia levado Summer e que eu nunca mais a via. Sei que foi um sonho, mas não duvido de que ele seja capaz de fazer algo assim. Ele quer me ferir, e esse seria o melhor caminho para fazê-lo. Sendo assim, ao menos, deixá-la passar uns dias com Anne vai me trazer um pouco mais de tranquilidade.

"Por que você e o papai não podem ficar juntos?" Ela faz um beicinho.

"Já falamos sobre isso, Summer, e, não importa quantas vezes você pergunte, a resposta não vai mudar. Por que não vê o lado bom? Você vai ter dois Natais, dois aniversários, dois de cada feriado e dois quartos." Reduzo a velocidade, paro em um sinal vermelho e sorrio para ela outra vez.

O pescoço de Summer está voltado para a janela, e eu vejo o reflexo do rostinho dela no vidro, todo enrugado e carrancudo.

"Eu não quero nada disso. Quero você e o papai juntos."

"Bem, eu não quero ficar com seu pai", quase grito quando piso fundo no pedal do acelerador, atravessando um cruzamento.

Summer vira a cabeça, olhando para mim.

"Por quê?", ela pergunta.

"Porque eu não confio nele. Ele quebrou nossa confiança", eu digo, virando na rua da escola, que fica apenas alguns quarteirões abaixo.

"Não dá pra apenas... confiar nele de novo?" Seu tom de voz mudou de cortante e repleto de desdém para compreensivo; bem, pelo menos, parece haver uma tentativa de compreensão.

"Bem que eu queria. Mas o estrago já foi feito, e tem algumas coisas que não podem ser salvas."

"O que o papai fez?", ela pergunta.

Paro na escola e estaciono. Outras crianças saltam dos carros dos pais, sorrindo e acenando antes de correrem em direção aos amigos.

Respiro fundo e me viro um pouco no assento para encarar minha filha. Seus olhos verdes estão brilhando, como se ela estivesse assustada ou já chateada com o que eu estou prestes a dizer.

"Isso é entre mim e seu pai, Summer. Seu pai pode ter quebrado minha confiança, mas ele ainda tem a sua. E, embora ele não tenha sido bom para mim, ele é bom para você. Nós dois te amamos mais do que tudo, e, não importa se seu pai e eu estaremos juntos, isso nunca vai mudar." Seguro a mão dela, temendo que ela se afaste, mas ela não o faz. Em vez disso, aperta a minha mão, e retribuo o carinho. "Sinto muito que você esteja infeliz, querida, eu sei que nada disso é fácil. Mas, um dia, você vai entender que todas as coisas que faço são buscando o melhor para você."

Uma lágrima rola por sua bochecha, e eu logo a enxugo. Ela estica os braços e se inclina para mim. Abraço seu corpinho com força, acariciando seus cabelos macios.

"Você é a única coisa que importa para mim neste mundo", sussurro. Uma lágrima escorre do canto do meu olho, pingando no topo da cabeça dela. Ela me abraça ainda mais forte.

"Fico triste porque o papai magoou você." Suas palavras saem abafadas.

Vislumbro meu reflexo no espelho retrovisor. Às vezes, não reconheço a mulher que me encara. Mas, hoje, eu a reconheço.

"Eu também fico muito triste", reitero.

Summer diz que me ama, e eu digo que a amo mais. Então, nos afastamos, e enxugo seus olhinhos molhados. Ela tenta retribuir o favor, secando os meus, mas eu falo que está tudo bem. Às vezes, é bom ver as lágrimas.

O sinal da escola toca.

"Agora, vai", eu a incentivo.

Summer acena, sai do carro, fecha a porta e vai correndo pela calçada. Ela se vira e acena de novo, então aceno de volta, sorrindo. As crianças são resilientes. Elas passam por mudanças todos os dias — o crescimento do corpo, o desenvolvimento cerebral —, por isso, elas sabem aceitar e se adaptar muito mais rápido do que os adultos. Ela vai ficar bem, assim como eu fiquei.

Meu celular toca de repente, me assustando. O nome *Bob Miller* pisca na tela do painel. Coloco meu SUV em modo automático e saio, atendendo à ligação.

Sequer tenho a oportunidade de dizer olá antes de a voz dele rugir no viva-voz.

"Sua puta desgraçada", ele cospe.

"Bom dia para você também, Bob."

"Você solicitou uma medida protetiva contra mim. Você está doida?"

Paro rápido em um sinal de um cruzamento.

"Não, mas acho que *você* pode estar, e é por isso que entrei com o pedido."

Ele ri. É forçado, está mais para uma risada sarcástica.

"Você mexeu com a pessoa errada, Sarah."

"Não, Bob, você é bem o tipo de pessoa com quem eu queria me meter. Quem procura acha, como diz o velho ditado."

Ele fica em silêncio por um instante e, depois, diz: "Espero que você esteja preparada para o que virá". Seu tom de voz é sinistro. Então, ele desliga de imediato.

41
XERIFE HUDSON

Olson entra pela porta aberta do meu escritório com um pacote nas mãos. Ela o coloca na minha mesa e se senta, me encarando sem dizer uma palavra.

Olho para a caixa, embrulhada em papel pardo e com um pedaço de barbante amarrado em volta, um lacinho no topo.

"O que é isto? Um presente para mim? É um corte de bife Wagyu?!"

"Desculpe decepcioná-lo, mas não. Foi colocado na caixa de coleta da delegacia. A recepção me entregou quando entrei." Ela solta um suspiro e pergunta: "Temos notícias de Scott Summers?"

"O Departamento de Investigação Criminal vai assumir a partir daqui", informo, verificando a caixa de todos os lados e me perguntando qual seria seu conteúdo. A delegacia tem uma caixa de coleta anônima para as pessoas que quiserem entregar drogas ou receitas de medicamentos de uso restrito que encontrarem por aí, mas elas nunca são embaladas dessa forma.

"Bem, há mais alguma coisa que possamos fazer?"

"Neste momento, não. Eles emitiram um alerta sobre Scott, e a foto dele foi distribuída em todas as delegacias dos estados vizinhos. Continuarei em contato, caso haja algo em que possamos ajudar. Mas, agora, do jeito que está, já estamos bem ocupados."

Não há endereço no pacote, apenas as palavras *A/C: Xerife Hudson* rabiscadas no topo com canetinha preta.

"Devo ter cautela ao abrir isto?" Arqueio a sobrancelha. Meu cérebro de policial meio que esgota as possibilidades de todas as coisas desagradáveis que podem estar ali dentro. Antraz, uma bomba caseira, ou algo pior.

"Pedi para os caras passarem pelo raio X. Eu imagino o que pode ser, mas não sei *o que* é."

"Hein?" Um olhar confuso toma conta do meu rosto. "Você sabe o que é, mas não sabe o que é?"

"Eu sei o que é o objeto, mas não sei por que está aí, o que o torna especial, ou por que foi endereçado para você."

"Bem, agora estou intrigado, Olson. Gostaria de fazer as honras?" Empurro a caixa para ela, sorrindo.

"Não." Ela empurra de volta. "Eu trouxe para você por um motivo."

Assinto, calço um par de luvas e puxo o barbante. O laço se desenrola com facilidade. Pego meu canivete no cinto, abro-o e corto o pacote com cuidado. Dentro da caixa há um saco de tecido com um bilhete amarrado em volta. Eu o desdobro e leio em voz alta.

"'Esta arma pertence a Sarah Morgan. Teste o sangue e você descobrirá para que foi utilizada pela última vez.'"

Olson e eu trocamos um olhar confuso enquanto enfio com cautela a mão no saco e retiro o objeto de dentro dele. É uma faca com uma lâmina de quinze centímetros, manchada com o que parece ser sangue seco.

"Que diabos?" Olson se levanta, olhando mais de perto.

Eu enfio a faca de volta no saco, a coloco na caixa e entrego a ela. "Leve esta faca para o laboratório o mais rápido possível."

Ela assente, pega a caixa e segue em direção à porta.

Não importa o que eu faça, o passado parece continuar me assombrando, me encurralando em um canto, de um modo que não me permite fugir.

Antes de Olson deixar o escritório, ela para, olha para mim e diz: "O que você acha que isso significa?".

"Pode não significar nada. Pode significar tudo."

42
BOB MILLER

Três batidas suaves soam à porta de madeira do meu quarto de hotel. Pego o controle remoto para silenciar a tevê, me viro na cama e planto os pés no chão. Espiando pelo olho mágico, verifico quem é antes de destrancar a porta e abri-la. O homem que eu estava esperando, de ombros aprumados e mãos entrelaçadas diante do corpo.

"Entre", eu digo, me afastando para deixá-lo entrar.

Ele examina o quarto, e eu não sei se está apenas avaliando as comodidades do hotel ou verificando se estamos de fato sozinhos.

Fecho a porta e giro a chave duas vezes, então, verifico meu relógio. Ele foi pontualíssimo, nem um segundo atrasado, um verdadeiro profissional.

"Obrigado por me encontrar aqui, Alejandro."

Ele se senta na poltrona do canto, cruzando o tornozelo sobre o joelho. "Belo bangalô."

Não sei se ele está sendo sarcástico ou não, mas, por outro lado, estou acostumado a uma vida muito mais confortável que a dele.

"É só um lugar para descansar minha cabeça esta noite."

"Por que você está hospedado em um hotel, afinal?", questiona Alejandro. "Você não tem um monte de casas?"

"Porque vou precisar de um álibi para o que você..." Aponto meu dedo indicador para ele "... está prestes a fazer."

Um ar de confusão invade sua expressão quando ele estica o pescoço para mim e torce os lábios.

"O que *você* acha que eu vou fazer?", ele pergunta.

Pego o controle remoto da tevê e aumento o volume antes de me sentar na beira da cama, a apenas alguns metros de Alejandro.

"Você precisa levá-la para sair", digo em voz baixa, num tom quase inaudível por causa do comercial alto que passa na televisão.

Todo cuidado é pouco, e eu já sei que estou no radar de Hudson.

Os olhos de Alejandro disparam, analisando cada centímetro quadrado do meu rosto, procurando um sinal de que estou brincando.

"Você está falando sério?", pergunta ele.

"Muito."

"Achei que você tivesse dito para eu apenas ficar de olho nela."

"Eu disse. Mas as coisas mudaram, e agora preciso de alguns dos seus... outros... serviços."

Alejandro balança a cabeça bem devagar enquanto se levanta e caminha em direção à porta. Fico achando que ele está prestes a ir embora, mas ele para diante do espelho de corpo inteiro e observa o homem à sua frente. Depois de alguns segundos, ele se volta para mim. Eu me levanto e o encaro.

"É isso mesmo que você quer?" Sua expressão é estoica, e eu não consigo decifrar os pensamentos dele. Ou ele esconde muito bem suas emoções ou não tem nenhuma mesmo.

"Não é o que eu quero. É apenas o que precisa ser feito."

"E você tem certeza?"

"Sim. Você não sabe do que Sarah é capaz, então, preciso que isso seja feito logo", digo.

"Logo quando?"

"Hoje à noite."

Ele semicerra os olhos.

"E você pensou direito?"

"Sim, pensei. E... Qual é...? Por que essas perguntas todas, caralho?", ironizo. "Talvez você não seja o cara certo para o serviço. Você já passou tempo demais perto dela, e ela sabe seduzir as pessoas. Talvez ela já tenha te engambelado." Cruzo os braços e expiro com força pelo nariz.

"Você está me pedindo para tirar a vida de alguém, então, sim, vou fazer algumas perguntas, Bob. Se você não tiver certeza, e eu prosseguir com isso, vamos ter um problemão. Porque se, de repente, você inventar de ficar com a consciência pesada, minha vida está em jogo." Alejandro empina o queixo, crescendo diante de mim. "E eu não gosto de pôr a minha vida em risco. Por isso, você vai responder às minhas perguntas, sim; ou você mesmo pode fazer o serviço, mas nós dois sabemos que você não daria conta."

Ele nunca eleva a voz quando fala, mas nem precisa fazê-lo para me amedrontar. Lembro a mim mesmo quem ele é, e o que fez. Ele não é o tipo de homem que posso manipular. Ergo as mãos, com as palmas voltadas para ele, sinalizando que não quero desrespeitá-lo.

"Tudo bem", eu digo. "Que outras perguntas você tem?"

Alejandro abre a boca, mas desiste de falar, cerrando o maxilar e me encarando com determinação, como se houvesse uma raiva crescente dentro dele. Caras como ele não gostam de ser desrespeitados, mesmo que vivam uma vida desrespeitosa. Acho que ele vai mandar eu me foder, me dizer que está fora desse negócio e que estou sozinho nessa, ou talvez ele esteja doido para meter um soco na minha cara, uma desforra por questioná-lo. No entanto, ele não faz nada disso.

Em vez disso, ele diz: "Vou precisar de metade adiantada!".

"Não", digo de maneira inflexível. "Não depois do que aconteceu da última vez. Você vai receber tudo quando o trabalho estiver concluído."

Ele semicerra os olhos e retorce a boca. Dá para perceber que está pensando nos eventos que ocorreram há mais de uma década, no jeito como as coisas aconteceram em comparação ao modo como deveriam ter se desenrolado — tudo porque ele chegou no horário errado.

"Eu também nunca pedi aquele dinheiro de volta", lembro a ele, "mesmo depois de você não cumprir a sua parte no acordo."

Ele relaxa a expressão no rosto e concorda.

"Como você quer que seja feito?", pergunta ele.

"Não dou a mínima para isso. Você é o especialista aqui. Quando levo meu carro ao mecânico, não digo a ele como deve consertá-lo. Apenas dê seu jeito e faça rápido."

Alejandro enfia as mãos nos bolsos da frente, cerrando os olhos para mim.

"Achei que você tivesse dito que tinha outras coisas em andamento, coisas que iam lhe dar o que você queria, sem precisar levar as coisas a esse ponto."

"Eu tenho. Mas Sarah viva não é pré-requisito para nenhuma delas. Na verdade, tudo vai funcionar melhor se ela estiver morta. Assim, não preciso me preocupar com a possibilidade de ela se safar ou de fazer alguma coisa comigo."

"Você tem medo dela, não tem?", ele zomba de mim, rindo.

"Eu seria um idiota se dissesse que não." Reduzo o espaço entre nós, caminhando até ele com o queixo erguido. Paro quando estamos cara a cara e boto a mão no ombro dele, apertando-o de leve. "Não a subestime, Alejandro. Porque garanto que, se você a subestimar..." Cerro os olhos. "Vai ser o seu último ato na vida."

O sorriso dele desaparece e ele pigarreia.

Retiro minha mão do ombro dele e dou um passo para trás, me distanciando outra vez.

"Mande uma mensagem confirmando quando estiver tudo feito."

"E a partir de quando posso esperar o dinheiro?"

"Assim que eu tiver a confirmação." Meto a mão no bolso, pego um pedaço de papel dobrado e o entrego a ele. "O dinheiro vai ser transferido para esta conta."

"Isso não vai deixar rastros?", pergunta ele, pegando o papel.

"Vai, mas vai ser preciso uma vida inteira para chegar à fonte dele. É tudo muito intrincado, mas vai estar lá... esperando por você."

"Minha taxa é muito mais alta do que era catorze anos atrás." Ele enfia o pedaço de papel no bolso da frente de sua calça jeans. "Inflação e tal", acrescenta.

"Quanto mais?"

"O dobro."

"Perfeito, porque eu questionaria suas capacidades se seu preço não tivesse subido. A última coisa que quero é um assassino de aluguel que aceita pechinchas. Agora, sem erros, desta vez."

Alejandro assente e sai do meu quarto de hotel sem dizer mais nada. Não há muito mais a fazer agora, exceto esperar que Sarah, pela primeira vez, esteja um passinho atrás de mim.

43
STACY HOWARD

Não acordo naturalmente, e não são nem os bichos guinchando nem a fundação que se move que me trazem à consciência. É um grito de gelar o sangue, do tipo que você só emite quando sua vida está em perigo.

Eu me sento, com o coração martelando, sinto o ritmo anormal ecoando em meus ouvidos. Minha pele transpira, apesar do ar frio e úmido. Outro grito penetra a escuridão, seguido por ruídos altos, batidas, coisas caindo, pancadas no piso do andar de cima. Vidros se quebram. Ouço mais um estrondo. Mais gritos. Passos pesados, ou talvez chutes contra o chão.

"Carissa", sussurro na escuridão. "Acorda. Tem alguém aqui."

Ela não responde. Ela não se mexe.

Puxo minha corrente com tanta força que ela arranca a pele da palma da minha mão. Estremeço de dor, mas continuo puxando. Não cede nem um tiquinho.

Uma mulher grita. Algo bate em uma parede lá em cima. Ouço coisas se estilhaçando, pedaços batendo contra o piso.

Ele deve ter trazido outra pessoa para cá... ou talvez alguém tenha encontrado a gente.

"Carissa!", grito, tentando fazê-la acordar. Ela não responde. Sem saber o que fazer, eu grito de novo: "Estamos aqui embaixo! Por favor, ajude a gente!".

Uma mulher grita outra vez. Parece terror puro, e eu logo percebo que ela não está em condição de nos ajudar, pelo menos não ainda.

Mais comoção. Mais chutes e gritos, sapateados, uma luta contínua.

"Stacy!", grita a voz do andar de cima. "Me ajuda!"

Abro a boca, e lágrimas brotam dos meus olhos quando percebo que a mulher me chamando, implorando a minha ajuda... é Carissa.

"Carissa!", grito de volta, na esperança de que ela sussurre meu nome de algum lugar na escuridão ali perto, mas ela não está mais aqui comigo. Está lá em cima com ele.

Quando foi que ele desceu aqui e a levou? Como foi que eu consegui dormir nesse meio-tempo? Ou será que, de alguma forma, ela se libertou e fugiu? Eu me levanto trêmula, mal conseguindo me firmar enquanto tento me arrastar na direção em que acho que estão os degraus. O comprimento da corrente não me permite ir muito longe.

"Me ajuda!", grita ela de novo. Há uma série de batidas breves contra o teto, como se ela estivesse correndo... ou talvez ela esteja se debatendo e chutando, o que significa que ele a capturou.

"Carissa!", berro, sacudindo a corrente, esperando que haja um elo fraco que vá arrebentar e me libertar para que eu possa chegar até ela. "Estou indo", minto. "Continue lutando", grito.

Não sei o que dizer, mas só me resta tentar incentivá-la a encontrar forças para viver. Estou gritando, chorando e berrando coisas que nem sei se ela consegue ouvir ou entender. As batidas contra o teto ainda ressoam, mas agora menos, como se ele a tivesse travado no chão ou talvez ela estivesse perdendo as forças para resistir.

"Por favor!", ela grita, mas sua voz sai tensa e ofegante.

"Aguenta firme, Carissa", continuo puxando a corrente, mas só consigo rasgar mais a minha pele. Dou um berro de agonia e frustração.

Como eu não ouvi quando ele desceu e a levou? Não entendo. E por que ela e não eu? Meu pé patina em alguma coisa no chão, me fazendo perder o equilíbrio e cair; meu joelho estala contra o pavimento. Urro de dor, segurando meu joelho latejante por um instante antes de tatear para sentir onde escorreguei. É a embalagem do último sanduíche. Na verdade, havia dois, um para mim e um para Carissa. Nós comparamos o sabor — bem, descrevemos uma para a outra, e imaginamos que eram iguaizinhos, de presunto e queijo. Adormeci depois de comer o meu. Eu sempre desmaio depois de comer... Arregalo os olhos ao me dar conta.

Ele está dopando a gente! Só pode ser. É por isso que não ouvi quando ele trouxe Carissa aqui para baixo, a princípio. É por isso que não acordei quando ele a levou. Deve estar na comida. Penso nas outras vezes em que ele me alimentou, antes de Carissa chegar. Toda vez, eu ficava inconsciente por sabe-se lá quanto tempo. Será que ele descia nessas horas? Se descia, o que ele fazia comigo? O que ele tem feito comigo?

Grito o nome de Carissa de novo, dizendo a ela para lutar, para se manter forte, sobreviver e não o deixar vencer. Está muito mais silencioso lá em cima, agora, mas ainda há um tumulto. Só parece mais distante. De repente, uma luz intensa se sobrepõe à escuridão. É demais para eu assimilar. Meus olhos ardem, e eu os fecho com força enquanto os protejo de forma instintiva com as mãos, evitando encarar a fonte da claridade. Há um zumbido nos arredores. O som de lâmpadas velhas que não são acesas há muito tempo.

Acho que a ouço ofegando... mas talvez eu esteja imaginando. Levo meus dedos aos olhos e me forço a abrir minhas pálpebras. Dói, mas preciso mantê-las abertas, forçá-las a se adaptar à luz que não vejo há dias, há uma semana, mais ou menos.

Algo bate contra o teto, bem acima de mim. Parece derradeiro, como se eu não fosse ouvir mais nada. Então, fica tudo em silêncio. Depois do que parece uma eternidade, ouço novas batidas, uma, duas vezes. As tábuas do assoalho rangem e gemem, e então vem o silêncio mais uma vez. Eu pisco diversas vezes, até que meus olhos conseguem ficar abertos sozinhos, e consigo ver mais do que apenas uma luz brilhante. Meu entorno começa a ficar nítido. Botas pesadas ribombam de modo vagaroso acima de mim, seguidas por um som contínuo de assobio. Lágrimas brotam dos meus olhos e escorrem pelo meu rosto. Sei que som é esse. É o corpo de Carissa sendo arrastado de um cômodo para outro. Uma porta perto dos fundos da casa se abre, emitindo um rangido. Outro baque. Então, ela é fechada com força, e há silêncio de novo — pelo menos, lá em cima.

Aqui embaixo, eu estou em pânico, ou talvez em choque. Não consigo respirar. Engulo em seco, suspirando e ofegando, lutando para recuperar o fôlego. Minha garganta parece ter sido esmagada por um torno. Choro, mas mal consigo emitir um som. Estou bem, lembro a mim mesma. Quer dizer, não estou, mas estou — porque ainda estou viva. Sou a sortuda. Fecho os olhos e inspiro o ar bem fundo pelo nariz, seguro por quatro segundos e, então, exalo o ar pela boca. Eu me concentro apenas na minha respiração e em mais nada. Fico fazendo isso até me estabilizar e limpar a mente. O pânico não vai me ajudar a sair daqui, por isso, tenho que ficar calma.

Abro os olhos de novo e observo o ambiente. Há uma escada bem onde imaginei que houvesse. É feita de madeira velha, já está apodrecida em alguns lugares. Eu me agacho e olho para cima, a fim de dar uma espiada no topo dos degraus. Há uma porta. Fico em pé e olho para o ponto onde Carissa parecia estar. Ela não está mais lá, mas sei que esteve em algum momento. Porque tem um colchão fino e velho no chão, ao lado de uma pilastra com uma corrente grossa de metal atada a ela. A tornozeleira está aberta, largada sobre o chão de concreto. Ao lado dela, há uma garrafa de água vazia, um plástico de sanduíche e uma grande mancha de sangue carmesim. Minhas mãos voam para a boca. *O que ele fez com ela?*

Antes que o pânico tome conta de mim de novo, eu me viro e fico concentrado, tentando absorver tudo. Estou em um grande porão decrépito que se estende para além das escadas por não sei quantos metros. Há pilhas de caixas e móveis aleatórios espalhados, todos decadentes, podres e mofados. Eu me viro de repente e, então, o vejo em toda a sua glória, caído no chão de concreto rachado. Está à direita, um pouco atrás do lugar onde ele acorrentou Carissa. Será que sempre esteve ali? E, se esteve, como não o vi? Talvez tenha caído durante a luta com Carissa. Parece bom demais para ser verdade. Meu coração dispara, mas não quero criar muita esperança. Pode não ser nada, ou pode ser minha passagem para sair daqui. A corrente de metal raspa no piso enquanto cambaleio até lá. É como riscar uma lousa com um prego, mas, agora, eu gosto do som, pois sei que, quando não consigo mais ouvi-lo, é porque estou no fim da minha correia.

Estendo meu braço, esticando minha mão ao máximo; as pontas dos meus dedos mal roçam o metal frio. Não está bem ao meu alcance, mas está perto, e acho que conseguirei pegá-lo. Estico meu pé livre um ou dois passos além e avanço. A corrente crava na minha pele, despelando meu tornozelo enquanto me estico. Um grito me escapa quando o metal corta mais fundo a pele, mas eu não paro, não importa o tamanho da dor — porque sei que o que está por vir é muito pior. As pontas dos meus dedos triscam no objeto, mas não o suficiente para eu agarrá-lo. Resmungo e rastejo de volta para o meu colchão, onde tem um saco de dormir. Pego o saco e dou um impulso nele, e ele pousa em cima do meu objeto de desejo, aí vou puxando-o lentamente, na expectativa de que ele arraste o item para mais perto de mim... só que não dá certo. Tento de novo, e nada. Desta vez, saio catando estilhaços do piso e os coloco dentro do saco de dormir, fazendo uma trouxinha pesada numa ponta. Lanço o saco várias vezes, puxando-o para trás a cada tentativa, até que, por fim, o peso da trouxa é capaz de arrastar o objeto consigo. Ele vem raspando no chão de concreto enquanto desliza na minha direção. Levanto o saco de dormir e vejo que o objeto agora está ao meu alcance.

Não consigo acreditar no que os meus olhos veem. Pisco várias vezes só para ter certeza de que não estou imaginando. Agora, olho bem, e ele ainda está lá. Com cuidado, tomo-o nas mãos. É frio contra minha pele e mais pesado do que parece. A luz atinge o metal prateado, fazendo-o cintilar. Coloco-o no meu campo de visão, o tambor ejeta. Dou um suspiro de alívio quando vejo que dois dos seis vãos estão preenchidos, as balas estão aninhadas com cuidado, esperando para sair num disparo. Duas é uma dádiva... porque uma só já me basta.

44
SARAH MORGAN

Alejandro está diante de mim à mesa de jantar, um assento antes reservado para Bob, mas que fica muito melhor com ele. Ele está usando camisa social branca e jeans escuros. Sei que são as roupas mais bonitas que ele tem, então, reconheço o esforço. Ele também não apareceu de mãos vazias. O buquê de flores silvestres no vaso sobre o balcão é um presente dele. São peculiares, cachinhos de pequenas pétalas azuis com miolo amarelo, mas muito bonitas. O vinho tinto, servido de modo generoso em duas taças Château Baccarat, também foi trazido por ele. Quase cancelei com Alejandro, considerando tudo o que vem acontecendo, mas concluí que uma distração cairia bem. Além disso, imaginei que seria conveniente aos meus interesses não o deixar esperando de novo — e, no momento, meus interesses são a coisa do meu maior interesse.

"Isto está incrível", comenta ele enquanto leva uma garfada de salmão grelhado e purê de batatas à boca. As batatas por si só levam horas para ficarem prontas se você quiser fazê-las seguindo a tradição francesa à risca, então, estou feliz que elas estejam recebendo os elogios merecidos.

"Que bom que você gostou." Aninho a taça de vinho nas mãos e bebo devagarinho, olhando para ele pela borda.

Ao contrário do café da manhã que ele consumiu no outro dia, agora, ele saboreia o jantar num ritmo muito mais relaxado. Não sei se é proposital.

"Cadê sua filha?", pergunta ele.

Sorrio e pouso a taça de vinho na mesa. "Está hospedada na casa de uma amiga."

Quando dou a entender que estamos a sós, vislumbro um lampejo nos olhos dele — é breve, mas ainda assim eu percebo. Não tenho intenções reais para esta noite, mas acho que talvez ele tenha. Com a lateral do meu garfo, tiro uma lasquinha do salmão grelhado. O sabor é de um equilíbrio perfeito: intenso, a gordura no ponto certo, arrematado por notas cítricas e um toque de doçura.

"Fiquei aliviado quando você atendeu à porta, hoje à noite", diz ele. Sua expressão está séria e seu olhar é intenso. Ele não está brincando, pelo menos, não por enquanto. Agora, ele está falando sério, mas, na verdade, eu estou a fim de brincadeira. Adoraria uma pitadinha de diversão, e não mais tanta conversa pesada chafurdada em expectativas.

"Tenho certeza de que ficou." Contraio o queixo e mordisco o lábio, umedecendo-o com a língua. O olhar dele se demora um pouco mais na minha boca enquanto seus dedos agarram a haste da taça de vinho enorme à sua frente.

"Como está indo a sua busca de emprego?", pergunto, erguendo meus olhos para ele, pestanejando uma vez além do necessário.

"Está indo bem", ele responde. "Na verdade, arrumei um serviço hoje." Ele ergue a taça e toma um gole, sem tirar os olhos de mim.

"Que ótimo. Que trabalho é?"

Alejandro pousa a taça e pega o garfo, o metal raspa contra o prato de porcelana.

"Gestão de resíduos", diz ele. "É temporário, mas paga bem." Ele olha para baixo como se estivesse envergonhado.

"Não há nada de errado nisso. É um bom trabalho", digo, sorrindo o suficiente para, com sorte, convencê-lo a se animar.

Ele levanta a cabeça e sorri de volta. Não sei se ele concordou comigo ou se está deixando seus sentimentos implícitos.

Comemos em silêncio por alguns minutos, trocando olhares e sorrisos educados. Não precisamos falar para sabermos exatamente qual pensamento está se passando em nossa cabeça nesse instante. Posso dizer, pelo olhar dele, que ele quer me atacar — e acho que posso permitir isso.

"Eu quase não aceitei esse serviço", diz ele, enfiando a última garfada de comida na boca. Ele mastiga sem pressa, me observando.

"E por quê?"

Alejandro limpa a boca com o guardanapo de tecido; depois, o dobra e o coloca em cima do prato esvaziado, sinalizando que já terminou. "Eu não sabia se era o trabalho certo para mim." Ele leva a taça aos lábios e a inclina para trás, fazendo todo o líquido rubro desaparecer. As últimas gotas dançam pelas paredes de cristal.

Eu me levanto, pego o decantador, que está no meio da mesa, e caminho até ele bem devagar. Meu quadril roça em seu braço quando me inclino para encher sua taça de novo.

"E o que te fez mudar de ideia?", pergunto.

Ele me encara, seu olhar roça o meu busto, o meu pescoço, os meus lábios, e então se fixa nos meus olhos. Percebo uma leve contração nos lábios dele.

"De certa forma... você fez."

Pouso o decantador na mesa e viro meu corpo, me inclinando contra a mesa para me sentar em parte sobre ela. Minha perna roça o braço dele, mas ele não se afasta.

"Como assim?"

Alejandro demora um pouco para responder. Seus olhos miram os meus como se estivessem buscando alguma coisa. Talvez ele já tenha encontrado e não esteja satisfeito com sua descoberta.

"O programa da sua fundação só funciona se eu botar a mão na massa."

"Isso é verdade." Inclino a cabeça. "Mas, se esse trabalho não te serve, então, não serve."

"Eu sou o único que pode fazê-lo", diz ele, espelhando meu movimento.

"Quanta segurança, Alejandro."

"Isso é uma questão?"

Lanço a ele um sorriso provocador. "É o que você quiser que seja."

Ele ergue sua mão imensa, roçando minha bochecha antes de migrar para meus cabelos, me puxando para si. Nossas bocas se colidem, e ele quase rouba meu fôlego. É fluido e acontece depressa, como se ele estivesse desejando isso desde que se sentou a esta mesa. E eu me pergunto que outros cenários ele teria imaginado.

45
SARAH MORGAN

Alejandro está dentro de mim e eu estou dentro dele... estamos enroscados nos lençóis de algodão egípcio cor de mel escolhidos por Bob. Eu me lembro dele passando a mão assim que os colocou na cama. Seu sorriso era uma mistura de orgulho e paixão, ele estava satisfeito por poder nos dar esse presente delicioso. Ele os descrevera como pura perfeição. Eu me pergunto se ele ainda os descreveria da mesma forma agora.

Alejandro deixa um rastro de umidade no meu pescoço enquanto lambe e beija cada centímetro da minha pele. Não dissemos uma palavra desde que ele me tirou da mesa da cozinha e me carregou para cá. Quando chegamos ao quarto, já estávamos despidos como num passe de mágica. No entanto, ele já havia se desnudado para mim muito antes. Ele só não tinha consciência disso. Eu estava certa sobre suas tatuagens. Elas se prolongam por toda parte, cobrindo seu peitoral rijo, o abdômen, os ombros e a extensão de suas costas largas e musculosas. Aprendi muitas coisas a respeito dele por meio da tinta tecida em sua pele. Ele é religioso... ou, pelo menos, gosta da iconografia. A tatuagem que afirma que ele nada teme contradiz outra, porque vejo que ele teme a morte, por isso as imagens de caveiras e crucifixos são predominantes em sua pele colorida.

Seus lábios encontram os meus, e seu beijo se torna agressivo, então, retribuo. Meus dentes cravam em sua carne, e ele geme, investindo mais forte em mim, como se quisesse compartilhar a dor que sente. Suspiro, descolando minha boca de seus lábios. Ele aperta meu seio e roça o dedo no meu mamilo intumescido. É como se ele quisesse garantir que cada parte de mim ficasse alerta ao toque dele. Minhas mãos se voltam para suas costas, eu o arranho. Sua pele umedece, percebo que tirei sangue dele, mas ele não reage. Talvez porque ele já tenha sentido coisa muito pior na vida. Ele penetra mais fundo e mais rápido. Envolvo os quadris dele com as pernas, puxando-o ainda mais, para que eu possa agarrar todo o seu comprimento. Alejandro sorri e se inclina para mim, separando a fenda entre meus lábios com sua língua. Minha língua enreda na dele como arame farpado, deslizando e se enroscando numa dupla hélice de paixão.

Seu corpo enrijece, tenso, ao mesmo tempo em que ele arqueja e geme. Imito sua respiração, e então ele chega lá. Quando ele termina, cada músculo em seu corpo relaxa, e ele tomba em cima de mim, resfolegando. Sua pele úmida gruda na minha, seus pulmões se expandindo e se contraindo, o peito subindo e descendo, perfeitamente sincronizado ao meu. Seu coração dispara, latejando pelo corpo inteirinho. Sinto cada batida. Estaria meu coração ribombando por este momento ou em expectativa pelo próximo? Alejandro levanta a cabeça e me encara. Aquela pintinha em sua íris segue impassível. Ele está exausto, talvez por causa do sexo ou da própria vida. No entanto, ele está inexpressivo. De repente, vejo outra coisa. É fugaz, uma tristeza em seus olhos antes de ele rolar para o lado, desatando nossos corpos.

Então, ele se deita de costas ao meu lado, encarando o teto. Nenhum de nós diz uma palavra, apenas nossas respirações lentas e decrescentes preenchem o silêncio. O que há para dizer? Que foi ótimo? Nós dois sabemos disso. Que foi gostoso? Nós dois sabemos disso também. Estico meus braços acima da cabeça enquanto Alejandro começa a se desvencilhar do colchão. Nesse momento, sinto algo duro e frio na lateral do meu abdômen.

Olho para ele. A tristeza em seus olhos voltou, mas está misturada a outra coisa... vergonha... ou talvez coragem. Tipo quando você está fazendo a coisa errada sob as motivações que considera corretas.

"Me desculpe, Sarah", diz ele, puxando o cão da arma.

46

BOB MILLER

Meu celular vibra. Silencio a televisão e me sento na cama do hotel, olhando para o aparelho. Minha frequência cardíaca acelera de imediato, a um nível que eu não fui capaz de prever. Uma luz pisca, indicando que chegou mensagem. Sei o que deve estar nessa mensagem, o que ela deve estar dizendo. Neste instante, coloco-me num limbo, porque ainda não olhei a caixa para ver se o gato ainda está respirando, mas, assim que abro o celular...

As perguntas de Alejandro correm pela minha cabeça... *É isso mesmo que você quer? Tem certeza?* O problema com Sarah é que não há como detê-la, nem como fazê-la mudar de ideia. Se você está na mira dela, você está morto, a menos que intervenha com medidas drásticas. Não tive escolha, porque ela nunca me deu escolha. Porventura tive a oportunidade de atacar primeiro.

Abro o celular e leio a mensagem na tela.

Está feito.

Digito com o T9 ativado, já aproveitando as palavras na memória do celular.

Mande a prova.

E então eu aguardo. Os segundos parecem horas, e temo desmaiar em consequência do acúmulo de ansiedade pela expectativa. Por fim, uma imagem começa a carregar lentamente na tela, fileira após fileira de *pixels* revelando os detalhes sangrentos do ato que coloquei em prática. Primeiro, os travesseiros na nossa cama; depois, o cabelo, tecendo seu caminho até o couro cabeludo. E então ela aparece. Sarah. Seu rosto morto caído para o lado, manchado de sangue ainda brilhante e fresco.

Sinto as lágrimas chegando, acumulando-se a um nível impossível de ser contido pelas pálpebras. Estou aliviado que ela esteja morta porque o horror que ela iria me fazer passar teria sido muito mais insuportável do que o que estou sentindo agora. Mas o que eu fiz não muda o fato de que eu a amava. Estou olhando para o cadáver da minha esposa e mãe da minha filha — estou eufórico e de coração partido. É como um cachorro velho que ficou senil e começa a morder as pessoas por estar confuso. A eutanásia é a coisa certa a se fazer, mas isso não significa que eu não esteja arrasado. Sarah precisava ser sacrificada.

Pego um lenço de papel da caixa na mesa de cabeceira e seco as lágrimas. Meu celular vibra de novo. Outra mensagem. Clico, e uma nova imagem carrega. Desta vez, não é só o rosto dela, é seu corpo inteiro, deitado nu em nossa cama. Seus membros estão retorcidos e espalhados. Uma grande poça de sangue se acumulou debaixo de seus quadris e ao redor deles. Franzo a testa. Por que ela está nua? Então, compreendo, e uma raiva começa a tomar conta de mim. Fecho a imagem e ligo para o único número salvo no aparelho.

Toca uma vez antes de Alejandro atender e dizer: "Que foi?".

"Você comeu a minha mulher antes de matá-la?", começo já aos berros, mas logo já baixo a voz para um sussurro agressivo, lembrando que tenho vizinhos em cada parede do quarto do hotel. Aumento o som da tevê para encobrir o volume da minha voz.

"Creio que sua citação exata foi 'Eu não digo ao mecânico como consertar meu carro!'. Então, não se preocupe com isso."

"Claro que me preocupo com isso. É a minha esposa, e transar com ela não fazia parte do acordo."

"Você queria que ela morresse, e ela morreu. Além do mais, ela não é sua esposa mais. Ela... não é mais nada." A voz vem fria, meio irônica.

Suspiro bem fundo e esfrego minha têmpora.

"E Summer? Cadê ela?", pergunto, preocupado com a resposta.

"Ela está hospedada na casa daquela tal de Anne. Aquela que trabalha na fundação."

"Sei quem é Anne." Não é o lugar ideal para Summer estar, já que Anne não vai me deixar pegar minha filha sem confirmar com Sarah primeiro, mas não há nada que eu possa fazer a respeito, neste momento.

"E agora?", pergunta Alejandro.

"Limpe a sujeira e depois saia da cidade. Fique o mais longe possível daqui. Vá para a Califórnia. Sei lá, não estou nem aí. Mas desapareça."

"E o meu dinheiro?"

"Vai ser transferido para você logo de manhã."

"Não, eu quero o dinheiro hoje à noite, e isso é inegociável. A menos, é claro, que você queira que eu expanda minha lista de serviços hoje."

"Não era esse o acordo, e você sabe que sou bom nisso, então, vai ser transferido de manhã. Você não precisa me ameaçar para garantir que vai receber."

Ele fica em silêncio por um instante, como se estivesse pensando.

"Tudo bem." Alejandro cede... por enquanto. Sei do que ele é capaz, então, não tenho a intenção de lhe dar um calote.

"Sarah mencionou alguma coisa sobre Stacy Howard antes de você mat...?" Eu paro. Não preciso verbalizar o que nós dois já sabemos.

"Não."

"Merda." Um beco sem saída — real. Preciso encontrar algo que possa tirar essa história de Stacy do meu pé... e talvez o lance com Carissa também. "Eu sei que ela estava planejando alguma coisa."

"Se estava, não está mais", diz ele com naturalidade.

Alejandro não entende. Mesmo com um plano inacabado e com Sarah fora de circulação para concluí-lo, a coisa toda ainda pode estourar na minha cara. A única coisa que mudou é que ela não poder mais interferir de modo direto.

"Eu ainda tenho que encontrar Stacy. Não posso ficar com essa história pendente."

"Bem, você mandou que eu colocasse um rastreador no carro de Sarah. Use esse recurso."

"Eu tentei. É inútil. Ela só costuma ir à fundação, ao supermercado e à escola de Summer. É tudo rotina e chatice, nada de anormal."

"Pelo visto, não tem nada aí, então."

É possível que ele esteja certo. Sarah era incrível no planejamento de contingências, mas é difícil que tenha previsto que as coisas acabariam assim. Talvez seus planos apenas esmoreçam e definhem de um modo natural, mas não posso contar com isso.

"Apenas saia daí e tire o rastreador do carro de Sarah antes de ir. E não entre em contato comigo neste número de novo. Até porque ele não vai funcionar mais."

"E se der problema com o dinheiro?", pergunta Alejandro, com um toque de ansiedade e aborrecimento na voz.

"Não vai dar problema. Depois que eu transferir os fundos, volto a entrar em contato com você de outro número, quando a barra estiver limpa."

Aperto um botão no celular e encerro a ligação. Não faz mais sentido ficar nesse vaivém. Ele precisa sair da cidade, e tem que fazer isso rápido. Abro de novo a foto de Sarah, olhando para ela uma última vez, sabendo que, assim que eu apagar esta mensagem, nunca mais a verei de novo, não de fato.

Depois de alguns minutos enganando minha mente para ignorar o sangue e o rosto sem vida, enfim, apago o registro de chamadas, apago o número de Alejandro e todas as nossas mensagens e, a seguir, quebro o telefone ao meio. Enrolo os dois pedaços em uma toalha e os pisoteio, transformando-os em fragmentos minúsculos, e então jogo a maior parte no vaso sanitário e dou descarga.

Ainda no banheiro, jogo água no rosto e encontro meu reflexo no espelho. Olho para o homem que me encara. Lágrimas escorrem pelo meu rosto, e eu começo a rir.

"Consegui. Até que enfim, consegui."

Alguém superou a grande Sarah Morgan. Ela achava que ia continuar assim, se safando de tudo. Brincando com as pessoas como se elas não fossem nada, meros fantoches presos a uma rede de mentiras, logros e corrupção, todos aglomerados e embolados em uma teia de merda enquanto Sarah sorri na ponta. Não mais.

Olho para o meu relógio, e a realidade de algo tão concreto quanto o tempo me traz de volta aos planos. Por melhores que sejam as técnicas forenses modernas, a proclamação da hora da morte ainda fornece uma janela aproximada do horário da ocorrência, e ainda estamos dentro dessa janela. Sendo assim, preciso ser visto pelo maior número possível de pessoas em algum lugar público. Visto algo um pouco mais formal e chamativo antes de ir para o bar do hotel.

"Boa noite, senhor", diz o *barman* quando me sento ao balcão. "O que posso lhe servir?"

Ele parece jovem, talvez esteja na casa dos trinta; ostenta um coque samurai e um avental de açougueiro de couro preto com tiras bege.

"O que você recomenda?", pergunto.

Sei bem o que eu quero, mas preciso puxar assunto para que ele se lembre de mim e, se questionado, possa dizer à polícia que eu estava tranquilo, conversador e cortês.

"Depende... Qual seria a bebida de base? Gim? Bourbon? Uísque? Vodca?"

"Bourbon."

"Algo doce? Forte? Defumado? Uma mistura?"

"À sua escolha, mas não muito doce."

"É pra já", diz ele, dando um sorrisinho.

Ele tamborila as mãos no balcão e se vira para misturar o drinque.

Eu me ponho a observar o bar do hotel, que tem um lustre, uma iluminação melancólica, acessórios cor de carvalho e uma paleta de cores verde-escuro e bordô. A ideia é parecer elegante e refinado, mas um olho perspicaz percebe que o lustre é de plástico, não de cristal, e que o revestimento de carvalho é só um laminado sobre um aglomerado vagabundo. Muitas coisas na vida podem te fazer pensar que são melhores do que de fato são se você não reserva um tempinho para analisá-las direito.

Para a surpresa de ninguém, o bar está bem vazio. É um dia útil em uma cidade sem muitos atrativos para turistas ou empresários. No entanto, entre o *barman*, os outros poucos funcionários no restaurante e a equipe da recepção que me viu entrar — sem mencionar as câmeras de segurança no saguão —, meu álibi será inconteste. Tenho certeza de que há uma câmera em algum lugar por aqui também.

Pego meu celular pessoal e olho para a tela preta, incapaz de ligá-lo. Soltando um suspiro profundo, coloco-o no balcão. Sei que preciso excluir algumas coisas deste aparelho também, como o aplicativo que eu usei para rastrear o carro de Sarah, mas minha mente não consegue parar de pensar na foto dela. Sei que fiz a coisa certa... para mim. Mas isso não torna as coisas mais fáceis, e eu adoraria que meu amor por Sarah tivesse morrido junto com ela.

"Aqui está", diz o *barman*, colocando diante de mim uma tábua de madeira com um copo coberto por uma cúpula de vidro. A fumaça dança ali dentro, mascarando o coquetel. O *barman* espera que eu lhe dê toda a minha atenção. Ele quer completar seu showzinho, então, vou permitir tal indulgência. Com um gesto teatral, ele remove a cúpula e me convida a me refestelar em meio à fumaça. Tem cheiro de madeira de macieira e nogueira.

"Chamo este drinque de névoa da tourada", anuncia ele com um sorriso.

Pego o copo de coquetel e o levo à boca, tomando um gole. Os sabores explodem, e minhas papilas gustativas são levadas a uma montanha-russa doce e defumada.

"O que achou?", pergunta ele, jogando um pano por cima do ombro.

"É incrível."

"Aproveite, e me avise se eu puder lhe servir mais alguma coisa."

Sorrio e, por fim, consigo me concentrar de novo, sinto o álcool cobrindo o revestimento do meu estômago, me arrancando do meu torpor. Pego meu celular no balcão e o desbloqueio, indo direto para o aplicativo de rastreamento que usei para monitorar Sarah. É a última coisa que resta da minha esposa — sua vida, exibida como uma teia de hábitos em linhas azuis espalhadas pela tela. Trabalho, escola, mercado, casa. Trabalho, escola, mercado, casa. De novo. De novo. Na verdade, é meio patético quando você olha dessa forma.

Posiciono meu polegar na parte inferior da tela, pronto para arrastar para cima, fechando o aplicativo, e a seguir excluí-lo — mas, de repente, o mapa dele desaparece e é substituído por uma rodinha giratória com a palavra *Carregando* logo abaixo. Parei de verificar o aplicativo em algum momento ontem, então, imagino que ele esteja atualizando a localização mais recente. Quando ele recarrega, não fica muito diferente do que já estava na tela, exceto por uma linha. Então, eu o abro e maximizo para ver o *zoom* da rota. Está indicando um trajeto para o sul da nossa casa no lago, passando por Greenwich e pelo campo de golfe, no meio do nada. Clico nele, e os detalhes aparecem — e então percebo que a viagem ocorreu no início da tarde de hoje.

"Não é possível", exclamo em voz alta, incapaz de conter minha surpresa.

"Um drinque de outro mundo, hein?!" O *barman* olha para mim, sorrindo enquanto lustra um copo.

"Sim, inacreditável", respondo, grato por ele ter me dado um pretexto para minha explosão.

Aonde você estava indo, Sarah? Tiro minha carteira do bolso, pronto para jogar meu cartão no balcão e sair para investigar o local que ela visitou. Mas então me lembro: ainda não posso ir embora. A janela do horário da morte. Verifico meu relógio. Preciso esperar pelo menos uma hora.

"Na verdade, assim que terminar este, vou querer mais um", digo em alto e bom som.

"É pra já."

E.L.A.S® JENEVA ROSE DIVÓRCIO PERFEITO

47
STACY HOWARD

Minhas mãos e dedos doem de segurar a arma. Ela está a postos, apontada para as escadas. Sinto os músculos dos braços fatigados, trêmulos. Não sei quanto tempo faz que estou sentada aqui com as costas contra o poste ao qual estou acorrentada, com as pernas abertas diante do meu corpo, concentrada na mira do revólver. Gotas de suor se acumularam na divisa do meu couro cabeludo, escorregando pela testa e nuca. Ouço os passos acima, pesados, como sempre. As lágrimas brotam no mesmo momento. Meu coração dispara quando a adrenalina entra em ação, desacelerando o mundo inteiro.

A porta no topo da escada range e se abre inteira, e enfim os vejo — os sapatos que tantas vezes ouvi. Eles descem, de forma metódica e tranquila, um por um. Vejo um pouco mais da figura, as canelas, os joelhos, as pontas dos dedos junto ao corpo, a cintura, o peito, o pescoço e, então, seu rosto.

"Stacy", diz ele, de olhos arregalados, como se estivesse chocado por me encontrar aqui embaixo.

Eu o reconheço logo de cara.

Ele ergue as mãos e dá um pequeno passo em minha direção. Abre a boca e está prestes a falar, mas não sai nada, porque não lhe dou a oportunidade de se manifestar.

Puxo o gatilho e grito em sincronia com os dois estrondos ensurdecedores. Aperto os olhos, o cão do revólver estala várias vezes em sequência, mas as balas acabaram. Então, resta só um resquício de zunido e o som do meu choro descontrolado.

E.L.A.S® JENEVA ROSE DIVÓRCIO PERFEITO

48
XERIFE HUDSON

O nome do tenente Nagel acende na tela do meu celular. Atendo o mais rápido que posso, achando que talvez tenhamos recebido uma mensagem de outra delegacia informando o paradeiro de Scott.

"Nagel, e aí?"

"Seguimos Bob até uma casa de fazenda abandonada, ao sul de Greenwich, na 603. Estacionamos um pouco mais abaixo na estrada, para garantir que nosso disfarce não fosse descoberto, mas acabamos de ouvir tiros. Como devemos proceder?"

Dou um pulo na cadeira, pegando meu cinturão de utilidades no cabide. "Fique aí. Aguarde os reforços. Estou a caminho." Desligo o celular e corro para o escritório de Olson. "Tiroteio. Vamos."

Sem dizer uma palavra, ela se levanta em dois tempos e vem atrás de mim.

Pego meu rádio, convocando todas as unidades disponíveis.

Na minha viatura, ligo as sirenes e piso no acelerador, com o motor no limite, o ponteiro de RPM chegando à numeração vermelha do visor.

"O que está havendo?", grita Olson por cima da sirene estridente.

"Nagel e o pessoal dele seguiram Bob até uma casa de fazenda abandonada. Houve disparos de arma de fogo alguns minutos depois de ele entrar lá. Eles estão de prontidão para dar apoio, caso tenhamos uma situação com reféns."

Ela assente em resposta e tira a arma do coldre, ejetando o pente para verificar se está cheio.

Chegamos ao local em menos de doze minutos. A equipe da SWAT chegou antes, e os policiais já estão se preparando na traseira da van enquanto Olson e eu saímos do veículo. O comandante da SWAT está animado, dando instruções de maneira ativa, balançando os braços e apontando de forma frenética para diferentes pontos de entrada da construção. A iluminação portátil já foi instalada, clareando a área ao redor da frente da casa. A estrutura diante de nós está podre. Faltam várias ripas de madeira, e a fundação parece pronta para desabar.

Nagel corre para nos cumprimentar.

"O que está havendo?", pergunto, examinando a cena.

O tenente Nagel recita de modo apressado os poucos detalhes aos quais teve acesso. "Só tenho as mesmas informações de antes. Bob Miller entrou, e alguns minutos depois ouvimos dois disparos. Mandamos verificar os registros da propriedade, e não consta nenhum proprietário, então, não fazemos ideia de quem possa estar lá dentro."

"É uma situação com reféns?", pergunta Olson.

"A SWAT não tem certeza, e não houve resposta de ninguém de dentro, o que em regra não é o caso em um..."

Um grito penetrante rasga o ar, vindo da casa abandonada. Todos nós ficamos paralisados em um segundo, tentando identificar o local exato do som. Uma pessoa pode sangrar e morrer por causa de um ferimento de bala em poucos minutos, e já gastamos todos os minutos possíveis para chegar até aqui. Que se foda.

"Vou invadir", digo, correndo em direção à casa.

"Xerife, espere! Deixe minha equipe liberar, primeiro", grita o comandante da SWAT enquanto passo correndo por ele.

Não vou esperar. Fiz um juramento de proteger e servir à minha comunidade, e não vou deixar ninguém sofrer ou morrer enquanto ficamos formulando o melhor plano de ação. Eu me dispus a colocar minha vida em risco em favor da sociedade.

"Droga! Esquadrão, saia agora", ouço o comandante berrando atrás de mim enquanto arrombo a porta de entrada.

Minha Glock entra na casa antes de mim, meus braços estão estendidos com a arma a postos. Uma nuvem úmida de mofo paira no ar. Mexo num interruptor, mas nada acende, então, pego minha lanterna e movimento o facho de luz pela sala. Há uma mesa virada, e o piso está coberto de destroços, vidros quebrados e cadeiras caídas. Há manchas escuras e gotas do que presumo ser sangue nos móveis e no chão. Insetos correm pela poeira grossa, deixando rastros.

"Aqui é a polícia! Tem alguém aí?", grito.

"Socorro!", grita uma mulher, mas o som de sua voz vem do piso abaixo de mim.

Estou agitado quando começo a busca pela casa, tentando não tropeçar em nenhum dos objetos espalhados pelo chão podre. Respingos de sangue pontilham a parede de gesso rachada que parece ter sido atingida por algo ou por alguém. Passando por uma porta vaivém, entro em uma cozinha nos fundos. Baratas correm quando o facho da minha lanterna as ilumina. No outro extremo, à direita, um batente destacado por um brilho amarelo chama minha atenção. Minhas botas rangem sobre o vidro quebrado enquanto sigo em direção à porta aberta. Um conjunto de escadas leva a um porão e, no final dos degraus, vejo as pernas da calça e os sapatos de alguém no chão. Há comoção do outro lado da casa, agora. Os policiais entram gritando "Liberado!" enquanto verificam cada cômodo.

Escuto Olson gritar meu nome.

"Marcus."

Ela nunca usa meu primeiro nome no trabalho... então, sei que ela está assustada, mas não respondo, porque meus olhos estão sobre a pessoa imóvel no chão do porão.

"Gabinete do xerife do condado Prince William!", aviso.

"Por favor, você precisa me ajudar!", grita uma mulher de volta.

Começo a descer as escadas devagar, com a arma em punho na minha frente. As tábuas rangem sob minhas botas, e percebo que há gotas de sangue numa trilha degraus abaixo. Agora, Olson está atrás de mim, mas está quieta. Ela pousa a mão no meu ombro e aperta uma vez, um sinal de que ela está me dando cobertura. Eu me agacho um pouco enquanto desço as escadas, para poder enxergar abaixo da linha do teto, antes de chegar ao fim dos degraus. A primeira coisa que vejo é Bob Miller, deitado de bruços no concreto, com a cabeça para o lado, os olhos ainda abertos, vidrados. Não preciso verificar seu pulso para saber que ele já era. Descendo mais um degrau e olhando para a direita, vejo um colchão velho e manchado, uma corrente amarrada a uma pilastra e uma poça de sangue seco. Mais um degrau, e enfim vejo a mulher um pouco mais para a esquerda, com o tornozelo acorrentado a um poste, e os braços estendidos com um revólver nas mãos.

"Moça! Abaixe a arma", digo com voz calma.

"Ele a matou e ia me matar também", ela grita.

"Entendi, e acredito em você, mas você precisa abaixar a arma", digo, plantando minhas botas no piso de concreto para que fiquemos à vista um do outro. Levanto uma das mãos num gesto de redenção enquanto a outra segura minha arma junto ao corpo. Não quero que ela se sinta mais ameaçada do que já está, mas, se eu tiver de me recompor para proteger a mim e a Pam, farei isso sem hesitar. Os cabelos ruivos dela estão bagunçados, eriçados, e lágrimas escorrem abundantes pelo rosto coberto de sujeira e fuligem. Eu a reconheço de imediato. Como não reconheceria? Faz uma semana que a foto dela está pendurada na parede da sala de reuniões.

Stacy Howard pisca várias vezes, como se não acreditasse nos próprios olhos, como se estivesse tentando se convencer de que sou real e de que ela de fato está salva, agora. Ela olha para a arma nas próprias mãos, depois, para o corpo no chão e, então, para a arma de novo. O revólver balança e, num movimento rápido, ela enfim o atira na minha direção, fazendo-o deslizar pelo piso.

Guardo minha arma e me abaixo, e então ponho dois dedos no pescoço de Bob. Sem pulsação, como eu já desconfiava. Olho de volta para Olson e balanço a cabeça, sinalizando que ele está morto.

Vou em direção a Stacy, mas não muito rápido.

"Você vai ficar bem, agora."

Ela esconde o rosto entre as mãos, balançando para a frente e para trás, tremendo, e eu não a culpo. Pelo que estou vendo, este porão parece ter saído de um pesadelo.

"Eu tive que matar ele. Eu tive que matar ele", diz Stacy, chorando de forma incontrolável.

E.L.A.S JENEVA ROSE DIVÓRCIO PERFEITO

49
XERIFE HUDSON

Stacy Howard está deitada em uma cama de hospital, aconchegada sob os lençóis ásperos e esterilizados. O bipe do sistema de monitoramento pontua uma frequência cardíaca saudável e normal — espero que ela esteja pronta para conversar conosco agora. Ela está conectada a uma intravenosa, que lhe fornece os fluidos e nutrientes necessários para restaurar suas forças. Apesar da desidratação e dos ferimentos nas mãos e nos tornozelos causados pela corrente, ela saiu quase ilesa. Porém, nem todos os ferimentos estão visíveis. Os médicos descobriram que seu organismo continha vestígios de escopolamina, um medicamento anticolinérgico que, se ingerido em grandes doses, pode deixar uma pessoa inconsciente por 24 horas ou mais.

Olson e eu nos sentamos nas cadeiras para visitantes ao lado do leito.

"Stacy, você sabe nos dizer quanto tempo ficou naquele porão?", pergunto.

Sua voz está fraca, e ela se esforça para falar. "Era difícil saber sem nenhuma claridade para me orientar, mas eu diria que, pelo menos, uma semana, talvez. Que dia é hoje?"

"Quinta-feira, 8 de junho", responde Olson.

"Você foi levada para outro local, antes do porão?", pergunto.

"Não sei. Desculpem", ela diz; as lágrimas rolam por seu rosto. "Eu só sei que acordei lá embaixo."

"Não se desculpe. Cada pequena informação que você nos der já será útil, e não se preocupe com as partes que não conseguir lembrar." Olson estende o braço e toca a mão de Stacy.

Sabemos que, pela natureza da droga que apareceu em seus exames, será difícil que ela se lembre de muita coisa.

"Havia outra pessoa lá embaixo comigo, mas não o tempo todo. Ela falou que o nome dela era Carissa. Mas..." Stacy para enquanto uma expressão de dor a faz contorcer o rosto. Ela dá um soluço. "Acho que ele a matou. Uma hora, ela estava gritando, chamando meu nome, implorando ajuda, mas eu não tinha como ajudar. E então... então... Eu não ouvi mais ela." Stacy encontra o olhar de Olson e começa a chorar; seus ombros tremem de forma involuntária.

Olson afasta o cabelo do rosto dela; os fios estão colados na pele por causa das lágrimas. "Shhh... calma, está tudo bem. Você está segura. Ninguém vai te machucar mais. Você pode descansar." Olson olha para mim, e eu balanço a cabeça.

Agora não é hora de questionamentos, apesar da nossa urgência para tentar conseguir informações que nos levem ao paradeiro de Carissa. Mas a última coisa que queremos fazer é obrigar uma mulher torturada a voltar para os recessos infernais dos quais ela acabou de sair.

Olson e eu nos despedimos e dizemos a Stacy para não se preocupar. Saímos do quarto e continuamos pelo hospital, parando junto às máquinas de venda automática para pegar um café de cinquenta centavos, sem dúvida, horroroso.

"A perícia voltou com os resultados do sangue na faca que foi entregue naquele pacote na delegacia", diz Olson enquanto a máquina distribui o líquido quente e marrom em um copo de papel também marrom.

"Rápido assim?", pergunto, chocado com a reviravolta.

Ela assente.

"E?"

"É sangue suíno." Ela tampa o copo de café e me entrega. Então, insere mais duas moedas e aperta um botão para o preparo de uma nova dose; um novo copo cai e se encaixa abaixo do reservatório.

"Sangue suíno?", respondo rosnando, descrente.

"Fiquei tão surpresa quanto você. A menos que a pessoa quisesse nos dizer que a última coisa que Sarah Morgan fez com aquela faca foi abater um porco, acho que temos um brincalhão fazendo uma piada de mau gosto."

"E as impressões digitais?", pergunto.

"Zero."

Tomo um gole do café. Está escaldante e insípido, bem do jeito que previ.

"Por que alguém nos enviaria aquilo? E por que citou Sarah?"

"Não sei, mas você estava certo", ela diz, pegando seu copo de café e o tampando também.

"Em relação a quê?"

"Você disse que poderia ser tudo ou poderia ser nada. Acontece que não é nada." Ela dá de ombros, levando o copo aos lábios.

"Falando em Sarah, alguém precisa informá-la sobre Bob."

Olson balança a cabeça. "São dois maridos mortos, agora. Sinto pena dela."

"Eles estavam no meio de uma separação", eu digo.

"Ainda assim. Eles têm uma filha juntos."

Suspiro, sentindo pena da criança. Ela, sim, vai sofrer com o golpe.

"É melhor irmos contar para Sarah", eu me adianto. Enquanto caminhamos em direção à saída, algo ainda me incomoda. "Sabemos que Bob pegou Stacy, e o motivo é bem claro, dado o histórico deles. Mas a parte que eu não entendo é... por que Carissa?"

"Não sei", diz Olson. "Não temos como perguntar a ele."

Se Bob de fato assassinou Carissa, como Stacy supôs, talvez nunca encontremos o corpo dela. Agora, estamos aguardando a perícia comparar o sangue encontrado na casa abandonada com o sangue encontrado no salão de beleza. Se forem compatíveis, pelo menos, poderemos confirmar que Carissa esteve lá embaixo.

Bato três vezes na porta da frente da casa de Sarah e dou um passo para trás, esperando que ela atenda. É quinta-feira, pouco antes das oito da manhã. Os pássaros estão chilreando e o sol brilha. Notificar o falecimento de um ente querido para os parentes mais próximos é a pior parte do nosso trabalho, mesmo quando os mortos são criminosos ou tiveram um fim merecido. A pessoa que recebe a notícia em geral não tem ideia do escopo dos delitos de seu ente querido e, é claro, fica em choque com a notícia de que aquela pessoa amada se foi para sempre.

Trinta segundos se passam, e ninguém atende à porta — então, bato de novo, desta vez, com mais vigor.

"Talvez ela não esteja aqui", diz Olson.

"O carro dela está." Aponto para o Range Rover branco estacionado na garagem antes de bater de novo. Resolvo contornar a frente da casa, tentando espiar pelas janelas em busca de qualquer sinal de movimento, mas as cortinas estão todas fechadas. Volto à porta, batendo com força mais uma vez.

"Acha que devemos entrar?"

"Não sei", digo.

É ínfima a lista de circunstâncias que nos permitem arrombar uma porta e entrar na residência particular de alguém, mas daí existe a possibilidade de haver alguém ali dentro correndo o risco de sofrer grandes danos físicos. Será que Bob teria feito alguma coisa com a própria esposa? Uma sensação de pavor começa a se formar aos poucos na boca do meu estômago. E se aquela casa na fazenda não foi o único lugar em que Bob esteve ontem à noite?

Volto a bater na porta bastante agitado e grito: "Departamento do xerife. Abra!". Minha frequência cardíaca está acelerando a cada segundo, e Olson começa a balançar a cabeça, estarrecida; devemos estar pensando a mesma coisa. Dou um passo para trás e ergo a perna, já me preparando para chutar a porta de madeira maciça.

Uma tranca estala.

Uma trava de segurança desliza.

A porta é aberta, e do outro lado está Sarah Morgan. Ela está com a cabeça um pouco inclinada enquanto seca o cabelo molhado com uma toalha. Está usando um robe branco de seda e um par de chinelos combinando. Algumas gotas de água deslizam pelo seu pescoço, desaparecendo no tecido à medida que são absorvidas.

Seus olhos passeiam entre nós dois.

"Xerife Hudson. Comandante Olson", diz ela balançando a cabeça de leve. "A que devo o prazer?"

E.L.A.S® JENEVA ROSE DIVÓRCIO PERFEITO

50
SARAH MORGAN

DEZ HORAS ANTES

A arma colada ao meu abdômen não é tão mortal quanto a arma que estou apontando para a têmpora de Alejandro. Mas, se ele puxasse o gatilho, eu talvez tenha uma morte lenta e dolorosa, enquanto a dele seria rápida e instantânea. Seu cérebro desligaria antes mesmo de ter tempo de enviar sinais de dor ao corpo.

"Não, *eu* é que peço desculpas", digo. "Agora, me conte quem caralhos você é de verdade."

Ele arregala os olhos, que nesse momento fitam o próprio revólver e depois se voltam para a direção em que ele sabe que a minha arma está. Por fim, ele encontra meu olhar e constata minha seriedade — é um aviso: se ele fizer qualquer movimento, não vou hesitar em apertar o gatilho. Na verdade, ele tem sorte por eu ainda não ter apertado. Eu poderia ter atirado nele no momento em que atendi à porta, antes do jantar, mas eu não quis. Deixei que ele fizesse o primeiro movimento... Ou, pelo menos, *pensasse* estar fazendo o primeiro movimento. Assim que botei os olhos em Alejandro naquele primeiro dia, sentado na minha sala de conferências, esperando que eu o recebesse no programa, eu soube que ele não era quem dizia ser.

"Como você descobriu?", ele pergunta.

"Bob nunca recomendou um candidato para o programa, nem uma vez, e então percebi que você não tinha como estar ali por causa do compadecimento dele." Semicerro os olhos. "E aquela verificação de antecedentes idiota que ele compilou também não bateu, então, me diga quem você é." Aperto o cano contra a têmpora dele com um pouco mais de força.

Ele estremece e engole em seco, seu pomo-de-adão sobe e desce. Eu quase consigo vislumbrar a agitação no cérebro dele, tentando decidir se deve responder à pergunta ou tentar ganhar vantagem sobre mim.

"Não vou perguntar de novo", digo com a voz calma.

"Ele me contratou para te matar."

"É mesmo?", zombo, decepcionada por não ser algo mais inteligente do que essa tentativa pífia de Bob de não querer sujar as mãos. "Ele é um covarde."

Alejandro dá um sorrisinho torto. Deve pensar a mesma coisa do meu marido. Ele continua imóvel, à espera do meu próximo movimento; suas mãos estão relaxadas, inabaláveis, como se não fosse a primeira vez que ele estivesse nessa posição. Sua arma ainda está apontada para meu abdômen. E a minha continua fixa contra a têmpora dele.

Estou surpresa com a disposição de Bob para levar isso tão longe. Eu não achava que ele tivesse essa fagulha de verdade. Bem, ele não tinha mesmo — porque foi incapaz de fazer o serviço sozinho. Mas me pergunto o que o teria levado ao limite... Ou será que ele planejou minha morte desde o início, no momento em que falei que queria me divorciar? Será que seu golpe de misericórdia sempre fora providenciar para que eu terminasse enterrada em algum lugar enquanto ele cavalgava em direção ao pôr do sol segurando a mãozinha relutante da nossa filha?

"Quando foi que ele contratou você?", pergunto.

Alejandro demora um pouco para responder, como se estivesse tentando se assegurar de que vai dar a resposta certa. Um vacilo, uma mentira, e ele não vai ter a chance de responder a nenhuma das minhas perguntas mais.

"Algumas semanas atrás."

Eu já imaginava. Ele partiu para a ofensiva assim que soube que era o fim do nosso relacionamento, mas então para que toda aquela disposição para se humilhar por uma reconciliação?

"No início, fui contratado só para ficar de olho em você", ele declara.

"O que mudou?"

"Não sei dizer ao certo. Ele me mandou uma mensagem ontem, pedindo para nos encontrarmos hoje de manhã. Foi quando ele propôs o novo acordo. Disse algo sobre ter outros planos, e que eles funcionariam muito melhor se você estivesse morta."

"Que 'outros planos'?"

"Ele não disse."

Procuro seus olhos, buscando uma pista, algo que me diga que ele está mentindo. Mas não detecto nada.

Ele permanece estoico enquanto me encara. Seu olhar jamais vacila.

"Há quanto tempo você e meu marido se conhecem?"

"Muito tempo."

"E ele já usou seus serviços antes?"

Alejandro solta um pequeno suspiro e entrega: "Sim!".

Eu me lembro que foi Bob quem sugeriu que contratássemos alguém para matar Kelly, mas eu fui contra... porque, se você quer algo bem-feito, faça você mesmo. Qualquer um pode notar que ele não aprendeu nada comigo.

"Mas não saiu como planejado", acrescenta Alejandro.

Acho que ele só está enrolando, oferecendo informações vagas na esperança de que eu não puxe o gatilho.

"Acho que você está pouco se lixando para isso." Eu sorrio. "Se você estragou tudo da primeira vez, estou surpresa por ele ter te contratado de novo."

"Bob nunca soube ao certo qual foi o tamanho do estrago da primeira vez."

"Como assim?"

Ele aperta o maxilar. "Eu te conto se você tirar esta arma da minha cabeça."

Reajo ao pedido enfiando o cano um pouco mais fundo na têmpora dele, fazendo-o estremecer. "Você não está em posição de barganha. Por isso, você vai me contar tudo, e então eu talvez te deixe viver."

Gotas de suor começam a se formar na testa dele. Seus olhos passeiam mais uma vez da arma que ele aponta contra o meu corpo nu para o meu rosto, e então para sua visão periférica, onde minha pistola segue incólume. Meu dedo indicador repousa no gatilho com a menor pressão. Um miligrama a mais de peso acionaria o percussor e faria a bala atravessar o cano, mergulhando direto no seu cérebro. Ele estaria morto antes mesmo de ter tempo de piscar. Minha parede ganharia uma nova camada de tinta vermelha. E ele sabe disso...

"Cerca de quinze anos atrás, Bob me contratou para matar uma mulher chamada Jenna Way."

"Bem, eu sei que você não a matou", afirmo.

"Como?"

"Porque eu a matei, doze anos atrás, neste mesmo quarto."

Os olhos de Alejandro se arregalam. Talvez seja choque ou a percepção de que sou mais perigosa do que ele. Então, eles piscam, refletindo outra coisa... paixão, luxúria, desejo. Se eu já não estivesse nua, ele estaria me despindo com o olhar.

"Não fique tão surpreso", zombo.

"Surpreso não é a palavra. Estou impressionado."

"Sem dúvida Bob tem conhecimento de que você falhou na missão de matar Jenna, então, o que ele não sabe?"

"Ele vai me matar se descobrir."

"Não, não vai. É por isso que ele continua te contratando." Cerro os olhos. "Mas eu *vou* te matar se você não começar a falar logo."

Alejandro suspira de um modo pesado, percebendo que não tem escolha.

"Bem, eu invadi a casa de Jenna, e estava esperando ela voltar do trabalho, do mesmo jeito que ela fazia todas as noites, sempre no mesmo horário. Só que, naquela noite, ela não veio. Acho que furou um pneu ou coisa assim, o que fez com que ela se atrasasse uns quarenta e cinco minutos. Em vez disso, o marido dela chegou em casa primeiro... Greg, irmão de Bob, que, por acaso, também chegou mais cedo do que o normal. Achando que era Jenna, eu puxei o gatilho no instante em que a porta da frente se abriu, mas a arma emperrou. Greg percebeu minha presença e voou na minha direção. Bom, ele viu meu rosto, então, de imediato, eu soube que precisava acabar com ele. Ele lutou muito, mas eu lutei mais ainda. Levei a melhor quando enfiei uma faca de cozinha bem na barriga dele. Eu ia fazer parecer um arrombamento que deu errado, mas decidi que poderia encenar um crime passional, por isso, o esfaqueei várias vezes e deixei a faca em seu peito. Limpei o cabo, limpei os vestígios de que outra pessoa tinha estado lá e fui embora bem na hora em que Jenna estava chegando em casa. Quando eu saí, ele estava dando seus últimos suspiros, ainda tossindo, engasgado no próprio sangue. Para minha sorte, Jenna entrou em pânico e puxou a faca do peito dele, achando que estava ajudando, mas, na verdade, ela acelerou a morte dele e, de quebra, acrescentou provas que a apontariam como a assassina."

Explodo em uma risada sarcástica. "Então, Bob matou o próprio irmão?" Eu mal consigo pronunciar a pergunta, porque acho cômico demais.

"De certa forma, sim. Mas eu disse a ele que não tive a oportunidade de matar Jenna. Então, quando ele descobriu que o irmão estava morto, achou que tivesse sido ela. Até porque todas as provas apontavam para ela."

"Mas por que ele contratou você para matá-la, para começo de conversa?"

"Acho que Jenna descobriu algum tipo de merda obscura que ele andava fazendo. Ela ameaçou contar às autoridades se Bob não se entregasse de bom grado. Pelo visto, o que ela sabia era suficiente para colocá-lo na cadeia, então, Bob imaginou que o único jeito de impedir a delação seria garantindo que ela não falasse nunca mais", diz ele.

Balanço a cabeça. "Que patético."

"Pois é", Alejandro concorda.

"Só por curiosidade, quanto Bob ofereceu a você para me matar?"

"Duzentos e cinquenta mil."

"Eu te pago o mesmo para não me matar."

Ele arqueia uma sobrancelha, encarando meus olhos, tentando decifrar se estou falando sério ou não. Enfim, ele não tem escolha. Ou ele vem comigo, ou ele não vai a lugar algum. Tenho certeza de que ele está se perguntando por que eu lhe ofereceria dinheiro, a princípio. Eu poderia apenas matá-lo de graça. Mas isso iria gerar uma bagunça muito maior do que eu gostaria. Além do mais... Meus olhos passeiam sobre seu corpo esculpido; ele deve ter uns cem quilos de musculatura sólida. E eu não estou a fim de passar o restante da noite tentando me livrar desse fardo todo.

Alejandro tira a arma do meu abdômen e a vira, estendendo-a para mim, com o cabo na minha direção.

"Fechado."

"Escolha sábia. Mas vou precisar que você faça mais algumas coisas para mim."

"O que você quiser", diz ele, dando um sorrisinho. "E, a propósito, Bob me fez colocar um rastreador no seu carro. Ele está acompanhando cada movimento seu há semanas."

Eis a oferta de paz, o jeito de Alejandro mostrar que sua lealdade acabou de trocar de lado.

"Já estou sabendo." Sorrio de volta enquanto afasto a arma da têmpora dele. Ela deixa um hematoma vermelho feio, a marca do cano na pele.

Ficamos nos encarando por um tempo, uma intensidade arde entre nós. Seguro a cabeça dele e o puxo para mim. Nossos lábios e dentes se chocam quando eu me posiciono sobre o corpo dele, sentindo-o inteiro dentro de mim. Desta vez, quem vai foder com ele sou eu.

51
SARAH MORGAN

DEZ HORAS E SEIS MINUTOS DEPOIS

Acabaram de me contar que meu marido morreu. Meu rosto está congelado, minha boca, parcialmente aberta, meus olhos, arregalados.

Hudson e Olson estão sentados à mesa da cozinha, bem na minha frente. Antes de darem a notícia, eles avisaram que era melhor eu me sentar. É difícil obrigar meu rosto a exibir uma expressão triste por Bob. Aquele babaca ia me matar... Bem, ele contratou alguém para me matar. Se o plano tivesse dado certo, seria ele sentado aqui recebendo a notícia dos dois policiais. Ele de fato não aprendeu nada comigo? Muitas pontas soltas, e a única pessoa em quem você pode confiar é você mesmo. Mas daí, mais uma vez, Bob nunca entendeu isso, e agora jamais vai entender. E ele nunca vai saber que ainda estou viva, e nunca vai saber que foi o responsável pela morte do próprio irmão. Uma pena ele não ter ficado sabendo disso antes de partir em sua morte precoce. Mordo minha língua para me conter e não rir de novo por tudo isso.

“Sarah”, diz o xerife Hudson, me arrancando dos meus pensamentos.

Pisco, fazendo parecer que estou em choque, ainda me recuperando das notícias. Mas agora é hora de abrir a torneira. Não muito forte, pois, afinal de contas, estávamos passando por um divórcio, mas o bastante para fazer parecer que eu me importava com ele como meu marido e pai da minha filha. Meus olhos marejam quase de imediato. Algumas lágrimas escapam, escorrendo pelas minhas bochechas. Dou uma franzida no meu rosto, não por completo, apenas o suficiente. E meu lábio treme. Esta é a parte mais difícil de fazer. Tem que parecer involuntário, uma reação a uma tristeza profunda — bem, a prática leva à perfeição.

A comandante Olson aperta a boca e olha para as próprias mãos. Sei que está dando certo porque ela está constrangida por testemunhar minha tristeza. Ela não sabe o que fazer nem o que dizer. Hudson respira fundo, expirando bem devagar pelo nariz. Está dando certo com ele também.

"Como?", pergunto. Minha voz falha nesta única palavra.

"Ainda não temos certeza. Mas encontramos o corpo dele no porão de uma casa de fazenda abandonada nos arredores da cidade. Ele levou dois tiros", explica Hudson.

"Quem atirou nele?"

Os dois trocam um olhar.

"Havia uma mulher acorrentada a um poste lá. Ela atirou em Bob e alega que ele a sequestrou, junto a outra mulher", diz Hudson.

Minhas mãos voam para a boca e eu balanço a cabeça com leveza, numa falsa reação de descrença.

"Não, isso... Isso não pode ser verdade."

"Ainda estamos verificando o depoimento dela, mas temos algumas perguntas para você, se você estiver em condições...", Olson me sonda.

Faço que sim com a cabeça, tirando as mãos da boca. As lágrimas continuam caindo abundantes.

"Claro. Claro. Qualquer coisa em que eu possa ajudar."

Ela tira um lenço de papel de um pacotinho do bolso e o estende para mim. Eu pego e agradeço, enxugando com cuidado meus olhos. Mas não quero enxugar todas as lágrimas. Elas são uma camuflagem para o que estou mesmo sentindo. Então, ela pega um bloco de papel e uma caneta no bolso da frente da blusa. Escolhe uma página e posiciona a ponta contra a folha em branco, pronta para anotar todas as mentiras que estou prestes a contar.

"Bob estava morando aqui com você?"

"Não, desde o mês passado. Estamos, quer dizer, estávamos no meio de uma separação." Forço meu lábio a tremer de novo.

"A mulher que encontramos acorrentada no porão era Stacy Howard", diz Hudson. "Você se lembra dela? Sabe quem ela é?"

Assinto e engulo mais lágrimas.

"Não acredito", minto.

Na verdade, acredito, *sim*, porque fui eu quem a colocou lá. Para ser franca, eu não tive nada a ver com a noite em que Bob dormiu com Stacy, embora ele quisesse me culpar por isso. Ele caiu sozinho na teia de mentiras e chantagens dela. Mas esse erro colocou os dois na minha teia, e aqui só tem espaço para uma rainha. Stacy tem sorte por não ter sido uma baixa nessa guerra.

"Eu sei que é difícil entender", diz Olson, tentando me confortar. "Às vezes, a gente acha que conhece uma pessoa, mas nunca sabe de tudo."

Ela está certa.

"Stacy tem certeza de que foi Bob quem fez isso?", pergunto. "Ele não poderia ter feito uma coisa dessas. Quero dizer, apesar das falhas dele, mas isso é bem diferente. Eu só... Não consigo acreditar. Ela tem certeza, mesmo?" Dramatizo um bocadinho.

Mas a pergunta é mais para mim do que para eles. Eu fui cuidadosa. Até demais, eu diria, pois assegurei que ela nunca me visse, nem mesmo um vislumbre. Depois que Stacy ficou inconsciente por causa do pano encharcado de clorofórmio que enfiei na cara dela e da injeção de Propofol que apliquei em seu braço, eu a arrastei para a casa da fazenda abandonada. Isso aconteceu mais cedo, naquele dia. Então, quando estava voltando para casa, após o trabalho, passei perto da casa de Stacy e mandei uma mensagem para sua colega de apartamento, usando seu celular, e aí o larguei lá no carro. Sim, fui eu que escrevi a mensagem dizendo que ela iria se encontrar com Bob. Isso fez parecer que ela havia sumido na segunda-feira à noite, e não na segunda-feira à tarde, quando ela de fato sumiu. Ainda mandei mais algumas mensagens para o contato *Bob Miller* que eu mesma adicionei na agenda do celular dela, um número que, na verdade, estava atrelado a um aparelho descartável. Mesmo que eles perguntem a ela sobre essas tais mensagens, sua memória está tão confusa que ela não vai se lembrar se, de fato, as enviou ou não.

"Ela tem certeza", confirma Hudson.

Respiro fundo, inspiro pelo nariz e expiro pela boca, como se estivesse com dificuldade para digerir a informação, mas, na verdade, é um suspiro de alívio.

"Stacy relatou que outra mulher estava com ela no porão. Era Carissa Brooks", explica Hudson.

Minha expressão é uma mistura de tristeza e choque. Acrescento mais um tremor de lábios.

"Era? Como assim era? Ela está bem?"

Eles trocam outro olhar.

"Não conseguimos localizá-la ainda", diz ele.

E nunca vão conseguir, penso comigo enquanto conjuro mais lágrimas, fazendo-as jorrar à máxima velocidade possível.

"Encontramos sangue no porão no lugar em que Stacy relatou que Carissa estava acorrentada, bem como nas escadas e no primeiro andar da casa. Parece que houve luta corporal. A perícia está comparando com o sangue encontrado no salão de beleza, para ver se é compatível."

Vai ser compatível. Não preciso aguardar a perícia.

"Nós chegamos a conversar sobre Carissa Brooks e a assistência jurídica que você deu a ela, para requerer a medida protetiva contra o ex-namorado dela, George Carrigan", lembra Hudson.

Me limito a confirmar com a cabeça.

"Eu sei que você tinha certeza de que George era responsável pelo desaparecimento dela, e nós também, mas, dadas as circunstâncias, isso mudou. Você faz alguma ideia de que tipo de relacionamento Bob e Carissa mantinham?"

"Até onde eu sei, eles eram cordiais, apenas. Ele era cliente dela." Balanço a cabeça, tentando fingir que estou triste. "Fui eu quem apresentou os dois. Se eu não a tivesse aceitado como cliente da fundação, Bob nunca a teria conhecido, e talvez ela ainda estivesse..." Eu paro, tomada pela contemplação e angústia.

"Não se culpe." Olson lança um olhar empático.

"Como não?", eu digo.

"Bem, então, Bob se tornou cliente de Carissa depois que você a representou?", pergunta Hudson, tentando direcionar a conversa de volta aos fatos.

"Isso. Achei que ele tivesse trocado de salão para ajudá-la, e também para ficar de olho nela, considerando a situação dela com o ex-namorado e tal... Ou pelo menos foi assim que ele colocou."

"Bem, esta é uma pergunta difícil, mas você acha que Carissa e Bob podem ter tido um caso?" Hudson franze o queixo.

Forço mais uma torrente de lágrimas, porque isso me parece algo digno de choro, a ideia de que meu marido me traía com mais de uma mulher.

"Não sei", respondo. "Meses atrás, eu teria dito que não, mas agora..." Na verdade, eu sei, e a resposta é *não*. "Vocês acham que Carissa está bem?", acrescento.

"Considerando a quantidade de sangue encontrada no salão dela e na casa abandonada, a perspectiva não é boa... Quero dizer, isso se todo aquele sangue for compatível. Mas temos esperança de encontrá-la mesmo assim", diz Hudson.

Abaixo a cabeça e suspiro. "Espero que a encontrem também."

Eles não vão encontrá-la. Ela se foi há muito tempo. Há sete semanas, Carissa me procurou, pedindo minha ajuda, pois ficou sabendo que seu ex-namorado estava prestes a sair da cadeia, uma liberdade antecipada, e sabia que o sujeito voltaria a persegui-la. A medida protetiva contra ele estava quase expirando. Cheguei a lhe dizer que poderíamos estendê-la, mas ela alegou que não era o suficiente. Estava convencida de que desta vez seria assassinada, e que um pedaço de papel idiota não iria impedi-lo. Aí ela falou que o camarada só a esqueceria caso estivesse morta, e, em resumo, sentia que seu destino já estava selado. Carissa alegou que não aguentava mais viver daquele jeito, sempre com medo, vigiando os arredores a cada segundo, assustada a cada esquina. E implorou pela minha ajuda, implorou para que eu a ajudasse a escapar, a fim de se livrar dele para sempre. Concordei, contanto que ela fizesse tudo o que eu mandasse. Se ela me obedecesse direitinho, ficaria livre dele para sempre.

E, assim, dei a ela os suprimentos para começar a coletar o próprio sangue e a instruí para armazená-lo do jeito certo. Meio litro a cada dez dias, até que tivéssemos cerca de três litros, o suficiente para a polícia determinar a morte dela sem ter um corpo. Também falei para ela quais vitaminas deveria tomar para atenuar os sintomas pela perda sanguínea: ferro, B12, ácido fólico e mais algumas outras coisas. Alertei que ela ficaria fraca durante o processo, meio desorientada também — mas que não correria risco de morrer, e que tudo valeria a pena, porque enfim ela estaria livre de seu ex-namorado para sempre.

Não contei a Bob o que eu vinha fazendo e, quando descobri que ele tinha me traído, fiquei feliz por não ter falado nada para ele. Porque, senão, agora, ele seria um participante involuntário na libertação de Carissa. Quase quatro semanas atrás, eu a informei sobre uma pequena mudança de planos. Eu escolhi o dia em que ela desapareceria. De um modo conveniente, caiu no mesmo dia que Bob tinha seu compromisso fixo com ela, todo terceiro domingo do mês, como um reloginho. Eu a instruí a cortar de um jeito acidental seu último cliente daquele dia. É claro que ela perguntou o motivo. Só lhe disse para não fazer perguntas e não contar nada a ninguém, porque tudo tinha uma razão de ser. Bem, a minha razão era apenas armar para Bob, e Carissa não fazia ideia disso. Tenho certeza de que ela deve ter pensado que ele também estava ajudando; afinal de contas, ele era meu marido.

Falei para ela tingir e cortar o cabelo, se livrar de todas as provas do seu novo penteado e retirar os *piercings* depois que seu último cliente saísse. E aí, então, ela deveria encenar um saqueamento ao salão. Mais ou menos metade dos três litros de sangue que ela coletou do próprio corpo deveriam ser espalhados pelo salão de beleza — uma poça perto de uma cadeira tombada, manchas e gotas aqui e ali, e uma trilha que levava aos fundos. Já vi muitas cenas de crime no meu trabalho como advogada, por isso, sabia como fazer algo soar bem realista, e me certifiquei de que Carissa aprendesse direitinho também.

Enquanto ela cuidava das provas materiais necessárias para o plano dar certo, eu lhe dava uma nova identidade — porque, quando tudo acontecesse, ela não poderia mais ser Carissa. Haveria um carro esperando por ela no fundo do estacionamento, chaves enfiadas no quebra-sol e uma bolsa no banco do passageiro cheia de roupas extras, dinheiro, uma peruca e um boné de beisebol para ajudá-la a viajar disfarçada, pelo menos, até ela sair do estado. E seus novos documentos estariam dentro de uma bolsa: passaporte, carteira de motorista, cartão do seguro social, um cartão de crédito com seu novo nome e uma passagem aérea para a manhã seguinte, partindo de Atlanta com destino ao Equador. Ela só precisaria dirigir.

"Tinha mais uma coisa", diz Hudson, apertando os olhos. "Segundo Stacy, Carissa contou que ouviu a voz de Bob... ou, pelo menos, alguém com o timbre de voz dele... quando ela foi sequestrada. Parece que estava falando de você, dizendo que não deixaria você escapar impune e que te derrubaria primeiro. Você faz alguma ideia do que ele quis dizer com isso? Sobretudo a respeito da parte de não escapar impune?"

É engraçado ouvir alguém recitar as palavras que eu mesma pronunciei e atribuí-las a outra pessoa. Carissa nunca esteve naquele porão, ao contrário de mim. Alimentei Stacy com as informações que desejava que ela soubesse, com tudo o que precisava que fosse dito à polícia quando eles por fim a encontrassem. Era fácil entrar e sair daquele porão. Eu ia para o trabalho e, de lá, pegava um dos muitos veículos da fundação para ir vê-la. Quando não conseguia visitá-la durante o dia, ia tarde da noite, porém não sem antes tirar o rastreador idiota que Bob havia botado no meu carro. Então, ao chegar lá, calçava um par de coturnos masculinos com biqueira de aço, pisava forte no andar acima dela e jogava um sanduíche e uma garrafa de água — ambos com escopolamina, ou, como os jovens chamam, "Sopro do Diabo". Essas drogas têm efeito muito duradouro, conforme a dosagem, então, eu ia lá quando sabia que o efeito estava passando e entrava por uma segunda porta no porão, escondida em um depósito. Em seguida entregava uma nova bebida e um novo sanduíche, e então me posicionava a uns seis metros de Stacy e a esperava acordar. Toda vez que Stacy não ouvia Carissa, ela presumia que Carissa estivesse desmaiada. Era fácil manipular Stacy, que, afinal de contas, ficava dopada quase o tempo todo.

Até na noite em que fiz parecer que Bob matou Carissa, foi mais fácil do que eu imaginava que seria. Nesse dia, eu estava sozinha lá em cima, fazendo um tumulto. Eu gritei e me debati, quebrei e atirei coisas, clamei por ajuda. Então eu calcei os coturnos e saí arrastando um saco de dormir cheio de tijolos para fora da casa. Foi tudo muito convincente. Eu usei o restinho do sangue de Carissa para montar a cena antes de fingir que a matei. Fiz uma poça onde acreditamos que ela estava acorrentada, joguei mais um pouco de sangue no colchão e, depois, pinguei algumas gotas escadaria acima e também ao longo da casa, deixando manchas e respingos no piso e nas paredes.

"Sarah", o xerife Hudson me chama.

"Bob não recebeu bem a notícia da nossa separação", digo, baixando minha cabeça e balançando-a de leve, dando a mim mesma tempo para criar mais lágrimas para acompanhar minhas mentiras. Levanto a cabeça e olho de novo para o xerife.

"Ele mudou para pior, depois que pedi o divórcio... Tornou-se abusivo e um tanto desequilibrado. Nunca o tinha visto daquele jeito antes. Chegou a ponto de ameaçar a minha vida... mais de uma vez, e temia pela minha segurança e pela vida da minha filha, então, pedi uma medida protetiva contra ele... bem, minha advogada no divórcio foi quem pediu. Bob ficou ainda mais furioso depois que descobriu. Então, não, não sei dizer ao certo o sentido dessa frase, porque ele tinha se transformado numa pessoa que eu não reconhecia mais. Só sei que ele estava decidido a ganhar a guarda de Summer", digo, plantando a sementinha, esperando que germine na cabecinha deles.

Olson ergue uma sobrancelha. "Você acha que Bob ia tentar te incriminar para conseguir a guarda da filha de vocês?"

Pronto... A sementinha brotou. Obrigada, comandante-adjunta Olson, por nutri-la tão bem, dando a ela o alimento necessário para crescer.

"Espero que não, mas de fato não sei", respondo.

Não posso reafirmar demais essa minha teoria porque, agora, ela pertence a eles, ou, pelo menos, eles acham que pertence. Policiais muito espertos.

Há alguns segundos de silêncio antes de Hudson se levantar da cadeira. Já dei o suficiente a eles. Agora, eles só precisam juntar todas as peças e formar uma narrativa vendável ao público, à imprensa e ao sistema judiciário. Sei que tudo vai se encaixar de modo perfeito e que vão poder contar uma história inacreditável na qual todos vão acreditar. Afinal, a verdade é mais estranha do que a ficção, ou pelo menos é isso que as pessoas vão dizer quando ficarem sabendo de tudo.

"Bem, vamos sair do seu pé, agora, Sarah. Lamento muito a sua perda", diz Hudson, dando um aceno de cabeça. "Voltaremos a entrar em contato se tivermos mais perguntas."

Olson guarda seu bloco de notas e também se levanta, ecoando o sentimento do xerife.

"Obrigada", digo, me levantando da cadeira.

"Mais uma coisa", acrescenta Hudson. "Vamos executar um mandado de busca no apartamento de Bob na cidade, bem como no escritório dele na empresa, e espero que isso nos ajude a entender melhor essa história."

Eu digo "Ok!" e os conduzo até a porta da frente.

Eis aí um bom trabalho policial. Eles vão encontrar a faca que escondi no cofre de Bob, que fica embutido na parede, atrás de uma obra de arte vistosa. A lâmina vai ter o sangue de Kelly e o cabo vai ter as impressões digitais de Bob. Eu me lembro da noite em que dei a faca a ele. Ele a tomou nas mãos, admirando a lâmina manchada de sangue. Então, pedi para ele se livrar dela, mas falei para pegar um pano e limpar o cabo antes. Quando ele saiu da sala, eu troquei as facas — substituí a verdadeira arma do crime por uma coberta de sangue de porco. Eu sabia que ele faria questão de guardá-la. Dava para ver em seus olhos. Ele me amava, mas também tinha medo de mim — e com razão. Bob ia precisar de algo para protegê-lo no futuro, só para o caso de, um dia, ele ter de encarar meu lado ruim. Era um teste, e ele falhou de maneira lastimável.

"Por favor, me avisem se eu puder ajudar em alguma coisa", digo quando eles chegam à varanda.

"Com certeza, e, mais uma vez, lamentamos muito." Hudson assente, e os dois seguem para a viatura.

Fecho a porta e dou um sorriso tão largo que parece que meu lábio superior se partiu. Haverá mais perguntas. Mais investigações. Uma série de teorias sobre o que de fato aconteceu. Alguns até vão especular que tive algo a ver com isso. Mas todas as provas apontarão para Bob e somente para Bob. Meus olhos marejam... mas, desta vez, são lágrimas de verdade.

E.L.A.S® JENEVA ROSE DIVÓRCIO PERFEITO

52
XERIFE HUDSON

Jogo o inquérito na minha mesa. “Foi Bob”, digo a Olson, que está sentada à minha frente. “As impressões digitais na faca encontrada no cofre batem com as dele, e o sangue é de Kelly Summers.”

“Uau, isso é... inacreditável.” Ela pega o inquérito e dá uma olhada por alto.

“Acho que isso resolve o caso.”

“É muito conveniente.” Olson balança a cabeça, ainda folheando a papelada.

“É, não é?”, digo, contorcendo a boca. “Bob acaba morto, assassinado pela mulher que ele sequestrou, e quando revistamos seu apartamento, achamos a arma do crime do caso Kelly Summers, que está no cofre dele, depois de todos esses anos, como um presente com laço de fita e tudo.” Bato meu punho no joelho algumas vezes, um hábito reflexivo que tenho quando estou pensativo.

Às vezes, as provas em um caso são convenientes porque... Bem, é isso que as provas fazem, ajudam a desvendar um crime, revelam todos os passos do que de fato aconteceu. Mas, em geral, elas não vêm embrulhadas para presente em um lugar que nunca teríamos pensado em procurar.

“E a outra poça de sangue no porão?”, pergunta ela.

“É compatível com o sangue encontrado no salão, então, podemos presumir que era de Carissa.”

“Uau!” é tudo o que Olson consegue dizer.

"A perícia estimou que, considerando as duas localidades, havia cerca de três litros de sangue."

"Então, podemos presumir que Carissa Brooks está morta?", Olson pergunta.

Assinto e solto um suspiro profundo.

"Você acha mesmo que Bob fez tudo isso sozinho?"

"Como assim?", questiono.

"Bem, Bob e Sarah se casaram logo depois que Adam foi executado. E você está me dizendo que Bob incriminou Adam por assassinato e, depois, se casou com Sarah." Ela inclina a cabeça e joga o inquérito sobre a minha mesa.

"Mas Sarah não sabia de nada disso ainda", digo.

"Ou será que sabia?", ela retruca.

Eu me levanto da mesa e começo a andar pelo escritório. Por quê? Por que Sarah se casaria e teria um filho com o homem que incriminou seu marido por assassinato? A menos que ela estivesse metida na trama também. Adam estava tendo um caso com Kelly Summers. Mas Bob acabou sendo pior do que Adam. Ele traiu Sarah e, depois, sequestrou sua amante e Carissa para incriminar Sarah. Talvez não tivesse nada a ver com a filha deles, Summer, afinal de contas. Talvez ele só quisesse garantir que não seria preso pelo assassinato de Kelly.

Cerro os olhos e encaro Olson. "Parece muito rebuscado. Sarah e Bob matam a amante do primeiro marido dela e, então, incriminam o dito marido por isso? Depois, saem ilesos e aí do nada recomeçam uma vida juntos, vivendo felizes para sempre, até que decidem se voltar um contra o outro? Eu sinto que isso deixa muitas coisas no ar, sobretudo a parte de incriminar Adam."

"Não se você também for a advogada de defesa do marido", brinca Olson, cruzando os braços.

Isso é verdade. Foi uma circunstância um tanto incomum. Mas eu estive naquele tribunal todos os dias. Sarah fez um trabalho fenomenal. Foi um dos melhores trabalhos de um advogado de defesa que já vi.

"Acho que estamos indo longe demais aqui. O que é mais provável? Que Sarah tenha atuado junto a Bob para elaborar um plano maligno que durou mais de uma década, ou que Bob fosse apenas um doente que usou Sarah?"

Olson dá de ombros, ainda em dúvida.

"Além do mais." Eu me sento de novo na minha cadeira. "Mesmo que sua teoria fosse verdadeira, não temos nenhuma prova que ligue Sarah a este caso, nem um único fragmento."

"Exceto aquela faca que apareceu na nossa porta."

"Exceto isso."

"E que era idêntica à faca usada no crime." Olson se inclina para a frente para enfatizar seu argumento.

"Isso *foi* bizarro, mas é a única coincidência até agora. Bizarro. Talvez Bob estivesse por trás disso, afinal ele sabia como era a faca usada no assassinato. Devia ser só mais um plano dele para incriminar Sarah."

Ficamos sentados em silêncio por alguns minutos antes de eu verificar meu relógio e constatar as horas.

"Preciso escrever uma declaração para imprensa agora. Vai ser um dia de pura alegria para eles."

"E quanto a Scott Summers?"

"O que tem ele?"

"Ele é um assassino à solta. Não podemos deixar para lá, como se isso não fosse importante."

"Olson, você já sabe, o pessoal da Federal assumiu o controle, então, não é mais da jurisdição do Departamento de Investigações Criminais, e nem da nossa."

Ela balança a cabeça. "Eu só queria que a gente pudesse fazer algo mais para ajudar."

"Eu também, mas minhas mãos estão atadas. E olhe só o que acabamos de fazer. Resolvemos três casos."

Ela suspira. "Eu sei, mas Scott ainda está solto."

"Se te serve de consolo, não acho que Scott seja um risco para a sociedade, a menos que ele pense que há outra pessoa envolvida na morte de sua esposa."

"Não me consola em nada, mas vá lá escrever o discurso para a imprensa." Olson se levanta e caminha até a porta.

"Comandante-adjunta Olson", grito.

Ela olha para trás.

"Sim?"

"Eu te amo."

Um sorriso se abre em seu rosto.

"Eu também te amo", retribui ela, saindo do meu escritório.

Eu me volto para o meu computador e começo a digitar: "Boa noite a todos. Dizem que a verdade é mais estranha do que a ficção, e se você não acreditava nesta frase até este momento, vai acreditar quando eu terminar de explicar como os eventos que se sucederam nos últimos dez dias se conectam a um assassinato ocorrido há mais de doze anos (...)".

E.L.A.S JENEVA ROSE DIVÓRCIO PERFEITO

53
SARAH MORGAN

UM ANO DEPOIS

Estou sentada em frente a Caroline Wood, do jornal *60 Minutos*, em um cenário aconchegante que lembra a sala de estar de um lar. Ela é uma mulher fina, quinze anos mais velha que eu, usa calça de grife, blusa de seda e um *blazer* elegante. Seu cabelo é de um prateado sedoso, num corte perfeito bem na altura dos ombros. Ela olha para suas fichas, revisando-as antes que as câmeras comecem a rodar. Sei que há um teleponto configurado para ela atrás de mim, mas ela é das antigas e gosta de sentir o papel nas mãos.

Uma jovem arruma meu cabelo para que ele forme uma cascata simétrica em ambos os lados do meu peito. Ela passa pó no meu rosto e dá um sorriso antes de se reposicionar junto à equipe.

Um homem grita "Silêncio no *set*!" e depois nos pergunta se estamos prontas. Caroline e eu meneamos a cabeça, concordando.

Ela dá um sorriso tenso. Ele desaparece tão rápido quanto ela se prepara para começar. Não ouço a introdução da minha entrevista, pois ela foi gravada em outra ocasião, mas sei o que foi dito e como serei apresentada. Esta é a primeira entrevista que aceitei conceder. Recebi dezenas de ofertas, muitas vinculadas a enormes somas de dinheiro, mas não preciso de dinheiro e nem quero. Só quero contar uma história.

"Você sempre acreditou que seu marido, Adam Morgan, era inocente?", pergunta ela, indo direto ao ponto.

"Não, eu *sabia* que ele era inocente, e foi por isso que escolhi ficar ao lado dele como esposa e advogada."

"Você se culpou quando ele foi considerado culpado?"

"Por muito tempo, me culpei, até que, há pouco mais de um ano, estourou a notícia de que o xerife responsável pela investigação havia ocultado provas, incluindo o caso extraconjugal que ele vinha tendo com a vítima. Então, culpei o sistema judiciário."

"Deve ter sido horrível saber que seu marido não só foi acusado de um assassinato do qual não era culpado, como, em razão disso, foi vítima de uma execução injusta", diz ela, inclinando de leve a cabeça.

Respiro fundo e rápido.

"Foi arrasador. Adam era o amor da minha vida, e o estado da Virgínia o assassinou bem na minha frente."

Ela faz uma pausa por um instante, me dando tempo para me recompor, mas não há nada para ser recomposto.

"Conte-me sobre Robert Miller", diz Caroline.

"Bob?", eu a corrijo. Robert era um nome muito distinto para ele. "Ele não era quem eu pensava que fosse."

"Mas você se casou com ele. Foi seu segundo marido."

"Infelizmente", digo.

"Você chegou a suspeitar que Bob tivesse assassinado Kelly Summers e incriminado Adam?"

É uma pergunta idiota, mas respondo mesmo assim.

"Não, nem um pouco."

"E como você acha que ele se safou?", pergunta ela.

"Ele não se safou."

"Mas ele passou um bom tempo impune. Como você acha que isso foi possível?" Ela mantém contato visual comigo, quase nunca piscando. É enervante, mas eu a imito.

"O gabinete do xerife do condado Prince William tornou isso possível. Eles foram quase cúmplices dos crimes de Bob", digo, empinando o queixo.

"E você, Sarah? Como ele conseguiu se aproximar de você?"

Pigarreio antes de falar. "Eu estava vulnerável, e ele sabia disso. Perdi meu marido quando ele foi considerado culpado e condenado ao corredor da morte. O mundo achava que ele era um monstro, então, não tive nem espaço para ficar enlutada. É uma sensação horrorosa perder alguém e perceber que ninguém mais se importa, porque ninguém enxergava uma perda ali. Bob se aproveitou da minha dor e da minha vulnerabilidade. A situação toda foi mais do que complicada para se processar. No entanto, Bob se fez presente quando ninguém mais me estendeu a mão, por isso, foi fácil para ele se aproximar de mim."

"Você se arrepende de ter se casado com ele?"

Balanço a cabeça. "Não, porque ele me deu duas coisas que, de outra forma, eu não teria. Minha filha, Summer, e um encerramento."

"Como assim 'encerramento'?"

"Agora, eu sei o que de fato aconteceu com Kelly Summers, e o mundo também sabe. Se eu não tivesse me casado com Bob, não sei se eu teria descoberto a verdade", digo com um bocadinho de convicção.

"Como tudo isso afetou sua filha?"

"O luto dela foi complicado, foi bem parecido com o que vivi com Adam, quando o mundo achava que ele era um monstro. Ela entende que as ações do pai foram imorais, vis e imperdoáveis, mas, mesmo assim, ele era o pai dela. Foi muito difícil, mas ela está bem melhor agora."

Eu me senti péssima quando tive que contar a Summer o que havia acontecido com o pai dela, e também quando tive que falar sobre tudo o que ele havia feito. Demorou um tempo para ela entender. Ela não acreditou — e havia bons motivos para isso, afinal de contas, não era verdade. Mas, por fim, ela aceitou a narrativa. Estamos muito melhores agora, como eu sabia que ficaríamos. E ela também tem se dado bem com Alejandro. É bom tê-lo por perto; meu relacionamento com ele está longe de ser sério, é quase só sexo. Além disso, ele é meio que uma ponta solta na história, e o único jeito de assegurar que as pontas soltas não desfiem de vez é mantendo-as por perto. E digo *meio que uma ponta solta* porque quem acreditaria na palavra de um criminoso? Não, uma pessoa com status de criminoso. Alejandro e eu temos nossos segredos sujos e sabemos bem quais são.

"Você acha que fez parte do plano de Bob ou foi só um bônus?"

"Não sei o que eu era para ele, e não quero saber."

"É compreensível", diz ela, assentindo. "A mãe de Adam, Eleanor Rumple, faleceu antes que a condenação de seu filho fosse anulada. Como você acha que ela se sentiria caso estivesse viva para ver o nome de Adam enfim limpo?"

"Ela ficaria emocionada, e é uma tragédia ela não ter conseguido testemunhar isso."

"De fato", diz Caroline. "Um júri federal na Virgínia concedeu a você 32 milhões de dólares pela condenação e execução injustas de seu marido Adam Morgan. Você está feliz com esse acordo?"

"Na verdade, não. Como isso vai me deixar feliz? Não desfaz o que eles fizeram. Não traz Adam de volta."

Ela franze os lábios e assente antes de prosseguir com a entrevista.

"Você tem algum plano para esse dinheiro?"

É uma pergunta insensível, mas as pessoas querem saber.

"Parte dele será reservado em um fundo para Summer. Pretendo reinvestir o restante na Fundação Morgan, para continuar a fornecer assessoria jurídica *pro bono* àqueles que não podem pagar, bem como para expandir nosso programa Segunda Chance, que ajuda pessoas que já estiveram em situação carcerária a reingressar na sociedade de forma positiva e produtiva."

"Isso é muito admirável, Sarah. A maioria das pessoas tiraria férias ou se aposentaria mais cedo."

"Eu não sou a maioria das pessoas."

Ela sorri com firmeza. "Não, não é. Você tem uma história incrível, uma história que muitos disseram ser mais estranha do que a ficção. Você perdeu muita coisa, tolerou mais do que a maioria sequer conseguiria imaginar e, ainda assim, continua perseverando. Você fez da caridade uma missão de vida, ainda que ninguém tenha auxiliado você e seu marido Adam quando vocês mais precisaram. Você carrega algum tipo de ressentimento?"

"Eu estaria mentindo se dissesse que não."

"Então, por que você escolheu seguir com generosidade e compaixão?"

É a última pergunta. Sei disso porque recebi todas elas com antecedência para poder preparar minhas respostas. Esta eu treinei mais do que todas as outras, para garantir que eu atingisse o tom e a mensagem corretos. Minha resposta será curta e doce, e um tanto piegas também. Mas o país vai engolir que é uma beleza. O bem contra o mal é a luta mais antiga da humanidade. É clichê e simplista porque as pessoas não são boas ou más em essência. Elas são um pouco dos dois, talvez mais um do que o outro, mas isso é muito intrincado para o cidadão médio digerir. Sendo assim, vou oferecer algo simplório. A luz no *set* se intensifica segundos antes de eu responder. Que poético.

"Eu não tenho escolha, Caroline. Sou assim e ponto", digo com um sorriso suave e angelical.

AGRADECIMENTOS

Saudações! Alguns de vocês estão aqui porque estão curiosos a respeito dos nomes que vou citar nos meus agradecimentos. Já outros estão aqui porque estão procurando o grande segredo profundo e obscuro que prometi revelar nos meus agradecimentos anteriores. E a maioria nem chegou até aqui porque, na verdade, parou de ler assim que a história terminou. Um erro daqueles, pois, sim, vou dividir com vocês um segredo profundo e obscuro neste texto... bem, você que chegou até aqui, continue lendo.

Em 2017, quando eu estava rascunhando o que, mais tarde, viria a se tornar *Casamento ~~Perfeito~~*, nunca, nem em um milhão de anos, pensei que estaria escrevendo os agradecimentos para sua sequência. Mas aqui estou, e tudo por causa dos meus leitores, por isso, é a eles que eu quero agradecer, em primeiro lugar. Hoje posso viver daquilo que amo justamente por causa de todos vocês. Isso é um presentão, o melhor que já ganhei. Então, obrigada! Um agradecimento especial ao meu bando de gansos bobos, também conhecidos como membros do meu grupo de leitores do Facebook, "Jeneva Rose's Convention of Readers", ou seja, as pessoas a quem dediquei este livro. Agradeço por fazerem parte do meu bando e por terem criado um cantinho otimista na internet.

Toda vez que escrevo um livro, peço a algumas pessoas selecionadas para lerem um rascunho inicial e fazerem críticas construtivas e, mais importante, oferecerem seus aplausos e elogios. É um equilíbrio delicado, pois, às vezes, sou casca-grossa e, em outros momentos, sou frágil como a asa de uma mariposa. Agradeço a Cristina Montero, Bri Becker e Delaney Starr por terem encarado o rascunho inicial de *Divórcio ~~Perfeito~~*.

Agradeço a April Gooding por fazer o de sempre. Você tornou este livro muito melhor.

Agradeço à equipe da *Blackstone Publishing* por defender meu trabalho. Um agradecimento especial a Sarah Riedlinger e Stephanie Stanton pela bela capa e pelo *design* do miolo; a John Lawton por garantir que meus livros figurem nas lojas; a Kathryn Zentgraf e Josie Woodbridge pelo editorial; a Tatiana Radujkovic, Rachel Sanders e Kathleen Carter pelo trabalho de relações públicas e marketing; e a Stephanie Koven por negociar sem parar ao redor do mundo.

Agradeço também a todas as pessoas que tornam o universo dos livros um lugar melhor. Isso é para vocês, bibliotecários, livreiros, *booktokers*, *bookstagrammers*, blogueiros e professores!

E, por fim, agradeço ao meu marido, Drew, por seu apoio infinito e por seu incentivo constante para que eu seja a melhor escritora possível — e por não ter surtado ao ler o rascunho inicial desta obra. Juro que é só ficção... em sua maioria.

Agora, o segredo obscuro que prometi, já que sei que você continuou a leitura porque estava esperando por ele, não é um segredo suculento. Não é nem obscuro, na verdade. Nem sei se posso chamar de segredo. Mas se você vir este símbolo → : nos meus livros, saiba que eu nunca os coloquei lá, porque eu não sei usar dois-pontos. Onde ele se encaixa:? Qual: é o seu propósito? Ufa! Foi bom tirar esse peso opressor do meu peito... Bom, era só isso mesmo. Peço desculpas pelo fato de meu segredo profundo e obscuro não ter profundidade, obscuridade ou secretismo algum. Mas juro que nos próximos agradecimentos vou revelar algo bombástico de verdade. Então, se liga.

Ah, espere, aqui vai um segredinho: a história de Sarah Morgan ainda não acabou.

Beijos:

: Jeneva : Rose:

Case No. #01 Inventory

Type 4a temporada

Description of evidence coleç

Quem é ELA?

JENEVA ROSE é autora de vários romances best-seller do New York Times, incluindo *Home Is Where the Bodies Are*, *One of Us Is Dead*, *Você Não Deveria Estar Aqui* (DarkSide® Books, 2025) e *Casamento ~~Perfeito~~*, thriller que vendeu 1 milhão de cópias. Sua obra foi traduzida para mais de duas dezenas de idiomas e teve os direitos vendidos para filmes e séries de TV. Originalmente de Wisconsin, ela vive atualmente em Chicago com seu marido, Drew, e seus buldogues ingleses, Winston e Phyllis.

QUEM GOSTOU DE
DIVÓRCIO PERFEITO
TAMBÉM VAI GOSTAR DE:

Autora conhecida por Casamento Perfeito, com 2 milhões de cópias vendidas e em adaptação para outras mídias

Ambientado nas Montanhas Rochosas, ideal para leitores que gostam de thrillers com clima claustrofóbico e visual marcante

Suspense em sua melhor forma, original e eletrizante

Suspense psicológico com romance, tensão crescente, e uma protagonista em um cenário isolado

Um best-seller instantâneo do New York Times

1

JENEVA ROSE
VOCÊ NÃO DEVERIA ESTAR AQUI

Um romance de verão descompromissado começa a levar o promissor casal formado por Grace e Calvin a uma delicada rede de mentiras.

"Tudo o que desejo em um thriller. Sexy, chocante e tenso, com um final que nunca imaginei. Rose é uma das grandes rainhas das reviravoltas."
COLLEEN HOOVER,
autora de *Verity*

E.L.A.S® ESPECIALISTAS LITERÁRIAS NA ANATOMIA DO SUSPENSE EVIDENCE
TO BE OPENED BY AUTHORIZED PERSONNEL ONLY //// ESPECIALISTAS LITERÁRIAS NA ANATOMIA DO SUSPENSE EVIDENCE

4ª temporada

E.L.A.S EM EVIDÊNCIA.

Thriller psicológico inspirado em fatos reais, com narrativa envolvente e provocador

Conflito feminino intenso, com duas protagonistas ambiciosas e uma rivalidade permeada por obsessão, inveja e desejo

Narrativa em pontos de vista alternados, com tensão entre as personagens e reviravoltas

Autora premiada, também publicada pela DarkSide com A Boa Mentira

Ambientação de luxo e poder, crítica sutil à ostentação e aos jogos sociais da elite

A.R. TORRE
O ÚLTIMO SEGREDO

William e Cat formam um casal bem-sucedido e feliz com a vida que levam, até a chegada de Neena, nova vizinha e funcionária da empresa do casal.

"Eu amo essa história, os personagens e a emoção crua que eles despertaram em mim. Excepcional."
TARRYN FISHER,
autora de *Nunca Jamais*

ESPECIALISTAS LITERÁRIAS NA ANATOMIA DO SUSPENSE
EVIDENCE
TO BE OPENED BY AUTHORIZED PERSONNEL ONLY //// ESPECIALISTAS LITERÁRIAS NA ANATOMIA DO SUSPENSE
EVIDENCE
E.L.A.S

E.L.A.S®

Suspect

Victim

ESPECIALISTAS LITERÁRIAS NA ANATOMIA DO SUSPENSE

CRIME SCENE®
FICTION

DARKSIDEBOOKS.COM